Michael Wanner
Madonnenmord

Michael Wanner

Madonnenmord

Ein Tübingen-Krimi

Silberburg-Verlag

Michael Wanner, geboren 1954, studierte in Tübingen. Als Jurist vertritt er Gewerkschaftsmitglieder vor den Arbeits- und Sozialgerichten. Er wohnt mit seiner Frau, die wie er Kriminalromane, Drehbücher und Theaterstücke schreibt, in Tübingen.

1. Auflage 2009

Schönbuchstraße 48, D-72074 Tübingen.

Lektorat: Bettina Kimpel, Tübingen.
Umschlaggestaltung: Wager ! Kommunikation, Altenriet.
Druck: CPI books, Leck.
Printed in Germany.

ISBN 978-3-87407-853-5

Mittwoch, 21. Oktober

Hanna

Die Komtess beugte sich weit hinaus über das Geländer des Steges, der sich über die jäh abfallende Schlucht spannte. Ihr schlanker Leib zitterte so sehr, dass sie sich an der dünnen Holzstange festhalten musste. Sie nahm weder das mächtige Donnergrollen wahr, noch, dass der prasselnde Regen ihr Kleid inzwischen vollkommen durchnässt hatte. Der Blick der Komtess war starr auf den jungen Förster Hansjörg gerichtet. Würde es seinen muskulösen Armen gelingen, das abgestürzte Rehkitz zu retten, das verzweifelt versuchte, sich mit den Vorderbeinen an einer Baumwurzel festzukrallen?

»Jörgl, um Gottes Willen, sei vorsichtig!«, flehte Katharina lautlos. Und im selben Moment erschrak sie. Sie hatte entsetzliche Angst um diesen Burschen! Ein Förstergehilfe! Nie und nimmer könnte, dürfte sie ... Schließlich war sie Komtess Katharina von Hohenfels, die einzige Tochter des alten Grafen Leonhard von Hohenfels! Und außerdem sollte bereits in einer Woche ihre Verlobung mit Harro von Falkeneck bekannt gegeben werden. Und dennoch: Mit jeder Faser ihres pulsierenden Herzens ...

Meine Güte! Das ist ja absolut unerträglich!

Hanna Kirschbaum schlug das Heftchen mit dem bunten Cover zu und legte es beiseite. Inzwischen bereute sie ihren Entschluss, im nächsten Semester an der Universität Tübingen ein Seminar anzubieten, bei dem es um gattungsspezifische Ausdrucksformen in der Literatur gehen sollte. Ein Teilaspekt würde auch die Trivialliteratur sein, so dass die

Professorin für Angewandte Sprachwissenschaft gezwungen war, einige Bergbauern-, Arzt- und Heimatromane zu lesen, die sonst nicht auf der Liste ihrer Lieblingslektüre zu finden waren. Erschwerend kam hinzu, dass Hanna sich im Moment ganz schlecht auf ihren Lesestoff konzentrieren konnte. Deshalb stand sie auf, verließ ihr Wohnzimmer mit der häufig genutzten Leseecke und ging ins Badezimmer. Dort zeigte ihr ein prüfender Blick, dass sie beim Putzen einige Wassertropfen übersehen hatte. Sie zog deshalb die ganze Glastür der Dusche noch einmal ab.

Vielleicht bekomme ich ja heute noch Besuch, der unter Umständen …

Normalerweise benutzten Besucher des von Hanna selbst mit viel Liebe und ebenso viel Mühe renovierten Bauernhauses das Bad im Erdgeschoss. Aber in diesem Fall, überlegte Hanna, würde ihr Gast sich am nächsten Morgen möglicherweise in dem Bad rasieren, das unmittelbar an ihr Schlafzimmer in der ersten Etage grenzte. Und wer weiß – vielleicht würde sie heute sogar noch mit ihm zusammen in der extra großen Badewanne plantschen.

Es muss eine passende Beleuchtung her!

Hanna stieg die Treppen zum Wohnzimmer hinab und kam mit vier weinroten Kerzen zurück, die in Ständern aus Terrakotta steckten. Noch bevor sie entschieden hatte, ob die Kerzen auf dem Sims, auf dem ein bronzener Buddhakopf thronte, oder aber auf dem Waschtisch aus Erlenholz optimale Wirkung entfalten würden, machte ihr ein Klingeln klar, dass ihr Besucher bereits vor der Tür stand und sie zu einem Konzertbesuch in Bebenhausen abholen wollte. Sie platzierte die Kerzen schnell neben den Buddhakopf, unterzog das Schlafzimmer einer letzten kritischen Überprüfung und stellte bei einem kurzen Blick in den Spiegel zufrieden fest, dass der ausgefallene Schnitt ihrer neuen Seidenbluse sie jugendlicher aussehen ließ, als sie sich mit ihren 56 Jahren gelegentlich selbst fühlte. Sie holte tief Luft und nahm bei ihrem Weg nach unten immer zwei Stufen auf einmal. Aber am Fuß der Treppe hielt sie inne.

Langsam, Hanna Kirschbaum, langsam! Er muss ja nicht unbedingt auf den ersten Blick merken, dass du den ganzen Nachmittag auf ihn gewartet hast.

Hanna bemühte sich, die letzten Meter gemessenen Schrittes zurückzulegen, öffnete die Tür und stand Konrad Kästner gegenüber. Der Staatsanwalt, der in Tübingen in der Abteilung für Tötungsdelikte arbeitete, war erst vor etwas mehr als einem Jahr von der Kieler Förde an den Neckar gekommen. Bei seinem ersten Fall – der Ermordung einer jungen Türkin – hatten sich Hanna und er kennen gelernt. Seither trafen sich die beiden regelmäßig, wenn auch mit längeren Abständen, um sich gemeinsam Filme anzusehen, ins Theater zu gehen oder, wie heute, zusammen ein Konzert zu genießen. Im Moment lag Hanna vor allem daran, dass das Wohlwollen, mit dem sie Konrads perfekt sitzenden dunklen Anzug und sein akkurat geschnittenes, graumeliertes Haar musterte, nicht allzu deutlich erkennbar war. Und obwohl sie es aufgrund ihrer Tätigkeit als Professorin an der Eberhard-Karls-Universität durchaus gewohnt war, vor Publikum in freier Rede ihre Position zu vertreten, hatte sie keine richtige Idee, wie sie nach einem »Hallo, Konrad, schön, dass du da bist«, fortfahren sollte.

Ich müsste jetzt was sagen! Am besten geistreich. Oder wenigstens lustig. Verdammt!

»Ja. Dann ...«, setzte Konrad an.

»... wollen wir mal«, ergänzte Hanna, froh, dass das Eis ein wenig gebrochen war. Konrad ging als Kavalier alter Schule um sein Auto herum und öffnete ihr die Tür. Sie dankte ihm mit einem Lächeln, bei dem sie sich nicht sicher war, ob es nicht eine Spur zu lange gedauert hatte. Konrad lächelte zurück, wartete, bis Hanna sich angeschnallt hatte, schloss die Tür nahezu geräuschlos, stieg ebenfalls ein, startete den Motor und bog rechts ab in die Straße, die über Poltringen und Pfäffingen zur B 28 nach Tübingen führte.

* * *

Obwohl der Schlussakkord bereits seit einigen Sekunden verklungen war, verharrte das Publikum immer noch regungslos auf den Sitzen. Der Pianist im festlich geschmückten Sommerrefektorium des Zisterzienserklosters von Bebenhausen hatte es verstanden, seine Zuhörer in einen Bann zu ziehen, der zumindest vorübergehend dem Alltag keinen Raum ließ. Hanna und Konrad verließen das Kloster schweigend. Sogar noch auf der Rückfahrt herrschte in Konrads Audi A 8 Stille. Hanna vermutete, dass Konrad vor allem deshalb schwieg, weil er fürchtete, dadurch den immer noch nachwirkenden Zauber der Musik zu zerstören. Sie selbst sagte nichts, weil sie dabei war, sich den Verlauf des restlichen Abends vorzustellen. Falls sie jetzt nichts unternähme, würde Konrad sie wie immer vor ihrem Haus absetzen. Er würde sich formvollendet von ihr verabschieden. Sie würden sich einige Sekunden stumm in die Augen sehen und lächeln. Und dann würde Konrad von Hannas Wohnort Reusten, dem etwa elf Kilometer von Tübingen entfernten ehemaligen Bauerndorf, über Oberndorf weiter nach Rottenburg fahren, wo er sich erst vor wenigen Wochen eine schicke Eigentumswohnung gekauft hatte. Das Ende vom Lied wäre, dass sie allein zu Hause säße und das Bad vollkommen umsonst auf Hochglanz poliert hätte. Wenn sich also an diesem Ablauf etwas ändern sollte, musste sie die Initiative ergreifen. Grundsätzlich kam ihr der aktive Part durchaus entgegen: Mit der Rolle des braven Frauchens, das mit gesenktem Blick darauf wartet, von einem Märchenprinzen erwählt zu werden, hatte sie sich noch nie anfreunden wollen. Aber bei Konrad lag der Fall anders. Er war höflich und aufmerksam. In seinem Bücherregal stand Theodor Fontane neben Heinrich Böll, Siegfried Lenz und John Irving. Er brachte sie zum Lachen. Aber an ihr *als Frau* schien er kein erkennbares Interesse zu haben. War seine Passivität ihr gegenüber wirklich nur auf die für einen Mann seines Alters und seines Aussehens ungewöhnliche Schüchternheit zurückzuführen? Oder war es vielmehr so, dass er sie einfach nur nett fand und als Gesprächspartnerin schätzte?

Wie auch immer! Ich frage ihn jetzt, ob er noch auf einen Prosecco mit hochkommt! Dann muss er sich entscheiden!

»Konrad, ich ...«

Weiter kam Hanna nicht, denn Konrad bremste in Höhe des Reustener Ortsschilds plötzlich stark ab, lenkte das Auto nach rechts und hielt halb auf dem Seitenstreifen an, um wenig später einen Streifenwagen mit Einsatzhorn und Blaulicht passieren zu lassen.

Als Konrad wieder anfuhr, startete Hanna einen zweiten Versuch. »Konrad, was hältst du davon, wenn ...«, setzte sie mutig an, wurde aber dieses Mal von einem aufgeregten Konrad unterbrochen.

»Sieh nur, Hanna! Der Streifenwagen steht ja direkt vor deinem Haus!« Konrad bog in die Wintergasse ein und brachte das Auto auf dem Grasstreifen zum Stehen, der sachte von der Straße zur etwas tiefer liegenden Ammer abfiel.

Das blaue Blinklicht wurde von den hell gestrichenen Häuserwänden und den dunklen Glasscheiben reflektiert. Über den Gebäuden der sonst so unspektakulären Gasse lag eine gespenstische Atmosphäre. Schon wurden einzelne Fenster geöffnet, und es erschienen neugierige Gesichter, auf denen Angst und Entsetzen mit der zufrieden-wohligen Gewissheit kämpften, dass einem selbst nichts passiert war. Konrad und Hanna stiegen aus. Der Staatsanwalt wandte sich an einen der Streifenpolizisten, der sein Auto ebenfalls gerade erst verlassen hatte.

»Was ist hier los?« Konrad hielt seinen Dienstausweis in die Höhe.

»Eine Tote, Herr Staatsanwalt.« Der Streifenpolizist glühte vor Diensteifer. »Da. In Nummer siebenundvierzig. Die Nachbarin aus Nummer fünfundvierzig hat sie gefunden und bei uns angerufen. Sieht wie Raubmord aus. Sagt die Nachbarin.«

»Frau Häußler?«, fragte Hanna »Tot? Das kann doch überhaupt nicht ...«

Wieder wurde Hanna unterbrochen. Diesmal war es ein silbergrauer Mercedes, dessen Fahrer mit völlig überhöhter Geschwindigkeit von der Jesingerstraße in die Wintergasse abbog und dann stark abbremste. Ohne den erst am Morgen bei Straßenarbeiten ausgestreuten Splitt wäre das Auto vielleicht gerade noch rechtzeitig zum Stillstand gekommen. Aber so kollidierte es weithin hörbar mit dem Streifenwagen. Beide Stoßstangen und die Front des einen sowie das Heck des anderen Autos waren beschädigt. Ohne sich auch nur den Bruchteil einer Sekunde um den Schaden zu kümmern, stürzte Friedrich Holzwarth, Kriminalhauptkommissar bei der Tübinger Kriminalpolizei und Hannas Exmann, aus dem Auto, spurtete die wenigen Schritte auf Hanna zu, umschloss sie mit beiden Armen und presste sie an sich, als ob er sie in diesem Leben nicht mehr loslassen wollte.

»Hanna! Gott sei Dank, du lebst!«, brachte er schließlich mühsam hervor.

Friedrichs schwerer Atem drang in Hannas Ohr. Sein Zittern übertrug sich auf ihren Körper. Auch wenn sie Friedrichs Verhalten nicht verstand, kannte sie ihn immer noch gut genug, um zu wissen, dass er sich im Moment in einem seelischen Ausnahmezustand befinden musste. Denn unter normalen Umständen neigte er nicht zu überbordenden Gefühlsäußerungen. Deshalb beließ sie es zunächst dabei, in Friedrichs Umklammerung zu verharren, ihren rechten Arm vorsichtig zu befreien und ihm damit sanft über das Haar zu streicheln.

Nachdem die beiden einige Zeit ohne weitere Regung vor dem Streifenwagen gestanden hatten, löste Friedrich langsam die Umarmung, war aber offensichtlich immer noch unfähig, etwas zu sagen. Erst nachdem sein Zittern ein wenig nachgelassen hatte, brachte er heraus: »Ich dachte ... du ... bist tot ...«

»Bitte?!«, stieß Hanna hervor.

»Eine Frau ... hat angerufen ... eine Nachbarin ... ermordet ... Ich ...«

Friedrich verstummte, begann aber wieder heftiger zu zittern. Jetzt war es Hanna, die ihn in den Arm nahm und festhielt. Konrad Kästner, der sich diskret im Hintergrund gehalten hatte, entfernte sich in Richtung des Gebäudes mit der Hausnummer siebenundvierzig.

Als Friedrich sich wieder so weit gefasst hatte, dass er nicht mehr zitterte, ließ Hanna ihn los. »Friedrich, was ist passiert?«, fragte sie mit ruhiger, aber entschiedener Stimme.

»Vor zwanzig Minuten rief eine Frau Berner bei uns an. Sie hatte eine Frau gefunden. Ermordet! Im Nebenhaus!«

»Und du dachtest ...«

»Der Diensthabende hat sofort nach der Adresse der Anruferin gefragt. Wintergasse fünfundvierzig. Und du wohnst Wintergasse dreiundvierzig. Da dachte ich ...« Friedrich musste schlucken, bemühte sich aber, seine Gefühle nicht länger so deutlich zu zeigen.

»Nein, nicht ich«, versuchte Hanna Friedrich weiter zu beruhigen. »Es muss Mathilde Häußler von Nummer siebenundvierzig sein. Die arme Frau! Schrecklich!« Selbst bei der spärlichen Beleuchtung war zu erkennen, dass Hannas Gesichtsfarbe zu einem leicht gräulichen Weiß gewechselt hatte.

»Kanntest du sie gut?« Friedrich versuchte zur Routine zurückzukehren.

»Nein, so gut wie überhaupt nicht«, gab Hanna zu. Obwohl sie bereits mehr als zwei Jahre in Reusten wohnte, hatte sie kaum näheren Kontakt zu den anderen Dorfbewohnern. In einem freundlichen »Guten Morgen« oder »Schönes Wetter heute« erschöpften sich in aller Regel ihre Begegnungen mit der direkten Nachbarschaft. Und über die Wintergasse hinaus gingen sie nicht einmal so weit.

Friedrich sprach gelegentlich etwas despektierlich von Hannas »Höhle«, in die sie sich verkrieche. Tatsächlich stellte ihr Haus für sie ein Refugium dar, in das sie sich nach einem hektischen Arbeitstag an der Universität gerne zurückzog. Was im Dorf um sie herum geschah, interessierte sie allenfalls am Rande.

Die einzige Ausnahme bildete ihre direkte Nachbarin Gerlinde Berner. Hanna hatte sich Gerlindes Respekt und damit ihr freundliches Wohlwollen bereits wenige Tage vor dem Einzug in Reusten erworben. Die schlagfertige, fachkundige und selbstbewusste Art, in der Hanna einem Installateur entgegengetreten war, der einen falschen Heizkörper geliefert hatte, war bei Gerlinde sehr gut angekommen. Und das, obwohl Gerlinde Fremden gegenüber in aller Regel eher skeptisch eingestellt war. Auch Hanna war von Gerlinde von Anfang an beeindruckt. Bereits über siebzig Jahre alt, schien die Mutter des letzten verbliebenen Vollerwerblandwirts in Reusten das Tagespensum einer Zwanzigjährigen zu erledigen. Wäsche wollte gewaschen, Abendessen für die ganze Familie gekocht, Brot und Kuchen aus dem Ofen im Backhaus gezogen und Hühner mit Futter versorgt werden. Außerdem hatte sie stets ein Auge auf ihren Enkel Günther, der noch nicht aus dem Haus der Dreigenerationenfamilie ausgezogen war.

Hanna konnte sich nicht erinnern, Gerlinde jemals untätig gesehen zu haben. Darüber hinaus schnappte Hanna bei den Gesprächen zwischen den anderen Kundinnen beim Bäcker und beim Metzger auf, dass Gerlinde im Dorf eine allseits geachtete Persönlichkeit war. Sie wurde um Rat gefragt, und ihr Wort galt etwas. Aber Gerlinde stand bei den übrigen Reustenerinnen auch in dem Ruf, hochnäsig zu sein, weil sie es beharrlich ablehnte, sich am allgemeinen Dorftratsch zu beteiligen. Gerlinde aushorchen zu wollen, war ein vollkommen aussichtsloses Unterfangen. Sie sagte das, was sie sagen wollte, aber auch nicht ein einziges Wort mehr. Und sie wählte sich ihre Gesprächspartner sehr sorgfältig aus.

So war es nicht verwunderlich, dass Konrad Kästners Gesichtsausdruck Hilflosigkeit verriet, als er zusammen mit Gerlinde aus dem Haus der Ermordeten kam. »Bitte, Herr Holzwarth, würden Sie es vielleicht einmal mit Frau Berner versuchen? Mit mir als Norddeutschem will sie offensichtlich nicht reden! Vielleicht kommen Sie als ... Eingeborener weiter.« Offensichtlich hatte es Konrad Kästner nicht geschafft, der Schwäbin mehr als eher widerwillige, einsilbige Antworten auf seine Fragen zu entlocken.

»Konrad!«, tadelte Hanna. »Du siehst doch, dass Herr Holzwarth im Moment nicht in der Verfassung ...«

»Selbstverständlich bin ich in der Verfassung!« Hanna registrierte, dass Friedrich sich auf gar keinen Fall vor Konrad Kästner eine Blöße geben wollte. Der Hauptkommissar konnte Staatsanwälte nicht leiden. Ganz allgemein nicht. Praxisfremde Theoretiker, die sich wer weiß was auf ihre universitären Abschlüsse einbildeten! Und im Speziellen konnte er Konrad Kästner nicht leiden, weil er nach Friedrichs Ansicht viel zu häufig mit Hanna zusammensteckte. Deshalb nahm er seine Schultern zurück und ging mit breiter Brust auf Gerlinde Berner zu, während Konrad sich achselzuckend wieder zurück ins Haus der Ermordeten begab.

»Frau Berner, mein Name ist Holzwarth. Ich bin von der Kriminalpolizei in Tübingen und möchte Ihnen gerne einige Fragen stellen.«

Gerlinde Berner musterte Friedrich von Kopf bis Fuß, sagte aber nichts. Sie fischte ein Taschentuch aus ihrer weiten, blau-schwarz gestreiften Kittelschürze und schnäuzte sich umständlich. Hanna entging nicht, dass Gerlinde dadurch lediglich die Träne zu verbergen suchte, die ihre Wange hinabrann.

»Sie haben die Ermordete gefunden?«, versuchte Friedrich Gerlinde wenig einfühlsam zum Reden zu bringen.

»Ja.«

»In der Wohnung der Ermordeten?«, setzte Friedrich die Befragung mit einem bereits leicht ungeduldigen Unterton fort.

Gerlinde nickte.

»Und sofort, nachdem Sie die Tote gefunden hatten, riefen Sie bei uns an?«

Gerlinde nickte noch einmal.

»Sie gingen also zu Frau Häußler. Obwohl es schon nach zehn war?«

»Ja.«

»Frau Berner, ich bin ein geduldiger Mensch!« Friedrich wurde jetzt etwas lauter. »Aber wenn Sie jetzt nicht ...«

»Friedrich, kommst du bitte kurz mit mir?« Hanna schob ihren Exmann sanft einige Schritte zur Seite. »Wenn du sie weiter unter Druck setzt, sagt sie überhaupt nichts mehr.«

»Hanna, bitte! Erklär' mir nicht schon wieder, wie ich meinen Job zu machen habe! Ich werde mir jetzt diese Frau Berner vornehmen und sie wird mir die Antworten geben, die ich haben will!« Friedrich drehte sich um, aber es gab keine Zeugin mehr, die er sich hätte vornehmen können: Gerlinde Berner war verschwunden.

»Also, das ...« Friedrich ließ den Satz unvollendet.

Hanna ahnte mehr, als dass sie sah, dass Friedrichs Kopf eine dunkelrote Färbung annahm. »Der werd' ich ...« Weiter kam Friedrich nicht, denn ein Streifenpolizist lief auf die beiden zu. »Herr Hauptkommissar, der Herr Staatsanwalt lässt fragen, ob Sie vorhaben, sich noch im Laufe dieses Abends den Tatort anzusehen.«

»Ja, verdammt noch mal, das habe ich vor!«, knurrte Friedrich und setzte sich in Bewegung.

»Ein furchtbarer Mensch«, stellte Gerlinde fest, die aus ihrem Hausflur trat, von dem aus sie offensichtlich alles gesehen und gehört hatte.

»Nur, wenn er im Dienst ist. Privat kann er sehr nett sein«, erläuterte Hanna.

Gerlindes Mundwinkel schob sich nach unten: »Der?«

»Ja, der! Ich kann das beurteilen. Ich war ein paar Jahre mit ihm verheiratet. Kommen Sie! Wir setzen uns auf meine Terrasse und genehmigen uns ein Gläschen Williams Christ.«

Auch wenn Hanna ihren Garten unter den argwöhnischen Blicken ihrer Nachbarinnen ziemlich verwildern ließ, war die Terrasse sehr gut in Schuss. Über die von Hanna selbst entworfene und gebaute Lattenkonstruktion kletterte eine Campsis, die Tisch und Stühle beschattete. Hannas Wahl war auf diese Pflanze gefallen, weil sie keiner besonderen Pflege bedurfte und dennoch Jahr für Jahr leuchtend orangefarbene Blüten in Hülle und Fülle hervorbrachte. Gegenüber der Pergola erlaubte es ein in die Außenwand gemauerter offener Kamin, auch dann noch im Freien zu sitzen, wenn die Abende bereits kühl zu werden begannen. Aber heute brauchte Hanna kein Feuer zu machen. Nach einem Platzregen am Vormittag und der wärmenden Sonne am Nachmittag hatten die Terrakottaplatten so viel Wärme gespeichert, dass sie ihre eleganten Stöckelschuhe einfach wegkicken und barfuß gehen konnte.

Als Gerlinde Platz genommen hatte und der Schnaps eingeschenkt war, tastete sich Hanna vorsichtig an ein Gespräch mit ihrer Nachbarin heran. »Sie waren vorher nicht besonders gesprächig«, gab sie Gerlinde die Chance, jetzt etwas mehr zu sagen.

»Stimmt. Ich kann die Bull ... Polizei nun mal nicht ausstehen!«

»Ach?«

»Wie einen Schwerverbrecher haben sie meinen Günther behandelt!«

»Warum das denn?«, fragte Hanna weiter, weil ihr klar war, dass Gerlinde erst ihren Ärger loswerden musste, bevor sie bereit war, auf weitere Fragen zu antworten.

»Mein Enkel ist doch kein Dieb!«, schimpfte Gerlinde. »Was glauben die denn eigentlich?«

Hanna hatte in den letzten Wochen mehrfach im Schwäbischen Tagblatt, der Tübinger Lokalzeitung, gelesen, dass ein Einbrecher im Ammertal sein Unwesen trieb. Immer waren es ältere, alleinstehende Menschen, die er sich als Opfer aussuchte. Und immer schaffte er es, nach dem Diebstahl spurlos zu verschwinden.

»Nur, weil Günther sich auf dem Flohmarkt ein Feuerzeug gekauft hat«, fuhr Gerlinde fort, »das irgendwo gestohlen worden ist! Aber sie mussten ihn schnell wieder laufen lassen. Er hatte ein Alibi. Wasserdicht! Da haben sie sich schön blamiert, diese aufgeblasenen Deppen!«

»Also wirklich! Günther und ein Dieb!«, entrüstete sich auch Hanna. Dass sie sich gelegentlich auch schon gefragt hatte, woher Günther, der gerade eine Ausbildung zum Automechaniker absolvierte, das Geld für seine teure Markenkleidung nahm, ließ sie unerwähnt. Als hätte Gerlinde Hannas Gedanken erraten, fügte sie nicht ohne Stolz hinzu: »Günther verdient sich jeden Euro selbst. Er macht jede Menge Überstunden.«

Hanna deutete Gerlindes Blick als Bitte um Zustimmung.

»Ja, er ist ein netter junger Mann. Das scheint in der Familie zu liegen. Sie kümmern sich ja schließlich auch regelmäßig um unsere Nachbarin?«, warf Hanna einen Köder aus. Und Gerlinde biss an: »Nein, normalerweise ist das nicht nötig«, widersprach sie. »Mathilde ist ... war eigentlich immer ganz rüstig. Trotz ihrer achtundsechzig Jahre. Nur in der letzten Woche, als sie diesen Hexenschuss hatte, da habe ich ihre Wäsche für sie aufgehängt.«

»Das ist das Schöne an kleinen Dörfern. Zumindest die Alteingesessenen helfen einander.« Hanna konnte nicht vermeiden, dass sich eine leichte Spur von Verärgerung in ihre Stimme mischte. Noch zu gut war ihr in Erinnerung, wie sie vergeblich versucht hatte, von einer der Frauen das Rezept für die Maultaschen zu bekommen, die ihr beim Dorffest so vorzüglich geschmeckt hatten.

»Mathilde war keine ›Alteingesessene‹«, widersprach Gerlinde.

»Nicht?«, wunderte sich Hanna.

»Sie ist erst vor zwanzig Jahren nach Reusten gezogen.«

Erst? Allmächtiger!

»Mutterseelenallein ist sie aus dem Bus gestiegen. Mit drei Koffern. Sie tat mir richtig leid damals«, erinnerte sich Gerlinde.

»Hatte sie keine Familie?«

»Doch. Einen Sohn. Aber der ist schnell wieder weggezogen. Sobald er mit der Schule fertig war. Und dann ist plötzlich auch noch eine Tochter aufgetaucht. Christiane. Jetzt, erst vor ein paar Wochen. Wie aus dem Nichts. Mathilde hat zu niemandem je ein Wort über sie gesagt. Komisch, oder?«

»Allerdings«, bestätigte Hanna. »Wann war denn das genau? Ich meine, wann ist die Tochter aufgetaucht?«

»Ich habe sie vor vier, fünf Wochen zum ersten Mal gesehen. Mathilde sagte mir, dass Christiane ihre Tochter ist. Aber darüber hinaus kein Wort!« Gerlinde schwieg empört.

»Da war Frau Häußler bestimmt sehr froh, dass sie endlich nicht mehr ganz allein war.«

»Ich weiß nicht. Christiane hat nur eine Woche bei ihrer Mutter gewohnt. Dann nahm sie sich eine Wohnung in Tübingen.«

»Gab es eigentlich auch einen Herrn Häußler?«

»Muss ja. Ohne Mann keine Kinder. Aber der ist wohl schon gestorben, bevor Mathilde hierherkam. Oder abgehauen. Was weiß ich.«

Als Gerlinde nicht weiterredete, blieb Hanna erneut keine andere Wahl als zu versuchen, das Gespräch wieder in

Gang zu bringen. Sie schenkte Gerlinde nach. »Und mit der Zeit haben Sie sich mit Ihrer Nachbarin angefreundet?«

»Angefreundet ist zu viel gesagt. Wir waren zwanzig Jahre lang Nachbarinnen. Da spricht man schon mal miteinander. Auch wenn es manchmal ziemlich lange dauert, bis das Eis ein wenig auftaut«, fügte sie mit einem direkten Blick auf Hanna hinzu. Obwohl es Hanna in erster Linie wichtig war, von ihren Nachbarinnen in Ruhe gelassen zu werden, um das tun und lassen zu können, was sie für richtig hielt, nahm sie sich vor, in Zukunft mehr darauf zu achten, niemanden durch allzu offensichtliches Desinteresse vor den Kopf zu stoßen.

»Aber heute Abend waren Sie bei ihr?« Hanna bemühte sich um einen verbindlichen Tonfall. Gerlinde nickte.

»Wann? Ich meine, um wie viel Uhr sind Sie ...«

Ich muss aufpassen mit meiner Fragerei! Sonst sagt sie mir *auch nichts mehr.*

»Das muss ...«, Gerlinde dachte kurz nach, »ein paar Minuten nach zehn gewesen sein. Ich war mit dem Traktor bei meiner Schwester in Oberndorf. Als ich zurückkam und an den ersten Häusern von Reusten vorbeifuhr, schlug die Kirchturmuhr gerade die volle Stunde.«

Hanna schmunzelte innerlich bei der Vorstellung, wie ihre Nachbarin auf dem Traktor saß, den sie regelmäßig anstelle eines Autos benutzte.

»Und warum wollten Sie Frau Häußler um diese Uhrzeit noch besuchen?«

»Wollte ich überhaupt nicht. Aber als ich an Mathildes Haus vorbeifuhr, sah ich, dass noch Licht brannte.«

»Das ist ungewöhnlich«, gab Hanna zu. »Normalerweise ist es bei ihr spätestens um halb zehn dunkel.«

»Eben! Ich dachte, vielleicht ist sie vor dem Fernseher eingeschlafen. Also klingelte ich. Wenn sie geschlafen hätte, wäre sie aufgewacht. Die Klingel weckt Tote ...« Gerlinde hielt beschämt ihre Hand vor den Mund. »Auf jeden Fall«, fuhr sie dann fort, »rührte sich überhaupt nichts. Deshalb ging ich rein.«

»Sie haben einen Schlüssel«, stellte Hanna mehr fest, als sie fragte.

»Stimmt. Vor einem Jahr gab sie mir einen.«

»Und dann fanden Sie sie?«

»Ja. Da saß sie dann.« Gerlinde schluckte trocken.

»Das muss ja ein grauenvoller Anblick gewesen sein!«

»Allerdings!«, bestätigte Gerlinde. »Und erst gestern tranken wir noch zusammen Kaffee bei mir.« Gerlinde machte eine kurze Pause. »Als sie kam, war sie stocksauer«, begann sie dann wieder.

»Ach?«

»Ja. Irgendwas war mit ihrer Tochter.«

»Hat Frau Häußler gesagt, was?«

»Nein. Und ich frage auch nicht.« Gerlinde schluckte erneut. »Bis nach sechs hat sie bei mir gesessen.« Ihr Griff ging zu einem Taschentuch.

»Und danach? Haben Sie Frau Häußler danach noch einmal gesehen? Ich meine, bevor Sie ...«

»Ich nicht. Aber Günther. Heute. Um acht. Sie wollte sich einen Wurstsalat machen, hatte aber keinen Essig mehr. Da klingelte sie bei uns. Günther gab ihr ein Glas voll. Meine Güte, und jetzt ist sie tot ...« Gerlinde schluchzte in sich hinein. Aber schon nach einigen Sekunden war bemerkbar, dass sie sich zusammennehmen wollte. Sie schnäuzte sich, um dann wieder zu ihrer festen Stimme zurückzukehren. »Nachdem ich sie dann gefunden hatte, fühlte ich sofort ihren Puls. Aber es war nichts mehr zu machen.«

»Und dann riefen Sie die Polizei an?«

»Ja. Mit dem Handy.« Gerlinde bemerkte Hannas erstaunten Blick. »Was schauen Sie denn so komisch! Ich bin nicht so altmodisch, wie Sie denken!«

»Und dann?«, drängte Hanna.

»Setzte ich mich in Mathildes Küche. Die von der Polizei sagten, sie kommen sofort und ich soll warten, bis sie da sind«, erklärte Gerlinde, ohne eine Miene zu verziehen, und fuhr nach einer kurzen Pause fort: »Wer um alles in der Welt bringt eine alte Frau um? Sie hat doch niemandem etwas getan!« Ihre Stimme verriet, dass sie wieder mit den Tränen kämpfte.

»Hatte sie vielleicht Streit mit jemandem? Hatte sie Feinde? Im Dorf? Außerhalb?«, fragte Hanna.

»Nicht, dass ich wüsste. Sie ...«

Weiter kam Gerlinde nicht, weil am Gartenzaun einer der Streifenpolizisten erschien. »Hallo, Sie! Sie sollen rüber zum Staatsanwalt kommen. Er hat einige Fragen an Sie«, richtete der Uniformierte aus.

»Meinen Sie Frau Berner oder mich?«, erkundigte sich Hanna.

»Keine Ahnung. Der Staatsanwalt hat gesagt, ich soll die Nachbarin der Ermordeten holen.«

»Wir sind ... waren beide Nachbarinnen von ihr. Kommen Sie, Frau Berner!«, entschied Hanna. Aber Gerlinde bewegte sich keinen Zentimeter. »Wenn die etwas von mir wollen, sollen sie zu mir kommen! Aber heute nicht mehr. Ich will jetzt in mein Bett!«

Deshalb ging Hanna allein auf das Nachbarhaus zu, während Gerlinde ohne ein weiteres Wort in ihrem Haus verschwand. Hanna hatte ihren Fuß noch nicht auf die unterste Treppenstufe gesetzt, als Friedrich schon im Türrahmen erschien. »Du weißt ganz genau, dass du am Tatort nichts zu suchen hast! Wenn ich Fragen habe, melde ich mich bei dir. Bis dahin gehst du bitte zurück in deine Wohnung!« Auch wenn Hanna Friedrich bereits mehrfach bei der Lösung seiner Mordfälle nicht nur mit Rat, sondern auch mit Tat zur Seite gestanden hatte, war er – insbesondere Dritten gegenüber – nicht davon abzubringen, dass Hanna bei polizeilichen Ermittlungen nichts zu suchen habe.

»Das geht leider nicht, mein Lieber! Der ermittelnde Staatsanwalt hat ausdrücklich verlangt, dass ... ich zu einer Befragung hierherkomme. Und als gesetzestreue Bürgerin werde ich doch nicht gegen die Weisung eines Staatsanwaltes verstoßen!«, flötete Hanna, nachdem sie zuvor durch einen kurzen Blick sichergestellt hatte, dass Konrad sie nicht hören konnte, weil er immer noch im Haus war. Friedrich ließ Hanna missmutig passieren und trottete hinter ihr die Treppe zur ersten Etage hinauf. An die ausgetretene, aber regelmäßig mit Leinöl gepflegte Holztreppe schloss sich ein Flur an. Der Boden war mit Linoleum belegt, dessen Brüchigkeit zu der abblätternden Farbe an Tür- und Fensterrahmen passte. An den kalkweißen Wänden hingen gerahmte Landschaftsbilder unterschiedlicher Größe und künstlerischer Qualität. Zwei der drei vom Flur abgehenden Türen waren verschlossen. Aus der dritten fiel ein Lichtschein. Hanna betrat dieses Zimmer, ohne zu zögern. Auf den ersten Blick sah sie nur, dass Mathilde Häußler in einem Sessel saß. Ihr Kopf war auf die linke Schulter gesunken. Man hätte auf die Idee kommen können, dass sich hier eine ältere Frau während einer anstrengenden Putzaktion eine kleine Pause gegönnt hatte und dabei eingenickt war, wenn nicht eine breite Blutspur vom Haaransatz über Backen, Kinn und Hals bis zum Brustansatz eine ganz andere Geschichte erzählt hätte. Hanna kam näher und sah die klaffende, inzwischen blutverkrustete Wunde an der Stirn der Toten und wandte sich zunächst schaudernd ab. Dann aber richtete sie ihren Blick doch wieder auf die Tote. Die praktische Kurzhaarfrisur hätte den Eindruck von Frische hinterlassen, wenn nicht die fahle Gesichtsfarbe gewesen wäre. Make-up und Lippenstift zeugten davon, dass die Tote Wert auf ihr Äußeres gelegt hatte.

Mir ist nie aufgefallen, wie schön diese Frau war!

Hanna bemerkte plötzlich, dass hinter ihr Friedrich und Konrad Kästner standen. Beide hatten Hanna bisher nur still beobachtet.

»Auch wenn ich selbstverständlich unserem allseits geschätzten Doktor Wegener nicht vorgreifen will: Es spricht eine Menge dafür, dass das Opfer erschlagen wurde«, beendete Konrad die Stille, bevor sie zu drückend wurde. »Aller Wahrscheinlichkeit nach damit«, fuhr er fort und deutete auf eine Marienstatue aus Messing, die etwa einen Meter entfernt von der Leiche auf dem Fußboden lag. Hanna ging in die Hocke und streckte spontan die Hand nach der Statue aus. Aber im gleichen Augenblick zog sie ihre Finger wieder zurück und betrachtete die mögliche Tatwaffe, ohne sie anzufassen. Am Sockel der Statue klebte Blut. Trotzdem war auf einem Aufkleber noch »A bientôt à Lourdes« zu lesen. Hanna richtete sich wieder auf und sah sich im Zimmer um. Als Erstes stach ihr der Flachbildschirm eines sicher nicht billigen Fernsehapparates ins Auge, der nicht zu den schon recht abgeschabten Bezügen der Sitzgruppe passen wollte, die um einen Nierentisch – Eiche furniert – herum standen. An der Wand gegenüber der Tür hing eine postergroße Fotomontage, die Papst Benedikt XVI. vor einem beeindruckenden Alpenpanorama zeigte. Darunter war auf einer Kommode – Kiefer, schwarz – eine Art Altar aufgebaut. Frische Blumen schmückten eine Halbreliefreproduktion von Dürers Betenden Händen, zu deren beiden Seiten außerdem Kerzen aufgestellt waren. Die aufgeschlagene Bibel mit Ledereinband und Goldschnitt ruhte auf einem geschnitzten Buchständer. Hanna konnte sich gut vorstellen, dass Mathilde Häußler zahllose Stunden betend vor diesem Ersatzaltar gestanden oder gekniet hatte. Jetzt aber ließ das Ensemble keinerlei Andacht mehr aufkommen. Die Schubladen der Kommode waren herausgezogen, ihr Inhalt über den Fußboden verstreut. Der Wohnzimmerschrank und seine Umgebung boten dasselbe Bild: Aufgerissene Türen, herausgezogene Laden und achtlos auf den Boden geworfene Tischdecken und Servietten, die ehemals akkurat gebügelt und gefaltet worden waren, aber auch Schnellhefter mit amtlich aussehenden Schreiben sowie Briefe, handbeschriebene Zettel und aus welchen Gründen auch immer aufbewahrte Rechnungen bedeckten den fleckigen Teppichboden. Friedrich bemerkte Hannas hin- und herhuschenden Blick. »Tja«, meinte er gedehnt, »sieht ganz stark nach Raubmord aus. Frau Häußler überrascht einen Einbrecher. Er verliert die Nerven. Schlägt zu. Und dann sucht er nach etwas Wertvollem, das er mitnehmen kann. Dass er durch den Lärm entdeckt wird, muss er ja nicht mehr befürchten.«

»Hört sich plausibel an.« Hanna schien Friedrich zuzustimmen. »Zunächst. Aber ...«

»Ich habe es geahnt!«, stöhnte Friedrich. »Kannst du nicht *ein einziges Mal* offensichtliche Tatsachen so akzeptieren, wie sie sind?«

»Du wirst ja wohl nicht bestreiten wollen, dass im Fall der ermordeten Kurdin am Anfang auch alles ganz anders ausgesehen hat, als es dann tatsächlich war«, beharrte Hanna. »Was haben wir? Eine Leiche. Und Chaos auf dem Boden. Aber sonst? Nichts! Das reicht hinten und vorne nicht für deine Schlussfolgerungen. Weißt du, ob überhaupt irgendetwas gestohlen wurde?«

»Nein«, gab Friedrich zu. »Und außerdem wurden die Einbrüche bisher immer nur am Wochenende verübt ...«

»Und heute ist Mittwoch! Du siehst, die Situation ist keineswegs so eindeutig, wie du behauptest.«

»Tatsache bleibt, dass die Hintertür aufgebrochen worden ist.«

»Das könnte allerdings wirklich für die Einbruchsthese sprechen. Andererseits«, Hannas Kampfgeist erwachte neu, »ist es natürlich so, dass ...«

»... man sich unter allen Umständen vor voreiligen Schlüssen hüten muss, weil immer alles auch eine ganz andere Bedeutung haben kann«, beendete Friedrich Hannas Satz leiernd. »Ich weiß es, Hanna, ich weiß es!« In seinen Tonfall mischte sich Gereiztheit. »Du hast es mir mindestens so oft vorgebetet wie deinen Studenten. Aber für mich ist und bleibt das so lange ein Raubmord, bis ich Anhaltspunkte für irgendetwas anderes finde. Und jetzt sehe ich mir das Schlafzimmer an.« Friedrich stapfte los. Hanna und Konrad folgten ihm. Im Flur trafen sie auf Beamte der Spurensicherung, die inzwischen ebenfalls am Tatort eingetroffen und mit ihren Köfferchen auf dem Weg ins Wohnzimmer waren. Im Schlafzimmer, das unter dem Dach lag, empfing Hanna ein ähnliches Bild wie im Wohnzimmer: Schranktüren waren aufgerissen, Schubladen herausgezogen, der Boden mit Unterwäsche, Handtüchern und Bettbezügen übersät. Über allem lag ein Hauch von Lavendelduft, der sich verstärkte, je näher man dem Schrank kam, in dem Bett- und Unterwäsche bis vor kurzem ordentlich gestapelt gelegen hatte.

Hanna musterte zunächst ausgiebig das vor ihr liegende Durcheinander auf den Holzdielen. Dann hob sie den Kopf und sah sich im Zimmer um. Ein breites Doppelbett dominierte den Raum. Auf der linken Seite war ein Federbett mit weißem Bezug bereits zum Zubettgehen aufgedeckt, während rechts ein Paradekissen auf der ausgebreiteten Tagesdecke thronte. Eine gerahmte Fotografie an der Wand über diesem Teil des Bettes weckte Hannas Interesse. Sie zeigte einen Mann in Jägerkleidung; sein rechter Fuß ruhte auf einem Wildschwein, die Büchse, mit der das Tier erlegt worden war, hing über der Schulter des Waidmanns. Papier und Vergilbungsgrad der Fotografie ließen darauf schließen, dass das Bild schon vor langer Zeit aufgenommen worden war. Der schwarze Streifen, der diagonal über die linke untere Ecke verlief, und die Position des Bildes sprachen dafür, dass es sich um Mathildes verstorbenen Ehemann handelte. Auch auf dem Nachttisch und einem an der Wand entlanglaufenden Bord standen mehrere Wechselrahmen mit Schnappschüssen, die denselben Mann mit Badehose auf dem Dreimeterbrett eines ziemlich überfüllten Schwimmbades, im dunklen Anzug bei einer Kommunionsfeier, im Wohnzimmer, eingenickt und mit der Fernbedienung auf den Oberschenkeln sowie mit Gamsbarthut und Rucksack bei verschiedenen Bergwanderungen zeigten.

»Na?« Friedrich umfasste mit einer Geste das gesamte Schlafzimmer und blickte Hanna an. »Eine aufgebrochene Hintertür und zwei durchwühlte Zimmer! Ich tendiere doch eher zu einem Raubmord!«

»Na ja, ob hier wirklich ein Mordmerkmal erfüllt ist«, mischte sich Konrad Kästner ein, »oder ob lediglich das Grunddelikt Totschlag vorliegt, ist eine Frage, die letztlich nur ein Jurist beantworten ...«

»Herr Staatsanwalt«, fiel Friedrich Konrad ins Wort. Jedes Mal, wenn jemand vermeintlich oder tatsächlich eine Anspielung darauf machte, dass Friedrich sein Jurastudium nach vier Semestern abgebrochen hatte und in den Polizeidienst gewechselt war, reagierte er stark gereizt. »Ich habe mich nicht jahrelang an irgendwelchen Universitäten herumgetrieben. Das ist richtig. Aber der Unterschied zwischen Mord und Totschlag ist mir trotzdem durchaus bekannt. Und hier haben wir sogar die freie Auswahl an Mordmerkmalen: Habgier, Heimtücke, Verdecken einer Straftat. Darf es vielleicht sonst noch etwas sein?«

Wie beim Pawlow'schen Hund! Dabei weiß Konrad überhaupt nichts von Friedrichs abgebrochenem Studium.

Konrad Kästner nahm den Fehdehandschuh auf. »Erstens ist Habgier eine innere Einstellung und gehört deshalb zum so genannten subjektiven Tatbestand. Dazu können wir im Moment überhaupt noch nichts sagen. Und ob Frau Häußler zweitens arg- und deshalb wehrlos war, ist mehr als fraglich. Wenn ich einmal unterstelle, dass wirklich ein Einbrecher unterwegs war und die Ermordete ihn überrascht hat, können wir wohl kaum davon ausgehen, dass sie die Situation als vollkommen ungefährlich eingeschätzt und sich absolut sicher gefühlt hat. Sie wird deshalb alles andere als arglos gewesen sein, so dass Heimtücke als Mordmerkmal ebenfalls ausscheiden dürfte. Und dass drittens eine Straftat verdeckt werden sollte, erscheint zwar möglich, ist aber keineswegs sicher. Es kann sich also durchaus auch nur um einen Totschlag handeln«, dozierte Konrad in Hannas Richtung.

Allerdings hatte keine der drei Personen im Raum den geringsten Zweifel daran, dass der eigentliche Adressat Friedrich war. Und Friedrich reagierte prompt. »Ich könnte Ihnen stundenlang zuhören, Herr Staatsanwalt«, meinte er bissig. »Aber leider habe ich keine Zeit dazu. Ich muss nämlich die Angehörigen informieren und am besten auch gleich noch befragen. Guten Abend!«

»Wie schön, Sie so diensteifrig zu sehen«, nahm Konrad Friedrichs Tonfall auf. »Haben Sie denn schon recherchiert, ob es lebende Angehörige gibt und wo sie gegebenenfalls zu finden sind?«

»Ich kann auch nicht alles auf einmal ...«

»Es gibt einen Sohn. Und eine Tochter. Christiane. Sie wohnt in Tübingen«, schaltete sich Hanna ein und erntete zwei erstaunte Gesichter. »Nun ja, ich beschaffe mir gelegentlich die eine oder die andere ganz nützliche Information. Auch wenn das gewissen Personen häufig nicht so recht passt«, fügte sie mit einem Seitenblick auf Friedrich hinzu.

»Schön«, grantelte Friedrich. »Und wie ich dich kenne, kannst du mir natürlich auch gleich sagen, wo diese Christiane wohnt, welche Schuhgröße sie hat und welches Deo sie benutzt?«

»Leider nein. Aber ich kann den Mord ja wirklich nicht vollkommen alleine aufklären. Ein ganz klein wenig musst du mir schon dabei helfen!«

»Dir *werde* ich helfen, wenn du dich weiter in Dinge einmischst, die dich nichts angehen!«, drohte Friedrich. Aber Hanna kannte ihn lange genug, um herauszuhören, dass er ihr nicht wirklich böse war.

Friedrich – und in seinem Gefolge Hanna und Konrad – begab sich zurück ins Wohnzimmer.

»N' Abend zusammen! Habt ihr schon irgendeinen Hinweis auf die Tochter der Ermordeten gefunden?«, wandte sich Friedrich ohne Übergang an seine Kollegen von der Spurensicherung. »Adresse? Telefonnummer ...«

»Schuhgröße? Deomarke?«, konnte Hanna sich nicht verkneifen, halblaut hinzuzufügen.

»Wenn die Tochter Christiane heißt, habe ich etwas«, meldete sich einer der Männer in weißen Overalls zu Wort. »Hier.« Er blätterte den Ordner mit amtlichen Schriftstücken und Rechnungen durch. »Möbelhaus Breitschneider. Bett, Kiefer natur. Zweihundertachtunddreißig Euro. Adressiert an eine Christiane Frank, in der Marienstraße. Das ist in Derendingen draußen.«

Der Beamte im Overall streckte Friedrich seine Hand mit der Rechnung entgegen. »Hier! Mit Überweisungsbeleg. Vom Konto der Ermordeten. Das habe ich schon herausgefunden. Und quer über der Rechnung steht: ›Danke, Mama!‹«

»Frank? Unser Opfer heißt doch Häußler«, wandte Konrad ein.

»Möglicherweise hat unsere Christiane einen Herrn Frank geheiratet«, mutmaßte der Mann von der Spurensicherung.

»Ja, dann ist es wohl das Beste, wenn Sie gleich zu dieser Christiane fahren«, schlug Konrad Friedrich vor. »Und wir beide müssen uns überlegen, was wir mit dem angebrochenen Abend noch anstellen können«, wandte er sich an Hanna.

»Hanna, hättest du ... vielleicht ... Lust, mit zu dieser Christiane zu kommen?«, erkundigte sich Friedrich.

Hanna traute ihren Ohren nicht. Friedrich bot ihr von sich aus an, an den Ermittlungen teilzunehmen! Sie schwankte. Einerseits stieg Zorn in ihr auf. Sie hatte absolut keine Lust, als Schachfigur beim Austragen von privaten und beruflichen Eifersüchteleien zwischen Konrad und Friedrich missbraucht zu werden. Aber andererseits war sie zu neugierig, um Friedrichs Angebot auszuschlagen. Und in der Stimmung, Konrad mit in ihre Wohnung zu nehmen, war sie nach dem Auffinden ihrer erschlagenen Nachbarin auch nicht mehr. Deshalb entschied sie sich dafür, Friedrich zu folgen, ihm aber auf dem Weg ordentlich die Meinung zu sagen.

Sie verabschiedete sich freundschaftlich von Konrad und verließ mit Friedrich das Haus der Toten. Auf dem Weg durch den Garten der Ermordeten begegneten sie dem Polizeiarzt. Sein vorwurfsvoller Blick traf Friedrich.

»Ja, ich weiß! Es ist wieder außerhalb der normalen Dienstzeit«, murmelte Friedrich. »Es tut mir Leid. Mit dem nächsten Täter werde ich vorher ein ernstes Wörtchen reden. Versprochen!«

Plötzlich fühlte Hanna, dass Friedrich ihren linken Arm ergriff und ungewöhnlich fest zupackte. Er war wegen einer der hochstehenden Bodenplatten gestolpert und hatte nur durch sein beherztes Zugreifen verhindern können, dass er vollends strauchelte und zu Boden fiel.

Als Friedrich wieder sicher auf beiden Beinen stand, lächelte Hanna ihn spitzbübisch an. »Ein Beleg mehr, dass die Redensart von den ›gefallenen Mädchen, die von aufrechten Männern gerettet werden‹, barer Unsinn ist!«

* * *

»Findest du nicht, dass es schon ziemlich spät für einen Besuch bei Frau Frank ist? Besonders für die Mitteilung, die wir ihr machen müssen?«, äußerte Hanna Bedenken.

Sie und Friedrich hatten das Haus in Derendingen ohne Probleme gefunden, da die Hausnummer gut sichtbar angebracht war und von der Straßenlaterne beleuchtet wurde.

Friedrich sah auf seine Solar-Armbanduhr, die ihm Hanna zu seinem letzten Geburtstag geschenkt hatte. »Zwanzig nach elf erst. Die ersten Stunden der Ermittlungen sind immer die wichtigsten. Ich kann es mir nicht leisten, wertvolle Zeit verstreichen zu lassen. Und außerdem ist oben noch

Licht. Ich gehe da jetzt rein!« Er klingelte. Es erfolgte keine Reaktion, außer dass im Nebenhaus ein Fenster aufging und sich eine Frau herauslehnte.

»So, holen Sie ihn endlich ab, den Araber, den?«, giftete sie. »Das hat ja so kommen müssen, dass der eines Tages von der Polizei geholt wird!« Offensichtlich hatte die Frau den Umstand gründlich missverstanden, dass Hanna und Friedrich einen Streifenwagen benutzten. Die Scheinwerfer von Friedrichs Privatauto waren ja zuvor zu Bruch gegangen.

»Bitte schließen Sie Ihr Fenster und kümmern Sie sich um Ihren eigenen Kram!« Friedrich ließ keinerlei Zweifel daran aufkommen, was er vom Gezeter der etwa Sechzigjährigen hielt.

Aber die Frau ließ sich nicht beeindrucken. »Ist das einer von diesen Terroristen? Aussehen tut er auf jeden Fall so!«

Widerlich!

»Einsperren! Oder da hinschicken, wo sie herkommen! So schnell wie möglich! Alle miteinander!«, tönte es vom Fenster her. »Aber ich sage ja schon immer ...«

Noch bevor Hanna und Friedrich erfahren konnten, was die Nachbarin schon immer sagte, wurde die Tür, an der Friedrich geklingelt hatte, geöffnet. Ein Mann Ende fünfzig, der zu einem weißen Hemd mit offenem Kragen einen dunklen Anzug trug, trat aus dem Haus. Trotz der spärlichen Beleuchtung und des gepflegten Vollbartes war seine etwas dunklere Hautfarbe zu erkennen. Unter einem gehäkelten Käppi quoll dichtes, schwarzes Haar hervor.

»Guten Abend. Mein Name ist Holzwarth. Ich komme von der Tübinger Kriminalpolizei.« Der Griff in die Jackentasche und das Vorzeigen des Ausweises waren jahrelange Routine. »Sind Sie Herr Frank, der Mann von Christiane Frank?«, wollte Friedrich wissen. Der Mann reagierte nicht.

»Verstehen Sie, was Herr Holzwarth sagt? Ich meine, sprechen Sie Deutsch?« Hanna bemühte sich, möglichst langsam und deutlich zu sprechen.

»Selbstverständlich. Ich bin mit Deutsch groß geworden. Mein Vater war die rechte Hand des ägyptischen Botschafters in Wien und Bonn. Gestatten Sie, dass ich mich vorstelle? Mein Name ist Al Sayyid. Fouad Al Sayyid. Christiane und ich sind verlobt. Was wollen Sie denn von mir? Um diese Tageszeit?«

»Wir möchten gerne mit Ihrer Verlobten reden«, erklärte Hanna. »Ist sie zu Hause?«

»Nein, sie ist nicht zu Hause.« Eine Spur von Verärgerung hatte sich in Fouads Tonfall eingeschlichen. »Sie ist viel zu oft nicht zu ... Aber das geht Sie nichts an«, bremste er sich selbst.

»Können Sie uns sagen, wann sie zurückkommt?«, versuchte es Hanna erneut mit einer freundlichen Frage.

»Tut mir leid, keine Ahnung. Bei Christiane kann man nur ganz schwer vorhersagen, was sie tun oder lassen wird! Was ist denn eigentlich los?«

»Wir müssen Ihrer Verlobten und Ihnen leider eine sehr traurige Mitteilung machen. Christianes Mutter ist tot. Sie wurde ermordet.«

Nach langem Überlegen hatte sich Friedrich zu Beginn seiner Karriere für diese Sätze entschieden, die er seither in allen Fällen nahezu wortgleich wiederholte. In ihrer Kürze und Nüchternheit entsprachen sie seinem gradlinigen und realitätsorientierten Naturell. Von blumig-euphemistischen Umschreibungen hielt Friedrich ebenso wenig wie von einer die wirkliche Gefühlslage verdeckenden Zackigkeit.

»Frau Häußler ... tot ... das ist ...« Fouad verstummte. Mit durchgestreckter Wirbelsäule, erhobenem Haupt und eng anliegenden Armen glich er einer Statue. Auch in seinem Gesicht zuckte kein Muskel. Für mehr als eine halbe Minute herrschte Stille. »Was ist passiert?«, fragte Fouad dann erstaunlich nüchtern und mit fester, aber kaum modulierter Stimme.

»Wir müssen mit Frau Frank reden.« Friedrich ging nicht auf Fouads Frage ein. »So schnell wie möglich! Vielleicht kann sie uns wertvolle Hinweise geben. Richten Sie Ihrer Verlobten bitte aus, dass sie morgen um zehn zu mir kommen soll. Hier ist meine Karte, da steht alles drauf.«

»Ich werde es ausrichten. Aber bitte, gehen Sie jetzt. Ich möchte alleine sein.«

»In Ordnung. Aber dann muss ich Sie bitten, morgen ebenfalls zu mir zu kommen. Ich habe natürlich auch einige Fragen an Sie.«

»Zehn Uhr?«

»Zehn Uhr«, bestätigte Friedrich.

Fouad deutete ein Nicken an. Hanna verstand sofort. »Auf Wiedersehen, Herr Al Sayyid.« Sie achtete darauf, dass er nicht sah, wie sie Friedrich in Richtung Gehweg zog. Friedrich murmelte noch über die Schulter hinweg: »Gute Nacht. Wir sehen uns morgen«, aber Fouad hatte die Haustür schon wieder von innen verschlossen.

Gerade als Hanna dabei war, sich müde auf den Beifahrersitz fallen zu lassen, bog ein VW Lupo in die Marienstraße ein, fuhr im Schritttempo heran und parkte hinter Hanna und Friedrich ein. Wenige Sekunden später stieg eine Frau mittleren Alters mit zu einem Pferdeschwanz zusammengebundenen, dunkelblonden Haaren, Jogginganzug sowie Laufschuhen aus und ging auf die Haustür zu, vor der Hanna und Friedrich soeben noch gestanden hatten. Hanna hatte Friedrich selten so schnell ein Auto verlassen sehen.

»Entschuldigen Sie, sind Sie Frau Frank? Christiane Frank?« Wieder hatte Friedrich seinen Dienstausweis mit einer einzigen Bewegung in der Hand. Die Frau drehte sich um, aber bevor sie auch nur ein Wort sagen konnte, ging die Haustür wieder auf und Fouad streckte seinen Kopf heraus. Dann nahm er Christiane am Arm und wollte sie ins Haus ziehen. Christiane entzog ihm ihren Arm. »Was ist hier eigentlich los?«, wollte sie mit einer Mischung aus Verblüffung und Entrüstung wissen.

»Bitte ...«, Fouad wandte sich an Friedrich, »lassen Sie *mich* mit ihr reden. Bitte!«

Friedrich holte Luft, um zu widersprechen, aber Hanna war schneller. «In Ordnung. Wir warten hier. Sagen Sie bitte Bescheid, wenn Ihre Verlobte so weit ist.«

»Kommst du bitte mit ins Haus?«, bat Fouad eindringlich, ohne Christiane allerdings erneut zu berühren. »Bitte!«

Christiane blickte ratlos von Fouad zu Friedrich und zurück, um ihrem Verlobten schließlich kopfschüttelnd ins Haus zu folgen. Hanna und Friedrich setzten sich wieder in den Streifenwagen. Schon nach weniger als zwei Minuten erschien Christiane und bat die beiden herein.

Hanna und Friedrich folgten ihr in eine kleine Zweizimmerwohnung unter dem Dach, ein Ausdruck der Tatsache, dass in Tübingen aufgrund der immensen Nachfrage auch solcher Wohnraum gewinnbringend vermietet werden konnte, für den in anderen Städten kein Mensch auch nur einen Funken Interesse aufgebracht hätte. An den überwiegend schrägen Wänden lagen die elektrischen Leitungen sichtbar auf dem Putz. Die sanitären Installationen stammten aus den frühen sechziger Jahren und hätten eine Generalüberholung dringend nötig gehabt. In einem offensichtlich als Wohnzimmer benutzten Raum sorgte eine sichtlich gealterte Lampe für Licht, und von der Decke blätterte eine Farbe, die früher einmal weiß gewesen sein mochte. Durch die offen stehende Tür zu einem kleinen Nebenraum waren ein Spülbecken aus billigem Edelstahl sowie ein Kohleherd zu sehen.

»Frau Frank, sind Sie schon so weit, dass wir jetzt einige Fragen an Sie stellen können?« Hanna ignorierte Friedrichs gerunzelte Stirn.

»Ja. Kein Problem. Mir ist es lieber, wenn wir das sofort hinter uns bringen. Morgen möchte ich ... meine Schwester besuchen. Sie hat Geburtstag. Was wollen Sie wissen?«

Hanna und Friedrich blickten sich an. Sie waren überrascht von der Emotionslosigkeit, mit der Christiane Frank den Tod ihrer Mutter aufzunehmen schien. Dass sie das ihren Gesichtern auch ansehen konnte, zeigte Christianes Reaktion.

»Sie werden es ja sowieso erfahren. Also kann ich es Ihnen auch gleich sagen. Unser Verhältnis war nicht besonders innig. Es gab viel Streit in letzter Zeit. Also erwarten Sie bitte nicht, dass ich hier in Tränen ausbreche.«

»Worum ging es denn da? Bei den Streitereien mit Ihrer Mutter, meine ich«, hakte Friedrich sofort nach. Christianes geschlossener Mund verschmälerte sich. Sie wandte sich ab und blickte starr auf den Fußboden.

»Es ging um mich. Ich habe ihr nicht gepasst!«, schaltete sich Fouad ein. »Ich hatte in ihren Augen einen absolut unverzeihlichen Makel: Ich bin Moslem. *So* einer kommt natürlich für ihre Tochter nicht in Frage! Ich möchte wirklich wissen, wer da der Fundamentalist ist!« Fouad verstummte. Er hatte selbst bemerkt, dass er mit jedem Satz mehr in Rage geriet. Durch die eingetretene Stille war jetzt zu hören, dass Christiane begonnen hatte, leise zu schluchzen. Fouad ging auf sie zu und wollte sie in den Arm nehmen, aber Christiane wehrte ab.

»Er hat Recht! Ständig hat sie mir erzählt, dass es eine Sünde sei, mit Fouad zusammenzuleben! Ich müsse wenigstens unbedingt dafür sorgen, dass er sich taufen lässt! Ich hatte die Wahl: sie oder er! Jetzt wissen Sie, warum ich mit ihr gestritten habe.«

Christiane presste die Lippen aufeinander und wandte ihren Blick erneut ab. Das Zucken ihrer Schultern verriet, dass sie sich erfolglos bemühte, ihr Schluchzen zu unterdrücken.

»Ja ... « Friedrich suchte eine Möglichkeit, das Gespräch in weniger emotional belastete Bereiche zu manövrieren. »Im Moment könnte einiges dafür sprechen, dass Ihre Mutter von einem Einbrecher erschla ... getötet worden ist. Deshalb ist es für uns wichtig zu erfahren, ob wirklich etwas gestohlen wurde. Ich meine, das Beste wäre, wenn wir jetzt sofort zusammen nach Reusten fahren und nachsehen könnten.«

»Hat das nicht Zeit bis morgen früh?«, warf Hanna ein.

»Lassen Sie nur«, entgegnete Christiane. »Ich möchte es gerne hinter mich bringen.«

»Eben!«, bestätigte Friedrich mit Blick auf Hanna. »Dann kann Frau Frank morgen früh zu ihrer Schwester fahren, wann immer sie will.« Friedrich zückte sein Notizbuch. »Wo wohnt Ihre Schwester?«

»Auf dem Friedhof«, antwortete Christiane tonlos. »Sie ist schon vor vielen Jahren gestorben.« Dann schüttelte sie sich kaum wahrnehmbar, schob ihre Schultern nach oben und ging an Hanna und Friedrich vorbei in die Diele. Sie nahm einen Schlüsselbund vom Wandbord. »Ich möchte mit meinem eigenen Auto fahren, wenn Sie nichts dagegen haben. Fouad, kommst du?«

* * *

»Hier.« Christiane deutete auf eine leere, herausgezogene Schublade der Kommode im Wohnzimmer. »Da hatte sie ihren Schmuck drin. Ringe, Armreifen, Ketten.«

»Wertvoll?«, wollte Friedrich wissen.

»Das Meiste nicht besonders. Aber einen Ring und eine Kette hatte sie, die waren wirklich teuer. Deshalb hat sie sie auch so gut wie nie getragen.«

»Sonst noch etwas? Ich meine zum Beispiel größere Summen Bargeld? Ältere Damen haben doch gelegentlich ihre Geheimverstecke.« Friedrich sah Christiane auffordernd an.

»Ich habe keine Ahnung, ob und wenn ja, wo sie so was hatte«, antwortete Christiane, ohne lange nachzudenken.

»Wie bitte?«, fragte Hanna verblüfft. »*Ich* kannte die geheimen Verstecke von *meiner* Mutter immer ganz genau.«

»Ich war lange weg«, erklärte Christiane und beließ es dabei.

»Ja, dann hilft nur eines«, stellte Hanna fest und verließ das Zimmer, um nach wenigen Minuten mit Gerlinde Berner im Schlepptau zurückzukommen. Ohne Friedrich auch nur eines Blickes zu würdigen, ging Gerlinde an ihm vorbei und steuerte die Küche an. Durch die Tür war zu erkennen, dass sie sich an einem der Hängeschränke zu schaffen machte. »Ihr ganzes Geld! Alles weg!«

Die Nachbarin der Toten kam mit einer offenen Dose zurück, bei der der bereits abblätternde Aufdruck mit geschmückten Tannenbäumen, rotbackigen Äpfeln und einem gutmütig lächelnden Nikolaus darauf schließen ließ, dass sie ursprünglich für die Aufbewahrung von Weihnachtsgebäck vorgesehen war.

»Hier drin«. Gerlinde zeigte Hanna die Dose. »Hier hatte sie immer ihr ganzes Geld. Nur große Scheine. Wie oft habe ich ihr gesagt, sie soll es zur Bank bringen!«

»Wie viel war es denn?«, erkundigte sich Hanna.

»Keine Ahnung. Bestimmt einiges. Sie brauchte ja nie viel zum Leben. Und die Bäckerei brachte immer noch einiges ein.«

»Bäckerei?«, hakte Friedrich nach.

»Mein Vater war Bäcker«, beantwortete Christiane die nicht an sie gestellte Frage. »Nachdem er gestorben war, haben wir alles verpachtet«, erklärte sie.

»Und sonst? Fehlt noch was? Bitte sehen Sie sich genau um!«, bat Friedrich Christiane, die nur bedauernd den Kopf schüttelte. »Keine Ahnung.«

Gerlinde Berner ging wortlos zum Wohnzimmerschrank und schloss die linke Türe auf. Dann zeigte sie auf eine alte Intarsientruhe, die auf dem Boden des Schrankes stand und deren Deckel hochgeklappt war. Mehrere Bogen lose darin liegendes Seidenpapier verrieten, dass der eigentliche Inhalt verschwunden war. »Die Puppen sind auch nicht mehr da!«, verkündete sie.

»Die Jumeau-Puppen?«, fragte Christiane überrascht.

»Die was?« Friedrichs Gesicht spiegelte blankes Unverständnis.

»Jumeau-Puppen«, erklärte Hanna. »Frankreich. Ende neunzehntes, Anfang zwanzigstes Jahrhundert. Jede einzelne ist ein Vermögen wert.«

Hanna sah den mageren, langhaarigen Jüngling vor sich, der sich zu Beginn ihres Studiums alle erdenkliche Mühe gegeben hatte, sie unter seine Bettdecke zu bekommen. So hatte er auch großmundig angekündigt, ihr die Puppe zu schenken, die ihr bei einem Stadtbummel im Schaufenster eines Antiquitätenhändlers aufgefallen war. Am nächsten Tag musste er jedoch kleinlaut beichten, was die Puppe tatsächlich wert war. Immerhin: Er hatte sich die Mühe gemacht und war noch einmal zu dem Händler zurückgegangen! Seine Aktien waren gestiegen, sanken dann aber unrettbar in den Keller, als er in der Kneipe nach dem gemeinsamen Theaterbesuch die Auffassung vertreten hatte, dass der eigentliche Platz für eine Frau letztlich doch der heimische Herd sei.

»Wie viele hatte Ihre Mutter denn davon?« Hanna war wieder in der Realität angekommen.

»Ich weiß es nicht genau. Ich durfte ja nie damit spielen. Sie hat sie von ihrer Mutter geerbt. Und die von ihrer Mutter. Und die ... keine Ahnung! Aber so vier oder fünf Stück waren es mindestens.«

»Es waren sieben«, meldete sich Gerlinde ungefragt zu Wort. »Sie hat ja oft genug mit den Dingern angegeben.«

»Könnte es nicht sein, dass Frau Häußler die Puppen selbst verkauft hat?«, schlug Hanna vor.

»Ausgeschlossen!«, erwiderte Gerlinde. »Heute Morgen, vor dem Regen, war sie in ihrem Garten und hat vier oder fünf Puppenkleider auf die Leine gehängt. Sie hatte sie wohl gerade frisch gewaschen. Ich finde das zwar ziemlich affig, aber die Pupen waren nun mal ihr Ein und Alles! Die hätte sie nie und nimmer freiwillig verkauft!«

»Was meinst du? Was ist so ein Spielzeug wert?«, wandte sich Friedrich an Hanna, als Gerlinde verstummt war.

»Fünfzigtausend Euro locker. Eher mehr, wenn sie gut in Schuss sind«, schätzte Hanna. Friedrich schluckte. »Das hat sich für einen möglichen Einbrecher ja wirklich gelohnt! Gibt es Bilder von diesen Puppen?«, wollte Friedrich wissen.

Christiane holte ein Fotoalbum aus dem Schrank. »Hier! Jede Menge!«

»Darf ich ein oder zwei Fotos mitnehmen, um sie an die Polizeidienststellen im Land zu verschicken?«

»Bitte. Bedienen Sie sich!«

Während Friedrich sich bemühte, die eingeklebten Fotos zu lösen, wandte sich Christiane wieder dem Wohnzimmerschrank zu. Langsam schienen doch Erinnerungen an frühere Zeiten zurückzukehren. »Die silberne Taschenuhr meines Vaters fehlt«, berichtete sie und zeigte auf eine Schublade, die deutlich kleiner als die übrigen war und auch jetzt noch längst vergilbte Schriftstücke beherbergte.

»Das war ihre Nostalgieschublade. Hier, sehen Sie!« Christiane faltete ein Dokument auseinander. »Der Meisterbrief meines Vaters. Und hier: auch er. Bei einer Freizeit des Kirchenchors.«

Hanna warf einen Blick auf das alte Foto und gab es Christiane zurück. »Hatte Frau Häußler neben der Keksdose noch weitere Geldverstecke?«, wollte Friedrich wissen.

»Wenn Geld übrig war«, antwortete Gerlinde, »hat sie es entweder in ihre Dose gesteckt oder für irgendwelche kirchlichen Projekte in Afrika oder was weiß ich wofür gespendet.«

»Das stimmt nicht ganz«, widersprach Christiane. »Unter ihrer Matratze hatte sie auch noch Geld gehortet. Ich habe es nur durch Zufall entdeckt. Vor zwei Wochen. Sie war aus dem Haus gegangen und hatte das Schlafzimmerfenster wagenweit offen gelassen. Dann goss es wie aus Kübeln. Patschnass! Das ganze Bett!«

»Stimmt. Sie hat ziemlich verzweifelt bei uns angerufen. Daran kann ich mich noch erinnern«, ergänzte Fouad.

»Ich fuhr zu ihr und brachte alles wieder in Ordnung«, berichtete Christiane weiter.

»Und dabei haben Sie das Geld gefunden?« Friedrich wollte die Ermittlung vorantreiben.

»Ja, als ich die Matratze anhob, tauchte plötzlich ein Bündel Scheine auf.«

»Wissen Sie noch, wie viel es war?«, fragte Hanna.

»Ich habe es nicht nachgezählt.«

»Und was ist mit dem Geld dann passiert?«

»Ich gab es ihr und sie steckte es in die Tasche ihrer Kittelschürze. Was sie danach damit gemacht hat: keine Ahnung.« Christiane breitete die Hände aus.

»Dann wollen wir mal nachsehen, ob es wieder an seinem alten Platz liegt.« Friedrich setzte sich in Bewegung. Die anderen folgten ihm die Treppe hoch ins Schlafzimmer. Ohne auf eventuelle Anweisungen Friedrichs zu warten, zog Hanna ihre Schuhe aus, stieg auf das Bett und hob diejenige Ecke der Matratze an, die wegen zweier Wände am schwierigsten zu erreichen war. »Hier!« Hanna nahm ein Taschentuch, griff damit ein Bündel Geldscheine und übergab Friedrich ihre Beute. Der streifte sich Handschuhe über und nahm das Geld in Empfang. Erstaunt hielt er es unter seine Nase. »Lavendel«, stellte er fest.

»Kein Wunder, wenn Leintuch und Matratzenschoner aus dem Schrank da kommen! Was das angeht, hatte sie einen echten Fimmel! Im Wohnzimmer stehen auch noch jede Menge Duftlampen. Und wenn im Schlafzimmer nicht alles penetrant nach diesem Unkraut stank, war sie nicht glücklich.« Christianes Gesichtsausdruck ließ keinen Zweifel daran, wie wenig sie die Marotte ihrer Mutter teilte.

»Vier Fünfziger und sieben Zwanziger. Dreihundertvierzig Euro. War das die Summe, die Sie gefunden haben?«, fragte Friedrich.

»Ich weiß nicht«, zweifelte Christiane. »Ich hätte eher gedacht, dass es mehr gewesen ist. Aber sicher bin ich mir natürlich auch nicht.«

»Schön. Dann hätten wir alles geklärt«, meinte Hanna. »Soweit es im Moment möglich ist«, fügte sie noch einschränkend hinzu. »Sie können dann nach Hause fahren, wenn Sie wollen.« Friedrich holte schon Luft, so dass Hanna schnell nachschob: «Oder hast du noch Fragen an Frau Frank oder ihren Verlobten?«

»Ja, allerdings«, knurrte Friedrich. »Eine Frage hätte ich noch.«

Jetzt überlegt er krampfhaft, was er noch fragen könnte.

»Sehen Sie nicht, dass es meiner Verlobten nicht gutgeht? Wir wollen zurück in unsere Wohnung!« Fouads Geduld war offensichtlich am Ende.

»Wie heißt Ihr Bruder?« Friedrich war offensichtlich doch noch eine Frage eingefallen.

»Gabriel. Gabriel Frank.«

Merkwürdig! Der Bruder heißt auch Frank. Scheint fast so, als ob die Mutter noch einmal geheiratet und den Namen ihres zweiten Mannes angenommen hätte.

»Wo wohnt er?« Friedrich zückte seinen Notizblock. »Bismarckstraße 102. Reutlingen. Es ist die Wohnung ganz oben.«

»Können Sie mir bitte seine Telefonnummer geben?«

Christiane nannte ihm die Ziffernfolge.

»Dürfen wir jetzt vielleicht endlich gehen? Bitte!«, drängte Fouad.

»Selbstverständlich. Wenn *ich* noch Fragen habe, melde ich mich bei Ihnen«, verkündete Friedrich mit einem Seitenblick auf Hanna. »Und Sie ...« Friedrich wollte auch Gerlinde entlassen, musste jedoch feststellen, dass sie bereits gegangen war, ohne sich in irgendeiner Form zu verabschieden.

Als Friedrich mit Hanna allein war, schaute er auf seine Armbanduhr. »Null Uhr sieben. Eigentlich höchste Zeit fürs Bett. Andererseits ... Ich weiß nicht, wie es dir geht, aber ich bin noch ziemlich aufgedreht. Was hältst du davon, wenn wir noch ein Glas Wein auf deiner Terrasse ...«

»Heute nicht. Ich bin hundemüde. Aber ich habe da noch einen halben Topf Sauerkraut von gestern. Das würde ...«, Hanna tat so, als ob sie überlegte, » ... ganz ausgezeichnet zu dem Rostbraten in meiner Gefriertruhe passen. Vielleicht sollte ich morgen Abend für uns beide den Kochlöffel schwingen.«

»Und mich – so ganz nebenbei – ausfragen, wie die Ermittlungen laufen! Hanna Kirschbaum, das Manöver ist *zu* durchsichtig!«

»Jaaa ... wenn du so gar nicht möchtest ...«

»Das habe ich nicht gesagt«, beeilte sich Friedrich zu versichern, und Hanna war guter Dinge, dass es ihr wieder einmal gelingen würde, Friedrich mit einem guten Essen zu ködern. Sie begleitete ihren Exmann zur Tür, um sich vor Mathildes Haus von ihm zu verabschieden. Nachdem Friedrich gegangen war, betrat Hanna ihr Haus und machte sich bettfertig. Als ihr Blick im Badezimmer auf die unbenutzten Kerzen fiel, seufzte sie kurz. Später, allein in ihrem Bett, war ihr letzter Gedanke vor dem Einschlafen, dass es schließlich noch nicht aller Tage Abend war.

Donnerstag, 22. Oktober

Friedrich

Auch wenn es nicht einfach war, sich im Reutlinger Einbahnstraßensystem zurechtzufinden, gelang es Friedrich schließlich, in der Nähe des Hauses Bismarckstraße 102 einen Parkplatz zu finden. Da er von Tübingen aus kurz angerufen hatte, konnte er sicher sein, Gabriel Frank in seiner

Wohnung anzutreffen. Friedrich drückte auf den obersten Knopf. Ein schnelles »Ja?« knarzte aus der Gegensprechanlage. »Guten Tag, mein Name ist Holzwarth. Kriminalpolizei Tübingen. Wir haben miteinander telefoniert.«

Der elektrische Türöffner summte. Friedrich stieg bis zum dritten Stock, nachdem er mit großem Verdruss festgestellt hatte, dass es keinen Aufzug gab. Als er oben angekommen war, keuchte er.

Es hilft alles nichts! Ich muss unbedingt wieder mit dem Joggen anfangen! Und mehr Gemüse essen!

Vor der Wohnungstür blieb Friedrich so lange stehen, bis er sicher war, dass Gabriel seine Kurzatmigkeit nicht mehr bemerken würde. Dann klingelte er erneut.

Die Tür öffnete sich einen Spalt breit, genau so weit, wie die eingehängte Sicherheitskette es zuließ. »Darf ich bitte zuerst Ihren Ausweis sehen?«, forderte Gabriel. Friedrich zückte seinen Ausweis und hielt ihn in Augenhöhe vor den Türspalt. Die Tür wurde geschlossen und sofort wieder geöffnet.

»Kommen Sie rein!«

Friedrich hatte Mühe, an Gabriel Frank vorbeizukommen. Der Flur, in dem eine kleine Schuhkommode und ein Telefontischchen standen, war zu schmal, als dass irgendjemand problemlos den Wohnungsbesitzer hätte passieren können. Auf seinen breiten Schultern saß nahezu halslos ein massiger Kopf mit blonden Stoppelhaaren und Augen, die von weit oben auf Friedrich herabblickten. Mit einer stummen Geste lud Gabriel seinen Besucher ein, durch eine der beiden vom Flur abgehenden Türen zu treten. Friedrichs Blick fiel sofort auf eine Hantelbank sowie ein Rudergerät, die Gabriels Muskelpakete an Armen und Beinen erklärten.

In einer Vitrine blitzten Medaillen und Pokale. Friedrich trat näher und sah, dass es sich um Trophäen handelte, die von verschiedenen Boxkämpfen stammten.

Verhörmethoden. Grundkurs. Lektion eins. Positives Gesprächsklima schaffen!

Nachdem sich Klagen von Zeugen über Friedrichs häufiger als zu ruppig empfundenen Verhörstil gehäuft hatten, war er von seinem Vorgesetzten ernsthaft ermahnt und zu einem Schulungswochenende über moderne Verhörmethoden verdonnert worden.

»Haben Sie die alle gewonnen?« Friedrichs Tonlage wurde freundlicher.

»Ja. Aber deshalb sind Sie bestimmt nicht aus Tübingen hierhergefahren.«

»Nein, natürlich nicht. Ich weiß nicht, ob Sie die traurige Botschaft ...«

»Sparen Sie sich Ihr Gesülze! Chris hat mich angerufen. Ich bin im Bilde. Also, was wollen Sie wissen?«

»Na, besonders nahe scheint Ihnen der Tod Ihrer Mutter ja nicht zu gehen!«

»Stellen Sie Ihre Fragen und dann gehen Sie wieder!«

Verhörmethoden. Grundkurs. Lektion zwei. Eigene emotionale Befindlichkeiten können die Aussagebereitschaft des zu Verhörenden negativ beeinflussen. Reiß dich zusammen, Friedrich Holzwarth!

»Schön. Dann kommen wir gleich zur Sache.« Friedrich bemühte sich mit Erfolg, einen neutralen Ton anzuschlagen. »Erzählen Sie mir bitte von Ihrer Mutter. Ich möchte mir gerne ein Bild von ihr machen.«

»Was wollen Sie wissen?«

»Wie hat sie gelebt? War sie vermögend? Hatte sie Feinde?«

»Feinde? Kann ich mir beim besten Willen nicht vorstellen. Außer zu ihrem ... katholischen Betklüngel hatte sie doch zu niemandem Kontakt. Vielleicht noch zu ihrer Nachbarin. Kerner? Werner? Auf jeden Fall so ähnlich. Und zu Chris, seit sie wieder da ist.«

»Wo war Ihre Schwester ...«

»Halbschwester. Chris ist aus der ersten Ehe meines Vaters.« Gabriel machte keine Anstalten weiterzureden.

»Also«, hakte Friedrich nach, »wo war Ihre Halbschwester?«

»Karibik.«

»Karibik?«

»Wo genau, wusste kein Mensch.«

»Lange?« Friedrich passte sich Gabriels Sprechweise an.

»Über zwanzig Jahre.«

»Was wollte sie denn so lange in ... der Karibik?«

»Weiß ich doch nicht. Fragen Sie sie selbst!«

Lass dich nicht provozieren!

»Und wie war das Verhältnis von Mutter und Tochter?«

»Seit Chris wieder da ist? Nicht besonders. Mutter konnte Fouad nicht leiden.«

»Und vorher?«

»Normal.«

»Und Sie? Was für ein Verhältnis hatten Sie zu Ihrer Mutter?«

»Sie war meine Mutter.«

»Das beantwortet meine Frage noch nicht.«

»Sie war eine gute Mutter. Auch für ihre Stieftochter. Aber ...« Gabriel brach ab.

»Aber was?«

»Nichts.«

»Das glaube ich Ihnen nicht! Was gab es zwischen Ihnen und Ihrer Mutter?«

»Ich habe keinen Bock auf die alten Kamellen! War's das jetzt?«

»Herr Frank, ich bin nicht zu meinem Vergnügen hier!« Friedrich platzte trotz aller guten Vorsätze der Kragen. »Ich habe einen Mord aufzuklären! Und ich bin eigentlich davon ausgegangen, dass es auch in Ihrem Interesse liegt, den Mörder zu fassen!«

»Ja, okay, Fragen Sie.«

»Was gab es da zwischen Mutter und Kindern?«

Gabriel verschränkte demonstrativ seine Arme vor der Brust und blickte Friedrich in die Augen. »Nächste Frage!«

Friedrich sah ein, dass er an diesem Punkt nicht weiterkam.

»Wem würde der Tod Ihrer Mutter nützen?«, wechselte er deshalb das Thema.

»Na, Sie sind gut! Dem Dieb natürlich. Chris hat mir erzählt, dass es ein Einbrecher war.«

»Das ist eine Möglichkeit, ja. Aber trotzdem: Wer hätte einen Vorteil, wenn wir unterstellen, dass es kein Einbrecher war?«

»Chris und ich. Sie hat uns alles vermacht. Und sie hatte nicht wenig.«

»Woher?«

»Mein Vater war Bäcker. Am Anfang. Nach ein paar Jahren hatte er eine kleine Brotfabrik. Er hat ordentlich Umsatz gemacht mit dem Schuppen. Seit er tot ist, ist der Betrieb verpachtet. So wirft er immer noch ordentlich Kohle ab.«

Friedrich wollte den für Gabriel erstaunlichen Redefluss nicht bremsen, obwohl er bereits wusste, womit Mathilde ihren Lebensunterhalt bestritten hatte. Als Gabriel aber nicht mehr weitersprach, fragte Friedrich nach: »Und wem sonst noch? Außer Ihnen beiden?«

»Niemand.«

»Können Sie sich irgendjemanden vorstellen, der einen Grund gehabt haben könnte, Ihre Mutter umzubringen?«

»Nein.« Gabriel blickte demonstrativ auf seine Armbanduhr. »Ich muss jetzt arbeiten«, verkündete er.

»Was arbeiten Sie denn?«

»Möbelpacker! Ich muss los.«

* * *

Hanna

Hannas Küche sah wie ein Schlachtfeld aus. Größere oder kleinere Mengen des Spätzlesteigs, den Hanna – wenn auch mit Hilfe einer Küchenmaschine – selbst zubereitet hatte, klebten nicht nur am großen Kochtopf, auf dem Herd und an der Presse, sondern auch auf der Arbeitsplatte und an zwei Schranktüren. Die Abfälle, die bei der Zubereitung des Salats angefallen waren, quollen über die Schüssel hinaus, in der Kompostierbares gesammelt wurde. Aus einer umgefallenen Flasche war Olivenöl gesickert. Normalerweise achtete Hanna darauf, dass keine allzu große Unordnung entstand, wenn sie kochte. Aber heute war Eile geboten gewesen. Friedrich hatte schon gegen fünf Uhr nachmittags angerufen und gefragt, ob er in einer Stunde kommen könne. Deshalb war keine Zeit geblieben, auch noch die Küche aufzuräumen.

Hanna überflog das Durcheinander mit einem Blick, seufzte, fand einen Platz, um die leer gegessenen Essteller abzustellen, holte den Nachtisch von der Anrichte und ging ins Wohnzimmer zurück. Friedrich hatte in der Zwischenzeit ein Feuer im offenen Kamin angezündet.

»Friedrich! Wie oft habe ich dir schon gesagt, du sollst das Schutzglas vor den Kamin stellen, wenn du ein Feuer machst! Hast du schon vergessen? Beim letzten Mal wurde ein glühendes Holzstückchen herausgeschleudert. Direkt auf mein geliebtes Sofa von Tante Lydia. Da!« Hanna ging zum Sofa und hob ein Kissen hoch. »So ein Loch!« Sie deutete die Größe mit Daumen und Zeigefinger an.

Friedrich stand auf und stellte das Schutzglas wortlos vor den Kamin. Dann setzte er sich wieder und streckte die Beine von sich. Es dauerte nur wenige Augenblicke, bis er wohlig eine Melodie vor sich hin brummte, die er vor Stunden im Radio gehört hatte und die ihm seither im Kopf herumschwirrte. Plötzlich aber brach er ab. »Bevor ich's vergesse: Kannst du dir bitte den Abend heute in einer Woche freihalten?«

»Ja, schon. Warum?«

»Uwe hat seinen Fünfundsiebzigsten. Es gibt eine Riesenüberraschungsparty in unserer Vereinshalle.«

Uwe Brandtner war Friedrichs langjähriger Freund und sein Vorgänger als Erster Vorsitzender des FC Tübingen.

»Ich finde, du gehörst auch dazu. Alle Sparten des Vereins sollen vertreten sein. Sogar der Mädchenfußball«, fügte Friedrich leicht säuerlich hinzu. Auch wenn inzwischen einige Zeit vergangen war, hatte er noch nicht vergessen, dass Hanna es gewesen war, die gegen seinen erklärten Willen und mit seiner Ansicht nach unlauteren Mitteln ein Mädchenteam beim FC Tübingen durchgesetzt hatte.

»Gerne!«, stimmte Hanna zu, die zu Uwe Brandtner ebenfalls seit vielen Jahren ein freundschaftliches Verhältnis unterhielt, und stellte die Schälchen mit Crème Caramel auf den Tisch.

»Ich kann nicht mehr! Beim besten Willen nicht!«, wehrte Friedrich ab. Hanna wollte die Schälchen daraufhin wieder in die Küche tragen.

»Ich kann *im Moment* nicht mehr«, stellte Friedrich klar. »Aber du darfst den Nachtisch ruhig hier lassen. Der wird bestimmt nicht schlecht werden, bis ich wieder aufnahmefähig bin.«

Hanna beneidete ihren Exmann glühend um die Eigenschaft, essen zu können, was ihm schmeckte und wie viel er wollte, ohne dass es sich in sichtbarer Gewichtszunahme niederschlug. Sie stellte die Schälchen auf die Kommode, setzte sich auf die Eckbank im Esszimmer, stützte ihr Kinn auf die Hände und blickte Friedrich auffordernd an. Friedrich blieb stumm.

Die Stille wurde unterbrochen, als eine getigerte Katze von Hannas Ohrensessel auf das Blech sprang, das aus Brandschutzgründen um den offenen Kamin herum ausgelegt war.

Friedrich erschrak kurz. »Kannst du diesem Vieh nicht endlich mal Manieren beibringen?« Dann wandte er sich an die Katze. »Das gehört sich einfach nicht, ältere Herren ständig in ihrer wohlverdienten Feierabendruhe zu stören! Merk dir das!« Friedrichs inzwischen wieder gutmütiges Lächeln strafte seinen streng tadelnden Tonfall Lügen.

Hanna wäre von sich aus nie auf die Idee gekommen, ein Haustier zu halten. Vor Hunden fürchtete sie sich, und auch sonst hatte sie ein eher distanziertes Verhältnis zu – wie sie sich ausdrückte – allem, was mehr als zwei Beine hatte. Aber bei Minou sah die Sache anders aus. Sie war einfach eines Tages durch die Terrassentür in Hannas Wohnzimmer stolziert, hatte sich umgesehen, verschiedene Möbelstücke ausprobiert, indem sie sich räkelnd auf ihnen ausstreckte, und sich schließlich für Hannas großen Ohrensessel am offenen

Kamin als Platz für ihren Mittagsschlaf entschieden. Seitdem kam Minou in unregelmäßigen Abständen, machte es sich im Sessel bequem und verschwand wieder, wenn sie der Auffassung war, lange genug geschlafen zu haben. Erst nach mehreren Wochen schlich Minou zum ersten Mal um Hannas Beine, und inzwischen gehörten längere Streicheleinheiten zu jedem Besuch. Hannas Zuneigung zu »ihrer« Katze ging schließlich sogar so weit, dass sie nicht nur eine Katzenklappe in die Terrassentür einbaute, sondern auch zwei Bolzen in der Außenwand anbrachte, die dafür sorgten, dass Minou die Wohnung auch dann betreten konnte, wenn Hanna die Jalousien heruntergelassen hatte.

»Jetzt gib ihr schon, was sie will!«, nörgelte Friedrich. »Vorher gibt sie ja doch keine Ruhe.«

Hanna stand auf, nahm die Katze auf den Arm und streichelte das glänzende Fell. Nach kürzerer Zeit als sonst setzte sie sie wieder auf den Boden zurück und öffnete die Terrassentür. Minou, die erkannt hatte, dass weitere Zuwendung nicht zu erwarten war, drehte sich um und marschierte erhobenen Hauptes, ohne einen Blick zurück, in den Garten.

Hanna setzte sich wieder zu Friedrich und begann, ihn auffordernd anzustarren.

»Also gut, bringen wir es hinter uns«, seufzte Friedrich. »Was willst du wissen?«

»Alles!«, war Hannas knappe Antwort.

Friedrich berichtete von seinem Gespräch mit Christianes Bruder in Reutlingen.

»Besonders ergiebig war das ja nicht. Und sonst? Was habt ihr inzwischen herausgefunden?«

»Der Doc geht davon aus, dass das Opfer tatsächlich mit der Statue erschlagen worden ist, da er keine äußeren Anzeichen für eine andere Todesursache gefunden hat. Aber festlegen wollte er sich natürlich nicht, bevor die Leiche obduziert ist.«

»Und wann ist es passiert?«

»Schwer zu sagen. Unser Doc hat sich den Kiefer des Opfers direkt am Tatort angesehen. Das war so gegen dreiundzwanzig Uhr. Da hatte die Totenstarre noch nicht eingesetzt.«

»Was heißt das?«

»Die Totenstarre ist zuerst an der Kiefermuskulatur nachweisbar und beginnt etwa zwei bis vier Stunden nach dem Tod. Damit dürften wir von einem Todeszeitpunkt ausgehen, der nach neunzehn Uhr liegt. Und vor einundzwanzig Uhr. Plus minus eine halbe Stunde Toleranz. Der Mord könnte also zwischen achtzehn Uhr dreißig und einundzwanzig Uhr dreißig verübt worden sein.«

»Dürften? Könnte? Warum so vorsichtig?«

»Weil eine Todeszeitbestimmung anhand der Totenstarre nicht unproblematisch ist. Ihr Eintritt und ihre Dauer sind stark temperaturabhängig.«

»Was bedeutet das?«

»Der Doc hat die Zimmertemperatur direkt neben der Leiche gemessen: 17,8 Grad. Ungeheizt. Er hat den Kachelofen kontrolliert. Er war kalt. Die Außentemperatur der letzten Tage in Reusten lag nie außerhalb eines Bereichs zwischen 15 und 22 Grad. Ich habe beim Meteorologischen Dienst angerufen. Wenn wir davon ausgehen, dass der Raum die ganze Zeit ungeheizt war, dürfte sich die Zimmertemperatur während dieser Zeit ebenfalls in diesem Rahmen bewegt haben.«

»Tüchtig, tüchtig!« Hanna erkannte an Friedrichs Augen, dass er sich über ihr Kompliment freute.

Trotzdem fuhr er scheinbar unbeeindruckt fort: »Bei dieser Temperaturspanne haben wir also zumindest einen vorläufigen Orientierungswert. Wir können davon ausgehen, dass Frau Häußler vor achtzehn Uhr dreißig noch gelebt hat und nach einundzwanzig Uhr dreißig nicht mehr. Näher eingrenzen lässt sich das aber im Augenblick noch nicht.«

»Ein Segen, dass du mich an deiner Seite hast!«, stellte Hanna fest. »*Mir* hat Frau Berner nämlich erzählt, dass ihr Enkel Günther die Tote gestern gegen acht Uhr noch gesehen hat. Lebend, meine ich. Sie hat sich ein Glas Essig ausgeliehen«, fügte sie hinzu, als sie Friedrichs skeptische Miene sah.

»Also können wir davon ausgehen, dass Frau Häußler am Mittwoch etwa zwischen zwanzig und einundzwanzig Uhr dreißig erschlagen wurde«, fasste Friedrich zusammen. »Das ist doch zumindest schon mal was!«

»Und sonst? Habt ihr sonst schon etwas herausgefunden?«, wollte Hanna wissen. »Sind die Bewohner der Wintergasse schon befragt worden?«

»Sind sie. Fehlanzeige. Fast alle unmittelbaren Anlieger waren gestern Abend bei einer Sondervorstellung in einem Tübinger Kino. Schließlich kommt es nicht alle Tage vor, dass jemand aus der Sommergasse, den man von klein auf kennt, die Hauptrolle in einem richtigen Kinofilm spielt.«

»Stimmt, davon habe ich gelesen. Ein Achtzehnjähriger aus Reusten hat sich beim Casting gegen hundertzweiundsechzig Bewerber durchgesetzt.

»Auf jeden Fall war praktisch die ganze Wintergasse in Tübingen. Ganze zwei waren zu Hause. Einer hat fest geschlafen und die andere hört nicht gut und hat deshalb ihren Fernseher ziemlich laut gestellt.«

»Das war aber doch bestimmt noch nicht alles, was ihr herausgefunden habt?« Hanna sah Friedrich auffordernd an.

»Ja doch, Moment!« Er holte einen Notizblock aus seiner Jackentasche und rekapitulierte die Ergebnisse der Recherchen seines Kollegen Walter Löffler:

Ein bereits am Vormittag deutlich alkoholisierter Mann, der neben dem Rathaus wohnt, wollte Walter zuerst unbedingt weismachen, dass als Täter überhaupt nur jemand aus der »Haschisch-Kommune« im Steigweg in Betracht komme. Als Walter Zweifel anmeldete, war der Mann beleidigt, berichtete dann aber doch noch, gesehen zu haben, wie ein Kurier von »Pizza-Phone« zwischen neun und halb zehn mit einem Motorroller an seinem Haus vorbeigefahren sei. Das Licht des Rollers habe ab und zu geflackert.

Ein Ehepaar aus der Sommergasse flieste am Mittwochabend etwa ab sieben seinen Balkon neu. Mit Hilfe einer Baulampe waren sie auch noch bei der Arbeit, als es bereits dunkel geworden war. Gegen neun bemerkten sie ein Motorrad, das mit Karacho aus der Wintergasse kam und in Richtung Tübingen abbog.

Einem Zwanzigjährigen in der Sommergasse fiel etwa um halb zehn ein Möbelwagen auf. Er wunderte sich noch, dass um diese Zeit noch Möbel ausgeliefert wurden.

Eine Frau in den Fünfzigern zeigte sich überzeugt, dass der Mord an ihrer Bekannten die gerechte Strafe für deren Weigerung war, sich ebenfalls mit dem »Wachturm« auf die Straße zu stellen.

Friedrich klappte den Notizblock wieder zu und breitete die Hände aus wie Don Camillo. »Viel mehr hat Walter bisher leider nicht herausbekommen«, gab er zu.

»Das Chaos im Haus hast du ja selbst gesehen«, fuhr Friedrich nach einer kurzen Pause fort. »Die Hintertür, die zur Ammer hin, wurde wahrscheinlich mit dem Spaten aufgebrochen, den der Täter danach einfach weggeworfen hat. Wir haben ihn ein paar Meter weiter neben einem kleinen Frühbeet gefunden. Das Beet war übrigens ziemlich ramponiert ...«

»Das wundert mich nicht«, unterbrach Hanna ihren Exmann. »Bei dem Platzregen gestern Vormittag! Das Papierwindrad bei mir im Garten: total zerfetzt. Und Friederike hatte sich so viel Mühe gegeben beim Basteln!«

»Schade. Ausgerechnet das Geburtstagsgeschenk für ihre Oma ...«

Hannas eisiger Blick ließ Friedrich verstummen. So sehr Hanna ihre Enkeltochter liebte, so wenig konnte sie es ertragen, als »Oma« tituliert zu werden. Friedrich bemühte sich, wieder in ruhigeres Fahrwasser zu gelangen.

»Ich habe mich unpräzise ausgedrückt. Nicht das Beet selbst, sondern die Glasabdeckung war kaputt. Das dürfte auch ein extremer Platzregen kaum geschafft haben. Wie auch immer. Die Spurensicherung wird das noch genau unter die Lupe nehmen.« Friedrich legte eine Pause ein, um im Geiste seine eigenen Ermittlungsergebnisse Revue passieren zu lassen.

»Auf dem Boden vor Frau Häußlers Haus habe ich eine Reifenspur entdeckt«, fuhr er dann fort. »Motorrad. Stollenreifen. Dürfte eine Enduro gewesen sein.«

Dieser Glanz in den Augen! Ab und zu lebt doch noch der alte Biker in ihm auf!

»Die Spur war gut erhalten, weil es seit Mittwochvormittag keinen Tropfen mehr geregnet hat. Sagen die Wetterfrösche.«

»Mhm.« Hanna nickte beifällig, um Friedrich zum Weiterreden zu animieren. Er tat ihr den Gefallen.

»Im ganzen Haus jede Menge Fingerabdrücke. Das wird Tage dauern, bis wir die alle ausgewertet haben!« Friedrich verstummte. Sein Schnaufen deutete an, dass er mit seinem Bericht fertig war. Aber Hanna war noch nicht zufrieden.

»Und was habt ihr über die Tote herausgefunden?«

»Das hat Walter erledigt, als er mit der Nachbarschaft fertig war. Zuerst hat er beim Einwohnermeldeamt vorgesprochen. Mathilde Häußler zog vor etwas mehr als zwanzig Jahren nach Reusten. Vorher war sie polizeilich irgendwo in Reutlingen gemeldet. Sie ist zusammen mit ihrem Sohn Gabriel gekommen«, fuhr Friedrich fort. »Der ist aber schon nach ein paar Monaten ausgezogen und wohnt jetzt wieder in Reutlingen.«

»Was ist mit Christiane und ihrer Schwester?«, wollte Hanna wissen.

»Von einer Christiane oder einer Schwester hat Walter nichts gesagt. Also sind sie offensichtlich nicht mit hierhergezogen.«

Hanna dachte nach. »Diesen Gabriel hast du nicht nach der gestorbenen Schwester gefragt?«, leitete sie dann auf ein anderes Thema über.

»Mist! Das habe ich vergessen.«

»Dann muss dein Walter sich eben noch einmal ans Telefon hängen und in Reutlingen anrufen. Und wenn er schon mal dabei ist, sollte er auch gleich nachfragen, wo *Herr* Häußler abgeblieben ist!«

Friedrich reagierte ebenso prompt wie gereizt. »Willst du Walter die Ermittlungsaufträge direkt erteilen, oder reicht es dir, wenn ich sie an ihn weiterleite?«

Hanna war klar, dass sie wieder einmal übers Ziel hinausgeschossen war. Friedrich konnte es nun einmal nicht leiden, wenn sie ihm vorzuschreiben versuchte, wie er seine Untersuchungen voranzutreiben hatte.

»Es tut mir leid«, bat Hanna aufrichtig um Entschuldigung. »Das waren wirklich nur gut gemeinte Vorschläge. Wenn du andere Fragen ...«

»Unsinn!«, blaffte Friedrich immer noch unwillig. »Walter ist einfach noch nicht dazu gekommen. Er ist schließlich auch noch mit dem Schuster-Fall beschäftigt. Aber selbstverständlich werden wir das familiäre Umfeld der Toten noch genau ausleuchten. Dazu hätten wir deine ›gut gemeinten Vorschläge‹ wirklich nicht gebraucht!«

Jetzt war es an Hanna, eingeschnappt zu sein. Während sie demonstrativ die Gardinen vor dem großen Esszimmerfenster musterte, zog Friedrich mit der Dessertgabel Linien auf das weiße Tischtuch wie weiland Gregory Peck in »Ich kämpfe um dich«.

Nach einiger Zeit des Schweigens räusperte er sich, sagte aber nichts. Aus jahrelanger Erfahrung kannte Hanna die Bedeutung dieses Räusperns. Es war Friedrichs Art anzudeuten, dass er zwar bereit war, das unterbrochene Gespräch fortzusetzen, nicht aber, als Erster das Schweigen zu brechen. Deshalb kam sie ihm entgegen: »Was hältst du jetzt von einem Nachtisch?«

»Hanna, du weißt, wie ich deine Crème Caramel liebe!«

Obwohl Hanna sich über das Kompliment freute, blieb ihr Gesicht regungslos. Sie ging zur Kommode und kam mit zwei Schälchen zurück. Eines davon stellte sie vor Friedrich auf den Tisch, der sofort zu essen begann.

Nachdem er etwa die Hälfte der Crème verspeist hatte, waren seine Gesichtszüge so weit aufgehellt, dass Hanna sich traute, eine weitere Frage zu stellen. »Habt ihr schon einen genaueren Überblick, was die finanziellen Verhältnisse von Frau Häußler angeht?«

»Sie bekam eine kleine Rente. Aber angewiesen war sie darauf nicht. Wir haben bei der Toten mehrere Pachtverträge gefunden. Eigentlich lebte sie von den Einkünften aus der Bäckerei, von der Christiane und Gabriel erzählt haben. Der letzte Vertrag stammt aus dem Jahr 2005. Der brachte ihr jeden Monat fast zweitausendfünfhundert Euro ein.«

»So wenig?«

»Ja. Aber dafür muss sie sich um nichts mehr kümmern. Neuanschaffungen, Reparaturen, was weiß ich, was da alles notwendig ist.«

»Zumindest konnte sie finanziell ein einigermaßen sorgenfreies Leben führen«, überlegte Hanna.

»Ja. Aber den aktuellen Pachtvertrag hat sie im letzten Monat gekündigt. Das entsprechende Schreiben lag ebenfalls bei ihren Unterlagen.«

»Warum kündigt sie einen Vertrag, der jahrelang ihre Existenzgrundlage bildet?«, wunderte sich Hanna.

»Weil sie einen neuen Pächter gefunden hat, der mehr zahlt?«, mutmaßte Friedrich.

»Möglich«, gab Hanna zu. »Ruf den alten Pächter ...« Hanna erkannte ihren Fehler und brach ab.

»Wenn ich Zeit habe und sich im Laufe der weiteren Ermittlungen Fragen an den Mann ergeben sollten, werde ich mich schon darum kümmern«, honorierte Friedrich Hannas Einsicht, »aber im Moment gibt es Wichtigeres!«

»Zum Beispiel?«

»Meine junge Kollegin ...«

»Die allen Männern bei euch schon am ersten Tag den Kopf verdreht hat?«

»Ja, die. Sie hat den Dorffrisör nach Frau Häußler gefragt. Erst druckste er ziemlich herum. Aber schließlich rückte er damit heraus, dass die im ganzen Dorf wegen ihrer Sittenstrenge bekannte Frau Häußler seit unbestimmter Zeit einen veritablen Liebhaber hat. Aber als sie nach einem konkreten Namen fragte, ruderte der Frisör sofort zurück. *Er* habe nichts gesagt. Er wolle auf gar keinen Fall Gerüchte in die Welt setzen. Na ja, man kennt das ja. Erst gackern und dann doch nicht legen!«

»Hast du nicht mit Frau Berner darüber gesprochen? Die müsste doch so etwas wissen.«

»Das wollte ich. Aber sie war bei einem Treffen der Landfrauen in Heilbronn. Morgen Mittag ist sie wieder da. Allerdings ... bin ich mir nicht sicher, ob sie mir alles sagt, was sie weiß. Ich meine, wenn du vielleicht ... Versteh mich bitte nicht falsch! Ich kann auf gar keinen Fall dulden, dass du polizeiliche Ermittlungen durchführst! Aber wenn du so ... von Nachbarin zu Nachbarin ... mit ihr plauderst und bei dieser Gelegenheit – quasi ganz nebenbei – Dinge erfährst, die hilfreich für mich sein könnten ...«

»Gerne! Wenn ich dir damit einen Gefallen tun kann! Obwohl es sonst ja nun wirklich überhaupt nicht meine Art ist, neugierig zu sein oder dir gar ins Handwerk zu pfuschen!«

Friedrich verzog das Gesicht. Hanna schmunzelte, weil sie sich ziemlich genau vorstellen konnte, was sich im Augenblick in seinem Kopf abspielte, sagte aber nichts.

»Am besten, du gehst gleich morgen früh zu Frau Berner, dann ...«

»Das wird nicht gehen!« Hanna stand auf und spiegelte sich in der Glastür des Wohnzimmerschrankes. »Oh mein Gott! Wie ich wieder aussehe! Mein Haar ist vollkommen ruiniert! Ich muss morgen früh unbedingt als Erstes zum Frisör!«, ahmte sie den Tonfall perfekt nach, den gelangweilte Professorengattinnen bei Universitätsbällen oder Kongressen anschlugen, wenn ihre Frisur für Sekunden einem zarten Windhauch ausgesetzt war.

Freitag, 23. Oktober

Hanna

Da Eitelkeit eindeutig zu Eberhard Leyrers Schwächen zählte, kannte jede Kundin seines Salons die wesentlichen Stationen seiner Vita auswendig: Nach bestandener Meisterprüfung hatte er sich nach München abgesetzt und Kontakte zur Filmszene bekommen. Wenig später war er am Set für die Frisuren zunächst von Sternchen und dann von Stars verantwortlich. Aber nach dem Tod seines Vaters entschied er sich dafür, nach Reusten zurückzukehren, und machte den Frisörsalon, der den Vater nur gerade so über Wasser gehalten hatte, zu einer wahren Goldgrube. Die Mädchen und Frauen aus einem immer größer werdenden Umkreis fesselte er durch teils wahre, teils erfundene Geschichten aus der Glitzerwelt des Films, die für seine Besucherinnen ebenso faszinierend wie unerreichbar war.

Hanna, die nicht zu Eberhard Leyrers Stammkundinnen zählte, stellte ihren VW Passat so ab, dass sie in den Friseursalon sehen konnte, und wartete, bis Eberhard nach vollendeter Arbeit eine Kundin zur Kasse begleitete. Wie von Hanna beabsichtigt, kümmerte sich der Chef selbst sofort um sie.

»Nachschneiden, ein klein wenig aufhellen und ein paar Strähnchen«, taxierte er Hannas Haare.

»Nein«, wehrte Hanna ab. »Gestern war eine Frau von der Tübinger Kriminalpolizei bei Ihnen. Wegen des Mordes an Frau Häußler.«

»Stimmt. Was ...?«

»Es sind da inzwischen noch ein paar Fragen aufgetaucht«, beeilte sich Hanna, um einer Frage nach ihrer Legitimation zuvorzukommen, »die Kommissar Holzwarth von der Tübinger Kripo gerne beantwortet haben möchte.«

»Gehen wir in mein Büro«, schlug Eberhard vor und führte sie in einen angrenzenden Raum.

»Also? Was wollen Sie wissen?«

»Sie haben unter anderem angedeutet, dass die Ermordete einen Liebhaber gehabt hat. Wissen Sie wirklich nicht, um wen es sich dabei handelt?«

»Nein.«

»Kommen Sie! Wer im Dorf sollte das wissen, wenn nicht Sie!«

»Ich kann mir Indiskretion nicht leisten! Ich bin darauf angewiesen, dass meine Kundinnen immer wieder kommen. Und das werden sie mit Sicherheit nicht tun, wenn ich alles herumerzähle, was ich hier so erfahre.«

»Grundsätzlich ehrt Sie diese Haltung. Aber der Polizei Informationen vorzuenthalten, kann Sie noch viel teurer zu stehen kommen«, behauptete Hanna, ohne auch nur mehr als vage zu ahnen, welche Konsequenzen Eberhard unter Umständen zu befürchten hätte. »Und außerdem: Frau Häußler kommt ohnehin nicht mehr wieder.«

»Können Sie mir versprechen, dass niemand erfährt, von wem Sie die Information bekommen haben?«

»Herrn Holzwarth werde ich es natürlich sagen. Aber sonst erfährt niemand etwas von mir«, versprach Hanna.

Eberhard überlegte fast eine ganze Minute lang. »Also gut«, begann er. »Diese Woche, am Dienstag, tuschelten zwei Kundinnen miteinander. Aber ich verstand trotzdem jedes Wort.«

»Worum ging es?«

»Na ja, die eine behauptete, morgens sei ein anonymer Brief aufgetaucht. Beim Vorsitzenden des Kirchengemeinderats in Poltringen.«

»In Poltringen?«

»Reusten gehört zur katholischen Kirchengemeinde Poltringen.«

»Ja und? Was stand drin in dem Brief?«

»Dass Frau Häußler ... nicht ganz so keusch ist, wie sie immer tut.«

»Ach was?«

»Da lief wohl was. Mit einem verheirateten Mann«, präzisierte Eberhard.

»Mit einem verheirateten Mann? So katholisch, wie Mathilde Häußler war?« Hanna blickte ungläubig.

»Sie war katholisch. Gut. Aber sie war vor allem auch sehr einsam. Glauben Sie mir. Ich kenne meine Stammkundinnen! Auch wenn sie einige Bekannte von der Kirche her hatte: Ein Mann, der nur ein klein wenig einfühlsam war, hatte da bestimmt relativ leichtes Spiel.«

Eberhard war deutlich anzumerken, dass ihm die Situation unangenehm war, aber Hanna ließ nicht locker: »Und, wer war der Glückliche?«

»Das stand zum Leidwesen meiner Kundinnen nicht in dem Brief. Aber am selben Nachmittag hatte Frau Häußler selber einen Termin bei mir ...«

»Ja und? Meine Güte! Jetzt lassen Sie sich doch nicht jedes Wort einzeln aus der Nase ziehen!«

»Der Vorsitzende hatte sie angerufen. Sie war vollkommen am Ende. Nicht gespielt, sondern echt. Niemand im Dorf werde noch ein Wort mit ihr reden. Sie werde bei der nächsten Wahl ihren Sitz im Kirchengemeinderat verlieren. Und beim Katholischen Frauenverein brauche sie sich nie wieder blicken lassen. So in der Art. Dabei hatte sie ja wirklich niemanden außerhalb der Kirchengemeinde.«

»Sie wollten mir sagen, mit wem Frau Häußler ein Verhältnis hatte!« Hanna wippte mit dem rechten Fuß.

»Ich bin doch schon dabei!«, maulte der Frisör. »Sie war wie gesagt ziemlich geknickt. Deshalb habe ich sie in Ruhe gelassen. Und irgendwann einmal platzte es aus ihr heraus. So, als ob ich gar nicht da gewesen wäre.«

»Was?«, drängte Hanna.

»Wie *konnte* ich mich nur mit Nepomuk einlassen? Ich hätte nie ...«

»Wer ist Nepomuk?« Hanna konnte ihre Neugier nicht zügeln.

»Ich bin mir nicht sicher. Ich kenne zwar jemanden mit diesem komischen Namen. Aber ob der und Frau Häußler ... das kann ich mir fast nicht vorstellen ...«

»Wie heißt der Nepomuk weiter, den Sie kennen?« Hanna trommelte mit den Fingern auf ihren Oberschenkel.

»Schwarz. Nepomuk Schwarz. Der Lateinlehrer von meinem Florian.«

»Auf welche Schule geht Ihr Sohn?«

»Aufs Schickhardt-Gymnasium.«

»Doch nicht etwa in Herrenberg?«, fragte Hanna ungläubig nach. Sie selbst hatte an diesem Gymnasium während ihrer Referendariatszeit Deutsch und Französisch unterrichtet.

»Doch. Ich wohne inzwischen auch in Herrenberg. Und deshalb geht mein Sohn natürlich auch dort zur Schule.«

»Wissen Sie, wo Herr Schwarz wohnt?«

»In Poltringen. Einmal hat er die ganze Klasse zu sich nach Hause eingeladen. Aber die Straße kann ich Ihnen wirklich nicht ...«

»Herr Leyrer? Herr Leyrer, wo stecken Sie denn?« Nur wenige Sekunden später streckte eine junge Frau, die einen hellblauen Kittel trug und eine Haarspraydose in der Hand hielt, den Kopf ins Büro. »Frau Hellmann will zahlen! Und der Laden ist rappelvoll! Bernd und ich schaffen das alleine nicht!«

»Ich komme sofort«, versprach Eberhard seiner Angestellten und stand auf. »Sonst noch was?«, wollte er wissen. »Sie haben ja gehört, was hier los ist.«

Hanna überlegte kurz. »Im Moment nicht«, sagte sie dann. »Wenn uns noch etwas einfällt, komme ich noch mal vorbei.«

* * *

Friedrich

»Hier haben wir es! Vorgestern, sagen Sie?«

»Exakt.«

»Da ist der letzte Wagen tatsächlich erst um einundzwanzig Uhr sechsundfünfzig zurückgekommen.«

»Woher können Sie das so genau wissen?«

Der Vertriebschef des Reutlinger Möbelhauses blickte vom Bildschirm seines Computers auf und lächelte milde. »Wir in der freien Wirtschaft können nicht wie Beamte arbeiten. ›Komm ich heut nicht, komm ich morgen‹, das geht bei uns nicht! Hier herrscht strengstes Time-Management. Jedes Mal, wenn ein Fahrer von einer Tour zurückkommt, muss er sich am Terminal neben der Halle einloggen. Und bevor er das Firmengelände verlässt auch. So haben wir immer den genauen Überblick.«

Friedrich, der die nicht allzu aussichtsreiche Spur selbst hatte verfolgen wollen, weil er ohnedies seit einiger Zeit vorhatte, sich einen neuen Fernsehsessel zu kaufen, schüttelte den Kopf. Die immer mehr um sich greifende Kontroll- und Überwachungsmentalität war ihm trotz seines Berufes zuwider. »Ist das nicht sehr ungewöhnlich?«, erkundigte er sich dann. »Ich meine, dass ein Fahrer erst so spät Feierabend macht?«

»Allerdings.« Der Vertriebschef wandte seinen Blick erneut zum Monitor, schaute dann zur Wanduhr, beugte sich leicht nach links und betätigte eine Taste.

»Herr Schäufele, bitte fünfzehn, Herr Schäufele bitte!«

Nur etwa zwei Minuten später betrat ein knapp Sechzigjähriger, nur ein Meter fünfundsechzig großer, stark untersetzter Mann grußlos das Büro. Auf der blauen Latzhose war sein Name zu lesen. Das Brötchen in der linken Hand, das üppig mit Leberkäse und sauren Gürkchen belegt war, verriet, dass er in seiner Mittagspause gestört worden war.

»Was war da eigentlich los vorgestern? Wieso sind Sie erst ...«, – der Blick ging erneut zum Bildschirm – »... um einundzwanzig Uhr sechsundfünfzig wieder bei uns angekommen?«

Ludwig Schäufele ließ sich durch die brüske Art der Frage in keiner Weise beeindrucken. Stattdessen biss er herzhaft in sein Brötchen, kaute ausgiebig und betrachtete Friedrich mit sichtlichem Interesse. Schließlich fuhr er mit einer seiner Pranken über den Mund. Dass dabei Brösel auf den teuren Teppich rieselten, war ihm offensichtlich vollkommen gleichgültig.

»Die Küche. Typisch Architekten! Kein einziges Maß hat gestimmt! Albert und ich haben geschuftet wie die Blöden!

»Albert Abele ist der Kollege von Herrn Schäu ...«, warf der Vertriebschef ein, wurde aber von seinem Monteur schnell wieder unterbrochen.

»Um halb sieben stand das Ding endlich! Und dann hat kurz nach Altingen auch noch der Motor schlappgemacht. Ich hab' dann meinen Schwager angerufen. Der ist Kfz-Meister. Ist sofort gekommen. Musste aber noch einmal zurück, weil er irgendein Spezialwerkzeug brauchte. Kurz vor halb zehn hat er die Karre wieder flottbekommen.« Herrn Schäufeles Miene verfinsterte sich. »Mindestens fünf Überstunden. Die bezahlt mir wieder kein Mensch!«

»Schön. Danke. Das war's dann auch schon. Das heißt, wenn Sie mir bitte noch den Namen und die Telefonnummer Ihres Schwagers geben könnten. Nur für alle Fälle. Falls noch Fragen auftauchen sollten.«

Der Fahrer blickte Friedrich prüfend an und diktierte ihm brummelnd das Gewünschte. Dann drehte er sich um und verließ das Büro grußlos.

»Ein sehr guter Mann. Sonst hätten wir ihn längst gefeuert.«

Friedrich, dem das brüske Verhalten von Herrn Schäufele imponiert hatte, ging nicht auf den Versuch des Vertriebschefs ein, von seiner Vorgesetztenstellung zu retten, was zu retten war. »Fernsehsessel«, sagte er stattdessen übergangslos. »Wie komme ich in die Abteilung mit den Fernsehsesseln?«

Auf der Schnellstraße nach Tübingen ertappte sich Friedrich dabei, wie er ein vor ihm auf der linken Spur fahrendes Auto mit der Lichthupe nach rechts drängen wollte. Hannas regelmäßige Ermahnungen schossen ihm durch den Kopf, hielten ihn aber nicht davon ab, zügig zu überholen. Er war ungehalten. Die »Möbelwagenspur« hatte sich als Niete erwiesen, einen Fernsehsessel hatte er auch nicht gefunden und sein Magen knurrte. Er beschloss grimmig, noch einmal das Private mit dem Dienstlichen zu verbinden und dem Pizzadienst einen Besuch abzustatten, dessen Fahrer in Reusten möglicherweise gesehen worden war. Der Geschäftsführer von »Pizza-Phone« stand in einem offenen Büro, hinter dem die Backstube zu sehen war, und quittierte Friedrichs Dienstausweis mit einem überfreundlichen »Bitte sehr, fragen Sie. Was immer Sie wollen!«

Ich kann sie nicht ausstehen, diese smarten Yuppies mit ihren randlosen Brillen!

»Hat einer Ihrer Fahrer«, Friedrich blätterte in seinem Notizblock, »vorgestern zwischen neun und halb zehn abends eine Pizza in die Wintergasse nach Reusten gebracht?«

»Da muss ich ganz kurz nachsehen. Einen winzigen Moment bitte.« Der Geschäftsführer, dessen Pomade mit der gleichfarbigen Schuhcreme um die Wette glänzte, drehte sich zu seinem PC um und öffnete eine Datei. »Bedaure.« Er schüttelte den Kopf. »Für Reusten ist keine Bestellung eingetragen. Nicht vorgestern. Tut mir leid. Da muss man Sie falsch informiert haben. Kann ich Ihnen sonst noch irgendwie behilflich sein?«

Friedrich hatte den zweiten Fehlschlag an diesem Tag zu verdauen. Seine Laune näherte sich langsam dem Punkt, an dem er für seine Mitmenschen unangenehm werden konnte.

»Allerdings! Packen Sie mir eine Vierjahreszeiten ein. Super XXL! Aber pronto!«

* * *

Hanna

Am Nachmittag steuerte Hanna den Pfalzgrafenring in Poltringen an. Sie hatte Glück gehabt. In Poltringen gab es nur einen N. Schwarz. So hatte sie seine Privatadresse im Telefonbuch schnell gefunden. Wie es sich für einen altgedienten Gymnasiallehrer im Range eines Studiendirektors gehörte, wohnte er mit seiner Familie in einem schmucken Einfamilienhaus mit gemauertem Grill und selbst angelegtem Fischteich im Garten. Am Tor, das den Gehweg vom Grundstück trennte, war eine kleine Keramiktafel angebracht. Sie erteilte darüber Auskunft, dass das Haus von Martina und Nepomuk Schwarz sowie von Jason, Antigone und Penelope bewohnt wurde. Hanna schmunzelte zuerst, schüttelte dann aber den Kopf, als sie sich vorstellte, was diese Kinder wahrscheinlich von gleichaltrigen Janniks, Annas und Paulas zu erdulden hatten, weil sie ständig wegen ihrer Vornamen gehänselt wurden.

Noch bevor Hanna klingeln konnte, öffnete sich die Haustür, und ein etwa sechzehnjähriges Mädchen stürzte heraus. Nur Sekunden später folgte eine Frau in den mittleren Vierzigern und rief dem Mädchen hinterher: «Penelope, du kommst jetzt sofort wieder rein und trägst den Müll runter!« Penelope zögerte einen Augenblick, trottete dann aber doch zurück.

»Teenies!«, erklärte die Frau Hanna die Situation überflüssigerweise und erkundigte sich dann: »Was kann ich für Sie tun?«

»Ich hätte gerne Ihren Mann gesprochen. Ich bin eine ... ehemalige Kollegin von ihm«, versuchte sie dem sofort über das Gesicht der Frau huschenden ängstlichen Blick zu begegnen.

»Da haben Sie Pech. Nepomuk ... mein Mann ist nicht da ... Ich meine, er ist überhaupt nicht da ... Ich meine damit, er ist auf Klassenfahrt. Allgäu. Er ist mit seiner Klasse irgendwo in der Nähe von Kempten. Seit letzten Sonntag.« Hanna hatte Martina Schwarz offensichtlich ziemlich aus dem Konzept gebracht.

»Wann kommt er denn zurück?« Hanna ärgerte sich, dass sie umsonst nach Poltringen gefahren war.

»Übermorgen. Im Laufe des Nachmittags. Vermutlich.«

»Schön. Ich melde mich wahrscheinlich am Sonntag oder am Montag noch einmal.«

»Was wollen Sie denn nun von meinem Mann?« Martina gab sich jetzt keine Mühe mehr, ihr Misstrauen zu verbergen.

»Ihn etwas fragen. Tschüss«, meinte Hanna leichthin und ging zurück zu ihrem VW Passat.

* * *

Friedrich saß in Hannas Wohnzimmer. Zu ihrer großen Überraschung berichtete er ihr unaufgefordert von seinen Misserfolgen beim Möbelhaus und beim Pizzaservice. Hanna fragte sofort nach, wie Friedrich weiter vorgehen wolle.

»Was ist mit dem Liebhaber? Hat dein Frisör geplaudert?«

»Allerdings!«

Hanna berichtete von dem Gespräch mit Eberhard Leyrer und ihrem erfolglosen Besuch in Poltringen.

»Mist! Ehemänner und Liebhaber sind immer eine gute Adresse. Aber es hilft nichts. Wir müssen warten, bis er wieder zurück ist.«

Friedrich überlegte. »Ich habe da so eine Idee«, begann er dann. »Was hältst du davon, wenn du über das Wochenende ... zu mir in den Hennentalweg ziehst?«

»Friedrich! Ich dachte wirklich, das hätten wir inzwischen geklärt!«

Auch wenn Hanna und Friedrich bereits seit mehr als siebenundzwanzig Jahren geschieden waren, hatten ihre Tochter Magdalena und ihre Enkelin Friederike bewirkt, dass der Kontakt nie abgebrochen war. Im Gegenteil: Im Laufe der Jahre waren die Scheidungswunden vernarbt, und bevor Hanna Konrad Kästner kennengelernt hatte, war Friedrich gelegentlich – wenn auch in größeren Abständen – in Hannas Bett aufgewacht. Während Friedrichs Besuche für Hanna allerdings nichts an der Tatsache änderten, dass ihre Ehe endgültig beendet war, hoffte Friedrich immer noch darauf, dass sie irgendwann einmal zu ihm zurückkäme, auch wenn er sich diese Hoffnung selbst kaum eingestand.

»Nein, nicht was du denkst!«, beeilte er sich zu versichern. »Ich habe mich mit den Jungs von den Eigentumsdelikten unterhalten. Die ganzen Diebstähle in der letzten Zeit waren immer genau nach derselben Masche gestrickt: Ältere, alleinstehende Frauen, die nicht zu Hause waren. Nur bei Frau Häußler hat er Pech gehabt. Aber das ändert nichts am Prinzip.«

»Worauf willst du hinaus, Friedrich Holzwarth?« Wann immer Hanna Friedrich mit vollem Namen ansprach, war Vorsicht geboten.

»Na ja ...«, begann Friedrich zögerlich. »Du passt ziemlich genau zum Opferprofil. Du wohnst allein. Du bist ...«

»Eine ältere Frau? Vielen Dank für die Blumen!«

»So habe ich das doch nicht gemeint!«

»Wie dann?«

»Wir machen Folgendes: Du ziehst zu mir. Wir lassen bei dir die Jalousien herunter und stopfen so viele Werbeprospekte in deinen Briefkasten, dass sie oben herausquellen. Ich lege mich in deiner Wohnung auf die Lauer. Und wenn unser Mann kommt, schnappt die Falle zu!«

»Das kommt *überhaupt* nicht in Frage! Nur, weil es *vielleicht* ein Einbrecher war, der *vielleicht* auch in meine Wohnung wollen *könnte*, lege ich mich nicht das ganze Wochenende lang auf ein Sofa, das so etwas von unbequem ist! Nicht in meinem Alter! Schlag dir das aus dem Kopf, Friedrich Holzwarth!«

* * *

Friedrich

In ihrer letzten Sitzung waren die Vorstandsmitglieder des FC Tübingen nach mehr als dreijähriger Diskussion darin übereingekommen, einen Rasenmäher mit Nylonfaden zu erwerben. Heute allerdings hatte der Sportwart, dessen Wort im Vorstand etwas galt, einen Prospekt mitgebracht, in dem ein Mäher mit Metallmesser abgebildet war. Der Preis lag nur unbedeutend über dem der ins Auge gefassten Variante mit dem Nylonfaden. Die alte Diskussion flammte wieder auf. Es war absehbar, dass der Verein mindestens ein weiteres Jahr mit dem alten Mäher würde auskommen müssen.

Als niemand mehr eines der seit Jahren diskutierten Argumente einfiel, schloss Friedrich als Erster Vorstand diesen Tagesordnungspunkt ab und leitete zum nächsten über. »Unser Ehrenvorstand Uwe Brandtner wird in einer Woche fünfundsiebzig«, begann er und sprach aus, was ohnehin schon alle Anwesenden wussten. »Den Termin für die Party habe ich schon klargemacht. Um die Deko kümmert sich die Skigymnastik. Wie bei der Weihnachtsfeier. Getränke und Essen kommen wie immer vom Ewald. Uwes Frau weiß Bescheid. Sie sorgt dafür, dass er zu Hause ist, wenn wir ihn abholen.«

»Was soll der Scheiß? Uwe weiß doch längst, dass es eine Party geben wird!«, maulte der Kassierer.

»Klar, natürlich weiß er es«, bestätigte der Schriftführer. »Aber er wäre trotzdem tödlich beleidigt, wenn wir die Nummer mit der Überraschung nicht für ihn abziehen würden.«

»Das ist doch bei seinem Sechzigsten genauso gewesen. Er hat alles gewusst. Und trotzdem hat er vor Rührung fast geweint«, ergänzte der Sportwart.

»Also«, beendete Friedrich die Diskussion, »das Einzige, was wir noch nicht haben, ist ein Geschenk. Ich bitte um Vorschläge!«

Hanna

Hanna hatte versprochen, ihrer Tochter Magdalena beim Streichen der Küchenwände zu helfen, solange die neue

Einrichtung noch nicht geliefert war. Im Gegensatz zu Hanna hatte ihre Tochter wenig handwerkliches Geschick, und Magdalenas Ehemann war der Ansicht, dass es noch nicht notwendig war, die Küche neu einzurichten und zu streichen. Magdalena begrüßte ihre Mutter freundlich. Trotzdem war das Verhältnis zwischen Mutter und Tochter alles andere als ungetrübt. Magdalena gab Hanna nicht nur die Schuld daran, dass sie als Scheidungskind hatte aufwachsen müssen, sondern warf ihrer Mutter auch heute noch, manchmal bewusst, manchmal unbewusst, vor, sie wegen ihrer beruflichen Karriere vernachlässigt zu haben. Hanna dagegen fühlte sich zu Unrecht angegriffen, da es aus ihrer Sicht im Wesentlichen Friedrich gewesen war, der mit seiner Weigerung, zugunsten von Hanna beruflich kürzer zu treten, das Ende der Ehe heraufbeschworen hatte. Ihre wissenschaftlichen Ambitionen für eine Rolle als Heimchen am Herd aufzugeben, hatte Hanna allerdings schon damals keine Sekunde lang ernsthaft erwogen. Zwar kam es zwischen den beiden Frauen in den seltensten Fällen zum offenen Konflikt. Aber unterschwellig fühlten beide, dass ein harmonisches Miteinander nur möglich war, wenn sie sich entsprechende Mühe gaben. Und das taten sie auch, während immer mehr Wandfläche in einem frischen Hellgelb leuchtete.

»Wenn alles fertig ist, kommst du mit Papa zu einem Einweihungsessen«, verkündete Magdalena.

»Gerne. Aber lass dir ruhig Zeit mit dem Termin.«

»Warum? Was ist los?«

»Dein Vater geht mir im Moment ziemlich auf den Wecker.«

»Wieso?«

»Weil er ständig wie eine Klette an mir hängt! Er müsste einfach eine andere Frau kennenlernen!«

»Papa und eine andere Frau? Das ist doch nicht dein Ernst! Dazu ist er viel zu träge und bequem!«

Nicht, wenn ich kräftig nachhelfe!

Samstag, 24. Oktober

Hanna

Hanna saß entgegen ihrer sonstigen Gewohnheit bereits gegen neun an ihrem Schreibtisch in Reusten, weil sie den Anruf eines Kollegen erwartete. Tatsächlich klingelte zur vereinbarten Zeit das Telefon. Aber statt des Kollegen meldete sich Hannas Enkelin Friederike.

»Hallo, Oma!«

Hanna schluckte.

»Du, ich glaube, ich habe mein Handy bei dir vergessen. Bringst du es mir bitte so schnell wie möglich ... ich meine, wenn du das nächste Mal kommst?«

»Klar. Wo liegt es denn?«

»Im Wohnzimmer«, mutmaßte Friederike. »Guck mal neben dem Fernseher. Oder auf der Fensterbank.«

Hanna versprach, ihr Möglichstes zu tun, und beendete das Gespräch, um ihrem Kollegen die Möglichkeit zu geben, sie zu erreichen. Nachdem auch das dienstliche Telefonat beendet war, entschloss Hanna sich, einkaufen zu gehen. Sie fuhr zur örtlichen Gärtnerei und kaufte Lauch, Zucchini und Möhren und bekam alles in eine Papiertüte gepackt. Gerade wollte sie das Wechselgeld achtlos in ihrem Geldbeutel verstauen, als ihr ein Hauch von Lavendel in die Nase stieg.

Sie roch an einem 20-Euro-Schein und legte ihn auf den Tresen zurück. Die neugierigen Blicke der anderen Kundinnen, die nach ihr den Laden betreten hatten, ignorierte sie.

»Können Sie mir sagen, wer Ihnen diesen Geldschein gegeben hat?«, wandte sie sich an die Frau an der Kasse.

»Bitte?« Die Frau des Gärtners glaubte, nicht richtig gehört zu haben.

»Von wem haben Sie ihn?«, wiederholte Hanna ihre Frage noch einmal eindringlich.

Von Hanna waren die Frauen des Dorfes inzwischen ja einiges gewohnt. Sie hatte Männerbesuche. Sie arbeitete bis tief in die Nacht, um dann am nächsten Morgen nicht vor zehn Uhr aufzustehen. Sie ließ ihren Garten verwildern. Schön. Man sagt ja nichts, sondern denkt sich nur seinen Teil. Aber das war nun doch zu viel!

»Wenn Ihnen der nicht gut genug ist, gebe ich Ihnen gerne einen anderen!« Die Gärtnerin streckte Hanna ihre Hand entgegen. »Geben Sie her!«

»Nein, nein«, beeilte sich Hanna zu versichern. »Es ist alles in Ordnung. Mich interessiert nur, wer damit bezahlt hat.«

Während Gesichtsausdruck und Tonfall zu dem einer besorgten Krankenschwester wechselten, überlegte die Gärtnerin laut:

»Es war der oberste Schein. Ich habe mich auch schon über den Lavendelgeruch gewundert. Bevor Sie gekommen sind, Frau Professor, war eine ganze Weile niemand da. Die letzte ... das muss Gerlinde gewesen sein. Gerlinde Berner, Ihre Nachbarin ...«

»Haben Sie Angst, dass es Falschgeld ist?«, mischte sich eine der anderen Kundinnen ein.

»Nein, nein. Es ist alles in Ordnung«, wiederholte Hanna. »Wirklich!«, fügte sie hinzu, als sie die skeptischen Blicke und das Kopfschütteln der anderen Frauen bemerkte, schnappte sich ihre Papiertüte und verließ den Laden mit einem über die Schulter geworfenen »Tschüss!«

Sie rief Friedrich an und bat ihn, nach Reusten zu kommen, weil sie ihm dringend etwas sehr Interessantes zeigen müsse, fuhr in die Wintergasse, schloss die Tür auf und betrat ihre Küche.

* * *

Friedrich

»Was gibt es denn so Wichtiges, dass ich extra hierherkommen muss?«

»Willst du wissen, wer sich von dem Geld, das ich unter Frau Häußlers Matratze gefunden habe, etwas abgezweigt hat?«

»Wer?«

»Ich komme mit, wenn du die Person befragst?«

»Von mir aus. Wer? Jetzt sag schon!«

»Gerlinde Berner.«

»Die? Das hätte ich nicht ... der Dame werde ich sofort einen Besuch abstatten!«

»*Wir*! Wir werden ihr einen Besuch abstatten«, betonte Hanna und hakte sich gut gelaunt bei Friedrich ein. Schon kurz nachdem sie Hannas Haustür hinter sich geschlossen hatten, kam ihnen Günther Berner aus der Garage entgegen. Sein ölverschmierter Overall und ein Vergaser in seiner Hand verrieten, dass er auch seinen freien Tag mit Autoreparaturen verbrachte.

Friedrich dachte zurück an die Zeiten, als er selbst an Motoren aller Art herumgeschraubt hatte, wann immer sich eine Gelegenheit bot. Aber im Gegensatz zu Günther war ihm nie erlaubt worden, in der Garage eine eigene Werkstatt einzurichten. »Der Junge muss etwas Ordentliches studieren! Es reicht, wenn ich mir ein Leben lang die Finger schmutzig machen musste!« Friedrich sah seinen Vater vor sich, der der Mutter diesen Standardsatz als Antwort gab auf ihr »Lass ihn doch, wenn's ihm so viel Spaß macht«. Friedrichs Vater hatte bei einer Firma gearbeitet, die darauf spezialisiert war, in Neubauräumen heißen Teer auf eine dicke Lage Styroporkügelchen zu gießen, die zu einer kompakten Masse verschmolzen und so einen sehr guten Wärmedämmeffekt erzielten. Jeden Abend war der Vater mindestens eine halbe Stunde lang damit beschäftigt gewesen, seine Hände wenigstens wieder einigermaßen sauber zu bekommen. Weil er seinem Sohn dieses Schicksal unbedingt ersparen wollte, erlaubte er Friedrich keine eigene Werkstatt. Stattdessen war es der erklärte Wunsch des Vaters, dass sein Sohn ein Hochschulstudium absolvieren und dann mit sauberen Händen und weißem Hemd seiner Arbeit nachgehen sollte. Selbst der in Friedrich schon früh erwachte Wunsch, Polizist in einer Motorradstaffel zu werden, fand keine Gnade vor den gestrengen Augen des Vaters.

Als Friedrich dann mit seinem gerade eben erhaltenen Abiturzeugnis in der Tasche stolz nach Hause kam, teilte ihm seine Mutter aufgelöst mit, dass sich beim Vater der Verdacht auf Lungenkrebs bestätigt hatte. Auf Drängen der Mutter gab er dem Willen des Vaters nach und schrieb sich an der Tübinger Universität in Rechtswissenschaften ein. Erst nach dem Tod des Vaters brach Friedrich das ungeliebte Studium ab und begann mit einer Laufbahn bei der Polizei.

Friedrich schüttelte seine Erinnerungen ab und fragte den glücklichen Werkstattbesitzer: »Ist Ihre Großmutter zu sprechen?«

»Nein. Die ist einkaufen«, berichtete Günther.

»Wann kommt sie zurück?«

»Vor einer Stunde ist sie losgefahren«, überlegte Günther laut. »Wenn Sie es so gegen elf noch einmal versuchen, ist sie bestimmt wieder da.«

Friedrich warf einen sehnsuchtsvollen Blick in die Garage. »Was haben Sie denn da für ein schickes Motorrad stehen?«

Günthers Augen glänzten stolz. »Eine Yamaha. WR 450 F! Wollen Sie sie sehen?«

»Unbedingt! Eine ...« – Friedrichs Blick ging zu Hanna – »... Enduro interessiert mich immer!«

Günther verschwand in der Garage und schob nur Sekunden später sein Motorrad auf die Straße. Ein prüfender Blick zeigte Friedrich, dass er eine Maschine vor sich hatte, in der unzählige Bastlerstunden steckten. »Darf ich mal?«, fragte Friedrich.

»Klar! Aber seien Sie vorsichtig! Die schießt los wie ein Pfeil! Vor allem in den niederen Gängen«, schlug Günther den fast verschwörerischen Ton von Biker zu Biker an. Bevor Friedrich etwas erwidern konnte, war Günther in der Garage verschwunden und kam nur Augenblicke später mit einem dunkelblauen Helm in der Hand zurück. »Hier! Nehmen Sie meinen. Wenn Sie ohne fahren, bekommen Sie Ärger mit den Bull ...«

»Vorsicht, junger Mann! Ich bin nämlich auch bei dem Verein. Kripo.«

Günther trat einen Schritt zurück und schaukelte den Helm unschlüssig von der einen Seite auf die andere.

»Verstehe! Sie kommen wegen Frau Häußler.« Seine Freundlichkeit war einer abwartenden Reserviertheit gewichen.

Friedrich schwang sich auf den Sitz der Yamaha. Ohne den Motor zu starten, rollte er im Leerlauf zu dem Grasstreifen vor Mathilde Häußlers Haus und stellte die Maschine so, dass das Vorderrad neben der immer noch gut sichtbaren Reifenspur zum Stehen kam. Er stieg ab und bat Günther, das Motorrad festzuhalten.

»Könnte diese Spur vielleicht von Ihnen stammen?«

»Von mir? Wieso? Ich meine ... nein. Wie kommen Sie denn da drauf?«

Friedrich ging neben dem Hinterrad in die Hocke. »Mhm«, grummelte er und musterte den Abdruck fast eine Minute lang, ohne ein weiteres Wort zu sagen. Dann richtete er sich wieder auf und tastete den gesamten Vorderreifen ab, was wegen des großen Abstands zwischen Reifen und Schutzblech problemlos möglich war.

»Mhm«, brummte er erneut und wandte sich dann an Günther. »An Ihrem Reifen fehlen zwei Stollen«, stellte er fest. Dann deutete er auf die Spur auf dem Boden. »Genau wie hier! Also, was ist?«

Günthers Stirn legte sich in Falten. Ob er wirklich nachdachte oder nur so tat, war nicht auszumachen.

»Ja«, räumte Günther widerwillig ein. »Kann schon sein, dass ich die Enduro mal vor Frau Häußlers Schuppen abgestellt habe. Na und?«

»Wann haben Sie das Motorrad dort abgestellt?«, mischte sich Hanna in das Männergespräch.

»Weiß ich nicht mehr.«

»Schade. Aber nicht schlimm.« Ein Lächeln huschte über Hannas Gesicht. »Wir können nachhelfen. Am Mittwoch Vormittag hat es kurz, aber heftig geregnet. Und danach keinen Tropfen mehr. Also: War es am Mittwoch?« Hanna ließ Günther kaum eine Chance.

»Keine Ahnung ... möglich ... merken Sie sich vielleicht jedes Mal, wo Sie Ihre Mühle abstellen?«

Günther blickte hilfesuchend zu Friedrich. Der Kommissar ging nicht darauf ein.

»Um wie viel Uhr genau sind Sie am Mittwoch von hier weggefahren?«, wollte er stattdessen wissen. Günther zog eine Grimasse, die deutlich zum Ausdruck brachte, wie lästig ihm Friedrichs Fragen wurden.

»Weiß ich nicht mehr.«

»War es vor oder nach neun?

Günther ließ einige Sekunden verstreichen. Dann schien er sich entschieden zu haben. »Weit nach neun. So gegen zehn.«

»Na bitte, es geht doch! Beim nächsten Mal aber bitte etwas zügiger, sonst ...«

Was sonst passieren würde, war nicht mehr zu verstehen, weil Friedrich von dem lauten Tuckern übertönt wurde, das von Gerlindes altem Lanz herrührte. Alle warteten, bis sie den Traktor zum Stehen gebracht und den Motor abgestellt hatte. Sie nahm ihre prall gefüllten Einkaufstaschen von den Beifahrersitzen, die aus einem Holzbrett über den Kotflügeln und einem dünnen Metallrohr als Rückenlehne bestanden, und kletterte von ihrem Gefährt.

»Was ist das denn für ein Empfangskomitee?« Gerlindes schlechte Laune war nicht zu überhören.

Diesmal wird sie mich nicht wieder stehen lassen wie einen Schulbuben! Diesmal nicht!

Friedrich begann: »Frau Berner, ich werde Sie jetzt etwas fragen. Und ich hoffe, Sie haben eine plausible Antwort auf meine Frage. Sonst könnte es außerordentlich unangenehm für Sie werden!«

»Ich weiß nichts. Und jetzt will ich in meine Küche. Einen Kaffee trinken! Die Einkauferei macht mich immer ganz fertig.« Gerlinde ließ Hanna, Friedrich und Günther stehen und verschwand im Haus. Hanna, Friedrich und Günther folgten ihr in die Küche.

»Frau Berner, das hier ist kein Spaß!«, schrie Friedrich erbost. »Sie sind Verdächtige in einem Mordfall! Wenn ich will, kann ich Sie jederzeit in Untersuchungshaft nehmen!«

Friedrichs Ausbruch verfehlte seine Wirkung auf Gerlinde nicht. Sie hörte auf, die Kaffeemaschine zu bedienen, und wandte sich zu Friedrich um. Aber klein beigab sie deshalb noch lange nicht.

»Verdächtig? Dass ich nicht lache!«, stieß sie hervor.

»Das Lachen wird Ihnen schon noch vergehen! Entweder arbeiten Sie jetzt mit mir zusammen, oder ich rufe auf der Stelle den Staatsanwalt an!« Friedrich packte den Geldschein aus und hielt ihn Gerlinde unter die Nase. »Sie haben heute Morgen in der Gärtnerei mit diesem Geldschein bezahlt. Da! Riechen Sie mal dran!«

Gerlinde zeigte keine Reaktion.

»Riecht deutlich nach Lavendel, nicht wahr? Genau wie die Scheine, die wir unter der Matratze von Frau Häußler gefunden haben!« Friedrichs Triumph, Gerlinde in die Enge getrieben zu haben, war deutlich in seinen Gesichtszügen zu lesen. »Ich frage Sie also mit allem Nachdruck, Frau Berner: Woher hatten Sie diesen Geldschein?«

Gerlinde verschränkte die Arme vor der Brust, streckte ihre Wirbelsäule und richtete ihren Blick stur auf einen Punkt zwischen Küchenuhr und Tellerbord. Die Stille wurde von Sekunde zu Sekunde greifbarer. Schließlich war es Friedrich zu viel. Er holte sein Handy aus der Jackentasche und wählte eine eingespeicherte Nummer. Nach wenigen Sekunden schien sich jemand zu melden, denn Friedrich nannte seinen Namen und verlangte einen Herrn Staatsanwalt Kästner. »Ja, ich weiß, dass heute Samstag ist!« Friedrich wurde deutlich lauter. »Aber ich will sofort einen Haftbefehl!« Gerlinde zuckte zusammen, blieb aber weiter stumm. »Golfplatz?« Friedrich hörte einige Sekunden zu. »Hören Sie!«, platzte er dann heraus. »Seine Platzreife ist mir scheißegal! Stöbern Sie ihn auf! Er soll mich sofort anrufen! Guten Tag!« Friedrich unterbrach die Verbindung und starrte Gerlinde feindselig an. Gerlindes Blick ruhte nach wie vor zwischen Uhr und Bord. Daran änderte sich auch nichts, als sie unvermittelt zu sprechen begann. »Es war mein Geld.«

Sowohl Friedrich als auch Hanna warteten darauf, dass Gerlinde fortfuhr. Aber sie blieb stumm.

»Was meinen Sie mit ›Es war mein Geld‹?« Hannas Stimme klang sehr sachlich.

»Ich habe mir nur genommen, was mir zustand.«

»Frau Berner ...«, setzte Friedrich zu einer barschen Zurechtweisung an.

Aber er wurde von Hanna unterbrochen. »Noch einmal: Wie meinen Sie das? Dass es Ihr Geld war?«

Gerlinde drehte Friedrich demonstrativ den Rücken zu und wandte sich an Hanna. »Ich habe es ihr geliehen. Am Dienstag. Da kam der Junge, der das Mitteilungsblatt der Gemeinde kassiert. Und Mathilde hatte nur große Scheine, auf die der Junge nicht herausgeben konnte. Da habe ich ihr eben mit einem Zwanziger ausgeholfen. Und als ich sie dann tot gefunden habe ...«

»... haben Sie sich genommen, was Ihnen zustand«, ergänzte Hanna.

»Ja«, stimmte Gerlinde eifrig zu. »Das ist mir schon einmal passiert. Ich habe ihr Geld ausgeliehen, und sie hat dann *vergessen*, es zurückzugeben.«

Friedrich wollte sich noch nicht geschlagen geben. »Woher wussten Sie eigentlich, wo das Geld zu finden war?«

»Als sie letztes Jahr gesundheitlich nicht so auf dem Damm war, habe ich gelegentlich ihr Bett gemacht.« Gerlinde wurde trotzig. »Daher weiß ich's!« Friedrichs Reaktion ließ nicht auf sich warten.

»Wissen Sie, was *ich* glaube?«, fuhr er Gerlinde an. »Sie haben das Geld nicht erst genommen, als Frau Häußler schon tot war! Sie waren gerade dabei, Frau Häußlers Depot unter der Matratze zu plündern, als Sie von der alten Dame überrascht wurden. Sie verloren die Nerven und schlugen zu!«

»Jetzt hören Sie aber auf!« Friedrich zuckte leicht zusammen, als Günther, der dem Gespräch bisher ohne jede Regung gefolgt war, plötzlich die Stimme erhob. »Meine Oma eine Mörderin! So ein Schwachsinn! Schauen Sie sich lieber mal diese Tochter an, die da plötzlich auf der Matte stand. Die hat viel eher Dreck am ...«

Günther verstummte, weil er einen ebenso eisigen wie gebieterischen Blick seiner Großmutter aufgefangen hatte.

»Was ist mit der Tochter?«, stieg Friedrich sofort auf Günthers Andeutung ein. »Wenn Sie etwas wissen, müssen Sie es mir sagen. Sonst ziehe ich Ihnen ganz schnell wegen Strafvereitelung die Hammelbeine lang!«

Günthers Blick ging zu Gerlinde. Er konnte bei seiner Großmutter jedoch keine Reaktion erkennen.

»Na ja«, begann Günther zaghaft, »meine Oma hat mir erzählt, dass die beiden sich fast an die Gurgel gegangen sind. Letzten Montag.«

»Worum ging es bei dem Streit?«, forschte Hanna weiter.

»Ums Geld.« Gerlinde wandte sich ausschließlich an ihre Nachbarin. »Christiane wollte, dass Mathilde ihr Geld gibt. Und Mathilde hat sich geweigert.«

»Und dann hat die Tochter geschrien: ›Nimm's doch mit ins Grab, dein Scheißgeld, du ...‹« Wieder verstummte Günther nach einem Blick seiner Großmutter.

»Als Mathilde am Mittwoch kurz bei mir war, hat sie es erzählt«, übernahm Gerlinde. »Dieser ... Araber ... der, mit dem Christiane ... der braucht wohl Geld für irgendetwas.

Aber er bekommt keine Kredite. Deshalb sollte Mathilde aushelfen. Aber sie wollte nicht.«

»Weil der Typ Moslem ist«, fügte Günther hinzu. »Und sie so was von stockkatholisch, dass ...«

Erneut verfehlte Gerlindes Blick seine Wirkung nicht: Günther verstummte.

»Es sieht so aus, als ob ich mich noch einmal intensiv mit dieser Tochter unterhalten müsste«, murmelte Friedrich vor sich hin. »Aber glauben Sie ja nicht, dass Sie beide deshalb schon aus dem Schneider wären«, erhob er seine Stimme und blickte Günther an.

»Wo waren Sie am Mittwochabend? So zwischen achtzehn und einundzwanzig Uhr dreißig?«

»Beim Ruderverein. Konditionstraining. Den ganzen Abend. Da können Sie jeden fragen!«

»Das werden wir tun!«, versicherte Friedrich. Er wandte sich an Gerlinde.

»Und Sie? Wo waren Sie?«

»Bei meiner Schwester in Oberndorf. Die ganze Zeit.«

»Wie heißt die Schwester und wo wohnt sie?«

»Linda Landgraf. In der Wendelsheimer Straße. Den Rest finden Sie selbst raus«, war die knappe Antwort Gerlindes, »Wiedersehen« die ebenso knappe Verabschiedung Friedrichs.

»Tschüss, Frau Berner.« Hanna folgte ihrem Exmann aus dem Haus. Kaum hatte sie die Haustür ins Schloss gezogen, stellte sie sich breitbeinig vor Friedrich. »Friedrich Holzwarth, das war ja wohl die allerunterste Schublade der Trickkiste! Konrad hat seiner Lebtage noch keinen Golfschläger in der Hand gehabt. Also: Mit wem hast du da eigentlich telefoniert?«

»Ich habe meine Nummer im Büro gewählt. So konnte ich sicher sein, dass sich niemand meldet. Und die Wer-hat-

Angst-vor-dem-Staatsanwalt-Nummer klappt einfach immer wieder hervorragend.«

»Friedrich, mir graut vor dir!«

»Was willst du? Auf meine Art haben wir Dinge erfahren, die Frau Berner uns freiwillig nie und nimmer erzählt hätte! Und außerdem könnte sie ihre Nachbarin ja tatsächlich ermordet haben. Alte Kriminalistenweisheit: Schau dir die Person ganz genau an, die die Leiche findet!«

»Du kannst Frau Berner nicht leiden. Das ist alles!«

»Ich werde jetzt nach Oberndorf fahren! Zu Frau Berners Schwester. Und wenn die das Alibi nicht bestätigt, dann ...«

»Tu, was du nicht lassen kannst! Ich werde jetzt erst einmal eine Kleinigkeit essen.« Hanna verschwand in ihrem Haus.

Friedrich stieg ins Auto und fuhr in das Nachbardorf Reustens. Nach einem Anruf im Büro war das Haus in der Wendelsheimer Straße schnell gefunden, und als Friedrich seinen inzwischen reparierten Dienst-Mercedes davor abgestellt hatte, sah er, wie die Gardine eines Fensters im ersten Stock zurückgezogen wurde. Eine alte Frau öffnete das Fenster und starrte Friedrich unverhohlen an. Friedrich musterte ihren Morgenmantel und die wirr abstehenden, weißen Haare.

»Guten Tag. Sind Sie die Schwester von Gerlinde Berner?«

Die Frau blieb am Fenster stehen, ohne sich zu bewegen oder etwas zu sagen.

»Berner. Gerlinde Berner. Ist das Ihre Schwester?«, versuchte Friedrich es erneut.

»Wilhelm? Bist du das? Komm doch rauf! Du brauchst doch nicht auf der Straße zu stehen.«

Die Frau verschwand und nur wenig später öffnete sie die Haustür. »Das ist aber nett, dass mein Bruder mich wieder einmal besuchen kommt!«

Friedrich betrachtete das einzige Klingelschild, auf dem »Linda Landgraf« zu lesen war. »Entschuldigung, ich bin nicht Ihr Bruder. Mein Name ist Holzwarth. Ich komme von der Tübinger Krimimalpolizei und hätte ...« Friedrich verstummte, weil er sah, dass die alte Frau ihn ebenso ratwie hilflos anstarrte.

»Darf ich für einen Moment hereinkommen?«

»Ja ... ja ... Ich mache uns eine Tasse Kaffee.« Friedrich stieg hinter Linda Landgraf die Treppe zum ersten Stock hoch und betrat dann eine Küche, die sauber und aufgeräumt aussah. »Setz dich, Wilhelm!«, forderte Linda Friedrich auf. Sie machte sich geschäftig ans Werk. Nachdem sie Kanne, Filter und Filtertüte bereitgestellt hatte, sagte sie: «Ich mache ihn nicht so stark, damit du schlafen kannst heute Nacht.« Dann ging sie zurück zum Küchenschrank, öffnete ihn und stöhnte: »So ein Mist! Keine Filtertüten mehr! Was mache ich denn jetzt?«

Friedrich legte die wenigen Schritte zur Arbeitsfläche zurück und hielt die bereitgelegte Filtertüte in die Höhe. »Hier, Frau Landgraf, hier ist noch eine!«

Linda blickte ihn mit einer Mischung aus Dankbarkeit und Misstrauen an, nahm die Filtertüte entgegen, setzte sich dann aber an den Küchentisch, ohne sich weiter um die Kaffeezubereitung zu kümmern.

»Jetzt erzähl!«, forderte sie Friedrich auf. »Was gibt es Neues bei euch in Gärtringen?«

»Frau Landgraf, ich bin nicht Ihr Bruder. Ich heiße Friedrich Holzwarth«, setzte Friedrich erneut an. »Ich komme wegen Ihrer Schwester. Gerlinde. Ich ...«

»Gerlinde? Wie geht es ihr? Ist sie immer noch mit diesem Grobian verheiratet?« Linda versank in brütendes Nachdenken. »Wilhelm, sag ihr, dass sie mir meine Teller zurückbringen soll! Das sind meine Teller!«, fuhr sie plötzlich auf.

»Frau Landgraf, ich möchte wissen, ob Ihre Schwester Gerlinde am letzten Mittwoch bei Ihnen war. Und wenn ja, wie lange«, unternahm Friedrich einen letzten Anlauf.

»Gerlinde? Die war doch schon jahrelang nicht mehr hier. Nie kommt sie mich besuchen! Aber daran ist nur dieser Jakob Schuld! Seit sie den geheiratet hat. Das war am 15. Juli 1958. Es war so heiß, dass den Brauereien das Eis beim Ausfahren nur so weggeschmolzen ist.« Linda versank in dumpfes Brüten.

»Ja, ich glaube, ich gehe dann mal wieder«, gab Friedrich auf.

»Jetzt schon?« Die Angst vor dem neuerlichen Alleinsein war deutlich herauszuhören.

»Ich sage Gerlinde, dass sie Sie wieder einmal besuchen soll. Auf Wiedersehen, Frau Landgraf.«

Als Friedrich wieder auf der Straße stand, schämte er sich für den billigen Trost, den er Linda gespendet hatte. Aber er sagte sich auch, dass er ihr beim besten Willen nicht helfen konnte, und so gelang es ihm, sich wieder auf seine Ermittlungen zu konzentrieren.

Im Moment war Gerlinde Berners Alibi keinen Pfifferling wert. Es blieb ihm also nichts anderes übrig, als die Nachbarschaft abzuklappern, um sich dort zu erkundigen. Zu dieser Stunde traf er jedoch nur diejenigen Frauen an, die nicht berufstätig waren. Nach vier Gesprächen und drei Einladungen zu Kaffee und selbstgebackenem Kuchen, die abzulehnen Friedrich nicht leicht gefallen war, hatte sich Gerlindes Aussage weder bestätigt noch als falsch herausgestellt. Alle Nachbarinnen wiesen zwar darauf hin, dass Gerlinde regelmäßig mit ihrem Traktor vorgefahren kam, um ihre Schwester zu besuchen. Aber ob das auch am vergangenen Mittwoch der Fall gewesen war, konnte niemand bestätigen, wollte aber auch niemand ausschließen. Dazu kam, dass der

Mittwoch ungünstigerweise gerade der Tag war, an dem weder der betreuende Zivildienstleistende noch die Frau von der Nachbarschaftshilfe bei Linda vorbeischauten. Missmutig setzte sich Friedrich hinters Steuer.

Was habe ich? Nicht viel. Den Lavendelschein in Gerlindes Geldbeutel. Da komme ich im Moment nicht weiter. Die verschwundenen Puppen. Die Jungs vom Diebstahl sind informiert. Die aufgebrochene Tür und der Spaten. Sache der Spurensicherung. Die Reifenspur. Plausibel erklärt von Günther. Das heißt ... die angegebenen Zeiten stimmen nicht überein ... Wenn Günthers Version falsch ist, könnte es passen: Ungefähr zur Tatzeit kommt ein Motorrad aus der Wintergasse gerast ...

Friedrich entschloss sich, dem Ehepaar, das seinem Kollegen Löffler von dem Motorradfahrer erzählt hatte, einen zweiten Besuch abzustatten. Froh, wieder ein konkretes Ermittlungsziel vor Augen zu haben, beschleunigte er seinen Mercedes.

* * *

Friedrichs routiniertem Blick entging nicht, dass Hanna sich mit ihrem Notebook so an ihren Gartentisch gesetzt hatte, dass sie alle in die Wintergasse einbiegenden Autos mühelos in ihrem Blickfeld hatte. So konnte ihr nicht entgehen, dass er vor dem Haus von Gerlinde Berner anhielt und ausstieg. Sie suchte Blickkontakt zu ihm, und er deutete durch ein minimales Kopfnicken an, dass er nichts dagegen hätte, wenn sie sich zu ihm gesellte. Er wartete, bis die Datei gespeichert, das Notebook heruntergefahren und geschlossen war. Hanna trat an seine Seite. Friedrich klopfte mit den Knöcheln seiner rechten Hand an die Tür, die nur angelehnt war.

»Sie schon wieder!«, war die wenig einladende Reaktion Gerlindes.

»Ich war bei Ihrer Schwester«, kam Friedrich ohne Umschweife zur Sache. »Sie konnte Ihr Alibi nicht bestätigen. Und die Nachbarn genauso wenig!«

»Was kann ich dafür, dass meine Schwester Alzheimer hat? Und dafür, dass die Nachbarn ausgerechnet diesmal nicht glotzend in ihren Fenstern hängen wie sonst immer, wenn ich mit meinem Lanz vor das Haus tuckere?«, erwiderte Gerlinde patzig.

»Gut, lassen wir das. Vorerst.« Friedrich holte kurz Atem. «Wo ist Ihr Enkel?«, knurrte er dann.

»Weiß ich nicht.«

Der Umstand, dass Günther aus dem Flur kam und hinter seine Großmutter trat, machte ein weiteres Nachfragen überflüssig.

»Junger Mann, Sie haben uns angelogen!«, fauchte Friedrich. Seine neuerliche Befragung des Ehepaars hatte ergeben, dass sich beide absolut sicher gewesen waren, das Motorrad fünf Minuten nach neun Uhr abends gesehen zu haben. Sie hatten sich an den genauen Zeitpunkt erinnert, weil die stündlichen Kurznachrichten im Radio gerade zu Ende gegangen waren. Weiter hatten beide übereinstimmend ausgesagt, an diesem Abend lediglich ein einziges Motorrad gesehen zu haben. Und darüber hinaus war der Frau der eher kleine Fahrer des Motorrads aufgefallen, der einen silbernen Helm mit gelbrot aufgemalten Flammen getragen hatte.

»Also, noch einmal: Wer ist wann mit Ihrem Motorrad von hier losgefahren?« Friedrichs Tonfall ließ keine Ausflüchte zu.

»Wann, weiß ich wirklich nicht«, stammelte Günther. »Ich war doch an dem Abend gar nicht zu Hause. Da können Sie alle vom Ruderverein fragen.«

Der Ruderverein. Da muss ich auch noch nachfragen! Oder ich schicke Walter hin.

»Und wer ist mit Ihrem Motorrad gefahren? Meine Güte, jetzt machen Sie endlich den Mund auf!«

»Simone. Simone Straub. Ich habe ihr meinen Ersatzhelm gegeben. Den mit den aufgemalten Flammen.«

»Ist das die, die neulich schon einmal bei dir zu Besuch war?«, mischte sich Gerlinde ein. Ihr Missfallen war nicht zu überhören.

»Ja«, räumte Günther ein. »Das ist sie.«

»Und warum haben Sie uns diese Geschichte nicht gleich erzählt?«, grollte Friedrich.

»Sie ist …« Günther brach ab.

»Lassen Sie mich raten«, meinte Friedrich. »Ihre Freundin ist, sagen wir, siebzehn …«

»Siebzehn Jahre und sieben Monate!« Günthers Entrüstung war echt.

»Auf jeden Fall besitzt sie noch keine Fahrerlaubnis, und Sie haben ihr trotzdem Ihr Motorrad ausgeliehen. Stimmt's?«

»Stimmt«, gab Günther leise zu.

»Und wo wohnt die junge Dame?«, fragte Friedrich, um der vorhersehbaren Rüge Gerlindes zuvorzukommen.

»In Gönningen. Lessingstraße. Glaube ich.«

»Nummer?« Friedrich ließ Günther nicht zur Ruhe kommen.

»Weiß ich nicht. Wirklich nicht! Ich hab' mir die Nummer nicht gemerkt«, beeilte sich Günther zu versichern.

»Aber sie arbeitet dort in einem kleinen Café. Es ist ganz leicht zu finden. Es gibt nur eins in dieser Straße.«

»Gut, dann …« Weiter kam Friedrich nicht, denn sein Handy begann zu klingeln. Er wandte sich so weit ab, dass die anderen das Gespräch nicht verfolgen konnten. Nach etwas mehr als einer Minute kam er zurück. Er wandte sich an Gerlinde und Günther.

»Das wär's fürs Erste. Bis dann!« Friedrich stapfte in Richtung Hannas Haustür davon. Hanna verabschiedete sich ebenfalls und folgte ihm.

»Ich müsste zu Christiane Frank. Und ich müsste zu Simone Straub. Beides möglichst sofort«, stellte Friedrich fest.

»Darf ich einen Vorschlag machen?«, flötete Hanna. »Vollkommen unverbindlich? Du brauchst ihn nicht anzunehmen, wenn du nicht willst!«

»Sag schon!«

»Du fährst zu Christiane Frank.« Hanna machte eine kurze Pause.

»Und du? Versuche nicht, mir weiszumachen, dass du nur dasitzen und Däumchen drehen willst! Was hast du vor?«

»Friedrich! Wo denkst du hin? Gar nichts habe ich vor!« Hanna stützte ihren Kopf auf die linke Hand und tat so, als dächte sie nach. »Andererseits: Ich habe die ganze Woche hart gearbeitet. Einen kleinen Ausflug hätte ich redlich verdient. Es soll ja so viele reizende, kleine Orte am Rande der Schwäbischen Alb geben!«

»Wie zum Beispiel Gönningen?«

»Du hast Recht, Friedrich! Das wäre tatsächlich eine Idee.«

»Und falls du – rein zufällig natürlich – vom langen Wandern Hunger und Durst bekommen solltest, würdest du dort eventuell in einem Café einkehren und ein Stück Torte bestellen?«

»Diese Möglichkeit möchte ich nicht von vornherein ausschließen.«

Friedrich wurde ernst. »Ich darf nicht zulassen, dass du eine mögliche Zeugin in einer Mordsache vernimmst! Wenn das mein Chef erfährt, bin ich erledigt!«

»Was willst du? Deine Exfrau sucht nach einer harten und entbehrungsreichen Arbeitswoche Entspannung und unternimmt an ihrem freien Tag einen Ausflug in die Umgebung Tübingens, bei dem sie vielleicht ein wenig mit der ortsansässigen Bevölkerung ins Gespräch kommt.«

Friedrich seufzte ergeben. »Es besteht keine Chance, dich von deinem ›Ausflug‹ abzubringen?«

»Friedrich, wie lange kennst du mich jetzt?«

»Knapp dreißig Jahre.«

»Warum fragst du dann noch?«

* * *

Hanna

Hanna sah das Schild, auf dem »Albcafé« zu lesen war, zu spät, um noch in die Einfahrt zum Parkplatz abbiegen zu können. Sie wendete, stellte ihr Auto ab und betrat das Gebäude. Von einem Flur, der sich im Dunkeln verlor, führte eine Tür nach rechts in den Verkaufsraum einer Bäckerei und nach links eine in das angegliederte Café. Hanna wandte sich nach links. Ihr Blick fiel sofort auf die in zwei Vitrinen ausgestellten Torten. Eine sah so lecker aus wie die andere.

Mandarinensahne. Oder die Sacher.

Sie steuerte auf eine kleine Nische zu.

Warum eigentlich »oder«?

Ähnlich wie Friedrich den ersten Schluck Bier genoss Hanna die erste Gabel der Mandarinentorte mit geschlossenen Augen. Die Chancen für ein Stück Sachertorte stiegen deutlich. Erst nachdem sie die Hälfte der üppig bemessenen Portion Mandarinensahne vertilgt hatte, war Hanna in der Stimmung, ihre Umgebung wahrzunehmen. Die Tische um sie herum waren leer, wenn auch benutzte Teller und Tassen davon zeugten, dass vor nicht allzu langer Zeit hier noch Gäste gesessen hatten. Etwas weiter von ihr entfernt saß ein Pärchen, das so mit sich selbst beschäftigt war, dass es sich nicht einmal von dem Lärm beeindrucken ließ, der aus einem Nebenzimmer drang. Durch die nur wenige Meter entfernte Glasscheibe der Abtrenntür konnte Hanna sehen, dass mehrere Jugendliche vor einer Videoleinwand versammelt waren, um sich gemeinsam die Bundesliga-Liveübertragung bei Sky anzusehen. Hanna erwog kurz, sich zu ihnen zu gesellen, verwarf die Idee aber doch wieder. Schließlich war sie nicht, zumindest nicht nur, zu ihrem Vergnügen nach Gönningen gefahren. Sie überlegte noch, wie es ihr am besten gelingen könnte, mit Simone Straub ins Gespräch zu kommen, als eine rundliche Frau zu ihr an den Tisch kam, die Ende zwanzig, Anfang dreißig sein mochte. »Ist alles recht? Schmeckt Ihnen die Torte?«, erkundigte sich die Frau im routinierten Tonfall einer Gastronomin mit langjähriger Erfahrung.

»Danke. Ausgezeichnet! Nur der Kaffee hätte eine Idee heißer sein dürfen.« Hanna antwortete ehrlich, wenn sie gefragt wurde.

»Sagen Sie«, ergriff sie die Gelegenheit beim Schopf, »könnte ich vielleicht ein paar Worte mit Simone Straub wechseln?«

»Was wollen Sie von ihr?« Die Tonlage wurde um einige Grade kühler.

»Ich hätte ein oder zwei Fragen an sie.«

»Moment.« Die Frau ließ Hanna sitzen und verschwand hinter einer Tür, auf der »Backstube« zu lesen war. Hanna bemerkte, dass die Tür zum Fernsehzimmer geöffnet wurde. Ein junger Mann von etwa zwanzig Jahren trat heraus und angelte an der direkt neben der Tür angebrachten Garderobe nach seiner Motorradjacke. Er war kräftig gebaut, und sein Muskelshirt ermöglichte den Blick auf eine tätowierte Schlange, die sich um ein Kreuz wand.

»Sag Simone einen schönen Gruß von uns, Atze!«, tönte es aus der Gruppe der Fußballfans. Vielstimmiges Gelächter, aus dem Schadenfreude herauszuhören war, folgte. »Wenn sie dich reinlässt!« Das Lachen wurde zu einem schenkelklopfenden Grölen.

»Ach, leckt mich doch am Arsch!« Atzes Antwort war im ganzen Lokal zu hören. Er legte umständlich Jacke und Nierengurt an.

Im selben Moment kam die rundliche Frau mit einem Mann zurück an Hannas Tisch. Er trug die für Bäcker typische weiße, doppelreihig geknöpfte Jacke und grau-weiß gewürfelte Hosen. Auf seinem Kopf thronte eine ebenfalls weiße Haube. Seine letzte Rasur lag bereits einige Tage zurück. Tränensäcke unter den Augen und eingefallene Wangen ließen bei Hanna die Vermutung aufkommen, dass es ihm im Augenblick nicht besonders gutging.

»Was wollen Sie von Simone?«, bellte er Hanna unvermittelt an.

»Mein Name ist Hanna Kirschbaum. Und mit wem habe ich das Vergnügen?«

»Norbert Kaiser. Was wollen Sie von Simone?« Die Stimme des Bäckers behielt ihre Schärfe unverändert bei.

»Meine Güte! Ich möchte mit Simone reden. Sonst nichts.« Hanna brachte ihr Erstaunen über den ihrer Auffassung nach mehr als ungebührlichen Auftritt deutlich zum Ausdruck.

»Sind Sie auch eine von diesen Sozialtanten?« Ohne auf Hannas Antwort zu warten, fuhr Norbert Kaiser fort: «Lassen Sie uns bloß in Frieden! Simone hat eine Dummheit gemacht. In Ordnung. Aber sie hat ihre Strafe verbüßt. Ich habe keine Lust, mich ständig von Leuten belästigen zu lassen, die vom Jugendamt oder was weiß ich woher kommen, und mir erzählen wollen, was das Beste für Simone ist!«

»Da liegt ein Missverständnis vor. Ein Freund von ihr, Günther Berner, hat mir erzählt ...«

Weiter kam Hanna nicht, denn Norbert Kaiser schnitt ihr das Wort ab. »Essen Sie Ihre Torte auf, bezahlen Sie, und dann gehen Sie!«, forderte er Hanna auf, nahm die Frau bei der Hand und verschwand wieder in der Backstube.

Hanna brauchte einige Sekunden, bis sie den Auftritt des Bäckers verdaut hatte. Dann stellte sich Ratlosigkeit ein. Wie sollte sie an Simone Straub herankommen? Sie konnte ja schlecht einfach in die Backstube marschieren. Hanna schaute auf und sah, dass der junge Mann, der Atze genannt wurde, immer noch an der Garderobe stand. Als er Hannas Blick bemerkte, kam er auf ihren Tisch zu. Die Erfolglosigkeit seines Versuchs, den Gang von John Wayne zu imitieren, amüsierte Hanna. Atze stellte sich breitbeinig vor ihr auf.

»Was hat diese Ratte über Simone abgesondert?«

»Wer will das wissen?«

Du liebe Güte! Jetzt fange ich auch schon an, mich wie in den Hollywoodschinken zu benehmen!

Atze nahm den Stuhl, der neben Hanna stand, und setzte sich rittlings darauf. Dann verschränkte er die Arme und legte sie auf die Stuhllehne. »Simone ist *meine* Freundin. Damit das klar ist. Und wenn Klein-Günni etwas anderes behauptet, stopfe ich ihm das Maul! Also. Was proletet er über Simone in der Gegend herum?«

»Passen Sie auf, wir machen einen Deal. Sie beantworten meine Fragen und ich Ihre. Was halten Sie davon?«

»Gebucht. Ich fange an. Was ...«

»Irrtum! Ich fange an!«, unterbrach Hanna. »Können Sie mir erklären, warum Herr Kaiser mich unbedingt hinauswerfen will? Was habe ich ihm denn getan?«

»Der lässt nie jemand an Simone ran. Passt auf wie ein Schießhund. Obwohl sie nicht einmal miteinander verwandt sind.«

»Sondern?«

»Seine Alte und er haben keine eigenen Kinder. Vielleicht kriegt er keinen hoch. Keine Ahnung. Ja, und dann hat Simone eine Lehre bei ihm angefangen. Seither kümmert er sich wie ein Verrückter um sie.«

»Und was war das mit der ›Dummheit‹, die Simone gemacht hat?«, fragte Hanna weiter.

»Eine Digitalkamera mitgehen lassen. Dreißig Arbeitsstunden. Die Schweine!«

»Wo ist Simone jetzt?«

»Weiß nicht. Aber wehe, sie treibt sich bei dieser halben Portion aus Reusten rum! Dann kann sie was erleben!«

»Woher kennen sich Simone und Günther Berner eigentlich?«

»Was weiß ich! Er wird sie angebaggert haben. Konzert. Disco. Jugendhaus. Keine Ahnung.«

Hanna überlegte, welche Frage sie noch stellen wollte. Die so entstandene Pause nutzte Atze. »Schluss jetzt! Ich bin dran. Was hat die halbe Portion jetzt über Simone abgesondert?«

»Dass er ihr sein Motorrad ausgeliehen hat«, entgegnete Hanna mit einem gewinnenden Lächeln.

»Und sonst?«

»Nichts.«

»Wie, nichts?«

»Das war alles, was er gesagt hat. Mehr weiß ich wirklich nicht.«

»Lady! Versuchen Sie nicht, mich zu verarschen! Das ist schon ganz anderen ziemlich schlecht bekommen.«

Hanna wusste im Moment nicht, was sie antworten sollte, und war deshalb froh, dass die Tür zum Fernsehzimmer aufging. Eine Frau in schwarzer Motorradkleidung musterte Hanna und ihren Gesprächspartner offen.

»Atze, seit wann stehst du auf Greisinnen?«, frotzelte sie. »Was hängst du eigentlich noch hier rum? Ich dachte, du wolltest spätestens um halb fünf beim Billard in Reutlingen sein.«

Atze schaute auf eine Armbanduhr. »Scheiße! Die Alte hat mich total vollgequatscht.«

Er setzte den Helm auf, der bisher neben seinem Stuhl gelegen hatte, und marschierte in Richtung Ausgang. »Laufen Sie mir bloß nicht noch mal über den Weg!«, warf er Hanna über die Schulter zu und verschwand nach draußen.

Hanna atmete auf. »Vielen Dank!«, wandte sie sich an die schwarze Bikerin. »Aber das mit der Greisin, das nehme ich Ihnen übel!«

* * *

Friedrich

Insgeheim war es Friedrich gar nicht besonders unrecht, dass Hanna ihm den Weg nach Gönningen abnahm. Er konnte sich darauf verlassen, dass sie die richtigen Fragen stellte und die gegebenen Antworten sowie die daraus zu ziehenden Schlüsse ausführlich mit ihm besprach. Auf diese Weise sparte er mindestens zwei Stunden. Deshalb, und weil er seit dem Frühstück keinen Bissen mehr zu sich genommen hatte, entschloss er sich, doch nicht sofort zu Christiane Frank nach Derendingen zu fahren. Stattdessen wollte er sich eine kurze Pause gönnen und erst einmal eine Kleinigkeit essen. Er erwog, in der Alten Kunst eine Pizza mit Wildschweinschinken, Rucola und Parmesanspänen zu bestellen. Aber dann fiel ihm ein, dass in seiner Tiefkühltruhe noch von Magdalena zubereitete Maultaschen lagen. Daher fuhr er in den Hennentalweg und bereitete sich im einzigen Topf, den er besaß, Maultaschen in der Brühe zu. Nach dem Essen legte er sich aufs Sofa, schaltete sein Radiogerät ein und erfuhr, dass es dem VfB Stuttgart gelungen war, gegen die favorisierte Gastmannschaft ein Tor zur 1:0-Führung zu erzielen. Er rückte sich zufrieden das Kissen mit dem festen Vorsatz zurecht, nicht einzuschlafen.

Als er wieder aufwachte, war es bereits nach halb sieben. Er rieb sich den Schlaf aus den Augen und beeilte sich, nach Derendingen zu kommen. Dort teilte ihm Fouad mit, seine Verlobte sei nicht zu Hause. Erst ein mehrminütiger Disput zwischen den beiden Männern brachte zutage, dass Christiane sich mit einer Bekannten im Gasthaus Ritter verabredet hatte. Es blieb Friedrich also nichts anderes übrig, als zurück in die Innenstadt zu fahren und sich einen Platz im Parkhaus zu suchen. Als er das Lokal, dessen Pächter in letzter Zeit häufig gewechselt hatten, betrat, war er angenehm überrascht. Im Gegensatz zu früheren Zeiten, in denen der Gastraum einer Möbelausstellung geglichen hatte, waren heute viele Plätze belegt. Das lag unter anderem auch an der neuen Inneneinrichtung. Über jedem der massiven Holztische leuchtete eine andere Lichtquelle. Art déco wechselte sich mit Jugendstil ab, und einige der Lampen schienen aus Schlafzimmern der fünfziger Jahre zu stammen. Eine Schiefertafel, auf der die angebotenen Speisen und die jeweiligen Preise abzulesen waren, lehnte am Tresen. Die dunkelhäutige Kellnerin trug ein Tablett an Friedrich vorbei, auf dem zwei außerordentlich lecker aussehende Tapas-Teller standen. Obwohl das Lokal zu dieser Tageszeit bereits ganz gefüllt war, entdeckte Friedrich Christiane sofort. Sie saß mit einer anderen Frau an einem Tisch, der auf einem etwa fünfzehn Zentimeter hohen Podest stand. Ohne zu zögern, steuerte Friedrich auf den Tisch zu. Ob er Christianes Raunen: »Scheiße, der hat mir gerade noch gefehlt!« verstanden hatte, war seinem Gesicht nicht anzusehen. Zumindest reagierte er nicht darauf, sondern begrüßte die beiden Frauen mit einem freundlichen »Guten Abend. Sie haben doch bestimmt nichts dagegen, wenn ich mich zu Ihnen setze?«

Ohne eine Reaktion abzuwarten, ließ sich Friedrich Christiane gegenüber nieder.

»Darf ich bekannt machen? Herr Holzwarth. Kripo Tübingen, Karin Kramer«, wahrte Christiane demonstrativ die Form.

»Kriminalpolizei?«, wunderte sich Karin. »Ach so«, fiel ihr dann ein, »wegen deiner Mutter. Tja, dann verschwinde ich wohl besser. Gehst du heute Abend noch mit ins Zimmertheater?«

»Kommt drauf an, wie lange das hier dauert. Wenn es nach mir geht, nicht sehr lange«, bemerkte sie mit einem verärgerten Blick auf Friedrich.

»Ruf mich an. Das Stück beginnt um halb neun.« Karin nahm ihre Jacke von der Stuhllehne und begab sich in Richtung Ausgang. Friedrich blickte ihr nach und sah, wie eine Frau von Mitte fünfzig die Gaststätte betrat. Sie hielt eine

Ausgabe der FAZ in der Hand und blickte sich suchend um. Das Kostüm, das sie trug, erinnerte entfernt an Trachten, wie sie bei ARD- und ZDF-Übertragungen von Volksmusikveranstaltungen üblich waren. Gleichzeitig war auf den ersten Blick zu erkennen, dass Schuhe, Handtasche und Halskette teure Einzelstücke waren. Ihre perfekt gestylten schwarzen Haare rundeten das Bild einer gut aussehenden, gepflegten Frau ab. Sie warf einen Blick auf ihre Armbanduhr und bewegte sich dann in den hinteren Teil des Raumes, der durch freigelegte Fachwerkbalken abgetrennt war. Sie wählte ihren Platz so, dass sie das Lokal gut überblicken konnte, und legte ihre Zeitung gut sichtbar vor sich auf den Tisch.

Ah, Erkennungszeichen FAZ. Dass die das nötig hat! Sieht doch wirklich nicht schlecht aus.

»Also, was ist jetzt? Sie haben ja gehört: Ich will noch ins Theater. Kommen Sie zum Punkt!«, forderte Christiane Friedrichs Aufmerksamkeit ein.

»Wie Sie wollen.« Friedrich drehte sich um. »Dann ohne Vorgeplänkel. Wo waren Sie, als Ihre Mutter ermordet wurde?«

»Soll das ein Witz sein? *Ich* brauche ein Alibi?«, zischte Christiane mehr, als sie sprach.

»Wo?« Friedrich gab keinen Millimeter nach. »Entweder Sie sagen es mir hier oder ich lasse Sie zum Präsidium bringen! Also?«

»Wann ... ich meine, wann wurde meine Mutter ...?« Zum ersten Mal bekam Christianes Patzigkeit Risse.

»Am Mittwoch. Zwischen sechs und zehn Uhr abends.«

Christiane legte ihre Stirn in Falten, sagte aber nichts. Friedrich, der davon ausging, dass sie ernsthaft nachdachte, drängte nicht weiter.

»Am Mittwoch war ich in Ulm.«

Friedrich wartete geduldig, wurde aber nicht belohnt.

»Was haben Sie da gemacht?«, fragte er schließlich nach.

»Mit einer Brauerei verhandelt.«

»Bitte?«

»Fouad ist Koch. Im Moment arbeitet er in Rottenburg. Aber wir wollen selbst ein Restaurant aufmachen. In Ulm. Orientalische Küche. Er bereitet die Speisen zu, und ich kaufe ein und bediene. So soll das aussehen.«

»Und in Ulm gibt es ein Lokal zu pachten?«

»Ja. Bisher ist ein Jugoslawe drin. Aber der will aufhören. Der Laden läuft nicht besonders. Fouad und ich glauben dagegen, dass man da wirklich etwas draus machen kann!«

»Wie lange waren Sie in Ulm?«

»Bis Viertel vor acht. Das waren recht harte Brocken auf der Gegenseite. Danach bin ich direkt nach Tübingen gefahren.«

»Das kann nicht sein!«, behauptete Friedrich. »Als Sie zu Hause angekommen sind, war es zwanzig nach elf! Sie wollen mir doch nicht weismachen, dass Sie über drei Stunden bis Derendingen gebraucht haben!«

»Wenn Sie sich die Mühe gemacht hätten, mir genau zuzuhören, wäre Ihrem kriminalistischen Scharfsinn nicht entgangen, dass ich nicht gesagt habe, ich sei nach Hause gefahren«, konterte Christiane mit ebenfalls lauter werdender Stimme. »Was ich gesagt habe und für Sie natürlich gerne noch einmal wiederhole, ist, dass ich von Ulm aus nach Tübingen wollte.«

Friedrich ärgerte sich über sich selbst. Er war zu vorschnell gewesen und hatte nur gehört, was er hatte hören wollen. Er nahm sich vor, vorsichtiger zu sein.

»Und was haben Sie in Tübingen in der Zwischenzeit gemacht?«, erkundigte er sich in ruhig-neutralem Tonfall.

»Was ich immer tue, wenn ich innerlich aufgewühlt bin: Ich laufe.«

»Wie, Sie laufen?«

»Dauerlauf. Joggen. Nennen Sie es, wie Sie wollen. Ich kann klarer denken, wenn ich so zehn, fünfzehn Kilometer in den Beinen habe.«

»Wo sind Sie gelaufen?«

»Ich habe mein Auto beim Studo geparkt. Und dann immer Richtung Bebenhausen. Und von dort kreuz und quer durch den Schönbuch.«

»Nach neun? Im Oktober? Wollen Sie mich für dumm verkaufen?« Entgegen seiner guten Vorsätze begann Friedrich schon wieder, sich aufzuregen.

»Ich bin Mitglied bei einem Lauftreff. Wir laufen immer da oben. So langsam kenne ich jeden Grashalm auf der Strecke. Außerdem hatte ich meine Stirnlampe dabei.«

Friedrich musste einräumen, dass das alles ziemlich plausibel klang. Er suchte nach dem sprichwörtlichen Haar in der Suppe. »Da ich nicht annehme, dass Sie Ihre Ulmer Verhandlungen in Sporthosen geführt ...«

»Ich habe meine Trainingsklamotten immer im Auto«, schnitt Christiane Friedrichs Gedankengang ab.

Friedrich schien sich geschlagen zu geben. »Und worüber mussten Sie so intensiv nachdenken?«, hakte er aber schließlich doch nach.

»Das geht Sie mit Verlaub einen feuchten Kehricht an!«, trotzte Christiane.

»Hat Sie jemand gesehen? Ich meine, beim Laufen?«

»Ein älterer Mann mit Hund. Kurz vor Bebenhausen. Und ein Radfahrer.«

»Name und Adresse der beiden wissen Sie natürlich nicht?«

»Natürlich nicht.«

»Wie bedauerlich.« Friedrich rieb sich das Kinn. »Wir werden«, nuschelte er dann, »Ihre Angaben natürlich überprüfen und wenn ...«

»Nur zu!«

Die ist ganz schön frech! Ist das gespielt oder echt? Wie auch immer: Mit ihrem Alibi komme ich nicht weiter. Ich muss woanders ansetzen.

»Wenn man sich selbstständig machen und ein Restaurant eröffnen will«, begann Friedrich nach einer kleinen Pause scheinbar eine Art Selbstgespräch, »da braucht man doch bestimmt eine ganze Menge Geld. So als Startkapital.« Plötzlich hatte er Christiane direkt im Visier. »Oder etwa nicht, Frau Frank?«

»Hat die alte Berner getratscht? Das hätte ich mir denken können! Ja. Wir haben uns deswegen in den Haaren gehabt. Meine ... Mutter und ich.«

»Es ging um Geld?«

»Natürlich ging es ums Geld! Die in Ulm wollen allein fünftausend Euro Kaution! Und meine Mutter hortet die Kohle! Dabei ist Ulm *die* Chance für Fouad und mich! Sie hätte uns die Kaution locker vorschießen können. Wir wollten es ja nur leihen. Sie hätte doch alles zurückbekommen. Aber nein! Wenn er statt Fouad Franz-Josef hieße und katholisch wäre, ja dann sofort. Aber so: Keinen müden Cent!«

Friedrich wartete ab, ob Christiane ihren Zornesausbruch fortsetzte. Dabei fiel sein Blick auf die Frau mit der FAZ, die immer noch allein an ihrem Tisch saß.

»Sonst noch Fragen?« Christiane zwang Friedrichs Blick zurück in ihre Richtung.

»Und wie! Wann war der letzte Streit mit Ihrer Mutter vor dem Mord?«

»Sonntag. Nein, Montag. Ich habe ihr ihre Tabletten gebracht. Und sofort hat sie wieder angefangen. Dass sie es nicht überleben würde, wenn ihre Enkel als Heiden aufwüchsen. Heiden! Dabei hatte sie es gerade nötig! Als ich ankam, hat sie gerade mit irgend so einem Typen am Telefon geturtelt. Die keusche Mathilde Häußler. Schwärmt von glücklichen Nächten mit ›ihm‹! Wie ein Teenager. Das muss man sich vorstellen! Wie auch immer: Ein Wort gab das andere und am Schluss waren wir wieder bei ihrem Geld.«

»Und Sie haben ihr angedroht, dass sie ihr Geld bald ins Grab mitnehmen könne.« Friedrich verdrehte Günthers Version von Christianes Äußerung absichtlich. »So war es doch, nicht wahr?«

»Keine Ahnung, was ich alles gesagt habe. Ich habe gekocht vor Wut! Aber deshalb bringe ich doch nicht meine eigene Mutter um! Nicht einmal, wenn sie ...«

»Wenn sie was?

»Wenn sie ...«, Christianes Stimme sank zu einem Flüstern herab, »... gar nicht meine Mutter ist.«

Friedrich war verwirrt. »Was soll denn das jetzt wieder heißen?«

»Mathilde Häußler ist meine Stiefmutter. Meine wirkliche Mutter habe ich gar nicht gekannt. Sie ist bei meiner Geburt gestorben. Was mein Vater mir zeitlebens nicht verziehen ... Aber das gehört nicht hierher!« Christiane hatte sich nach einem kurzen Moment wieder im Griff.

»Eins verstehe ich aber trotzdem nicht. Auch wenn Frau Häußler Ihre Stiefmutter ist, warum heißen Sie dann Frank mit Nachnamen?«

»Erst haben wir alle Frank geheißen. Nachdem mein Vater gestorben war, hat meine Mutter ... meine Stiefmutter ihren Mädchennamen wieder angenommen.«

Christianes Widerwille, der nicht zu überhören war, machte Friedrich neugierig. »Warum hat Ihre Mutter das getan? Ich meine, es ist doch schon erstaunlich, wenn eine Witwe ...«

Christiane ließ Friedrich nicht zum Ende kommen. »Darüber möchte ich nicht reden! Das hat nichts mit dem zu tun, was passiert ist.«

»Natürlich kann ich Sie nicht zwingen, aber ...«

»Dann lassen Sie es!«

»Es wäre aber besser, besser für Sie, wenn Sie mir ...«

»Nein!«

»Ganz wie Sie wollen. Spätestens vor dem Staatsanwalt werden Sie reden müssen!«

Christiane verschränkte die Arme, sah Friedrich herausfordernd an. »War's das jetzt endlich?«

Friedrich überlegte. »Ja, ich denke ... das heißt, eine Frage habe ich noch: Wo waren Sie eigentlich, bevor Sie wieder nach Deutschland zurückgekommen sind?«

»Martinique. Dort habe ich unter anderem auch schon in der Gastronomie gearbeitet. Am Schluss war ich so etwas wie eine Geschäftsführerin. Deshalb weiß ich so in etwa, wie man ein Restaurant zu führen hat.«

»Und warum wollten Sie nicht dort bleiben?«

»Wenn Sie es genau wissen wollen: Ich habe Fouad kennengelernt. Er tourte ein halbes Jahr durch die Welt und kam auch nach Martinique. Wir verlobten uns nach vier Wochen und ich flog dann mit ihm nach Europa zurück.« Christiane stand auf. »Ich muss jetzt wirklich los! Wenn noch irgendetwas sein sollte, können Sie mich ja anrufen. Die Nummer haben Sie?«

»Ja. Wir werden die Brauerei in Ulm anrufen. Und wenn die Ihre Aussage nicht bestätigt, werde ich mich sehr schnell bei Ihnen melden. Da können Sie Gift drauf nehmen!«

Christiane reagierte nicht auf Friedrichs kaum verhohlene Drohung und ließ ihn ohne ein Wort des Abschieds sitzen.

Irgendwas verheimlicht die mir! Aber im Moment habe ich nichts in der Hand gegen sie. Ob Hanna in Gönningen etwas erfahren hat? Wahrscheinlich hat sie mindestens zwei Stück Torte verdrückt. Der Tapas-Teller vorher hat sehr gut ausgesehen. Ich glaube, ich bestelle mir auch einen.

Friedrich blickte auf, um nach der Bedienung zu sehen. Dabei bemerkte er, dass die Frau mit der FAZ immer noch allein an ihrem Tisch saß.

Ist wohl versetzt worden. Die Arme.

Sie bemerkte Friedrichs Blick und lächelte ihm zu. Seine Aufmerksamkeit wurde von einer größeren Gruppe von jungen Frauen und Männern abgelenkt. Die Musikinstrumente, die sie mitbrachten, ließen darauf schließen, dass es sich um Mitglieder eines Orchesters handelte, die nach der gemeinsamen Probe noch ein Glas Bier zusammen trinken wollten. Das Problem bestand darin, dass für die Gruppe von etwa zehn Leuten kein Tisch mehr frei war. Die dunkelhäutige Bedienung, die die Situation blitzschnell erfasst hatte, kam zu Friedrich an den Tisch. »Entschuldigen Sie, ich hätte eine Bitte. Würde es Ihnen vielleicht etwas ausmachen, wenn Sie sich zu der einzelnen Dame da drüben setzten? Dann könnten sich die Musiker an diesem großen Tisch niederlassen.«

Friedrich wunderte sich selbst über seine freundliche Zuvorkommenheit, mit der er die Bedienung anlächelte. »Selbstverständlich. Wenn die Dame einverstanden ist, mit dem allergrößten Vergnügen!«

* * *

Hanna

Auf der Rückfahrt nach Tübingen erfuhr Hanna vom SWR-1-Sprecher, dass der VfB Stuttgart verloren hatte. Noch vor drei Wochen hätte sie eine solche Nachricht mit Bedauern aufgenommen. Aber seit dem letzten Heimspiel der Stuttgarter gegen den Karlsruher Sportclub hatte ihre Begeisterung für den Bundesligafußball einen deutlichen Dämpfer erhalten. Zu ihrem zwanzigjährigen Dienstjubiläum hatte sie unter anderem eine Eintrittskarte für das Lokalderby geschenkt bekommen. Die wissenschaftliche Hilfskraft, die mit der Besorgung der Karten beauftragt worden war, hatte keine Ahnung vom Fußball. Sie wollte ihre Sache trotzdem besonders gut machen und wählte einen Sitzplatz in der Cannstatter Kurve, direkt neben dem Block, in dem sich Samstag für Samstag die Hardcore-Fans versammelten. Und zunächst schien es, als habe sie die richtige Wahl getroffen. Hanna genoss die lautstarken Gesänge, die bereits die Aufwärmphase begleiteten. Aber als der Stadionsprecher versuchte, die Karlsruher Spieler vorzustellen, ging seine Stimme in einem gellenden Pfeifkonzert unter, obwohl die Badener noch gar keinen Fehler gemacht haben konnten. Hanna rümpfte die Nase, behielt ihren Unmut aber zunächst für sich. Sie musste sogar leicht schmunzeln, als Mitte der ersten Halbzeit ein über fünfzigjähriger, stark adipöser Mann mit der geballten Faust fuchtelte und im Brustton der Überzeugung zu seinem Sitznachbarn raunte: »Die müssten viel mehr laufen, die Flaschen!«

Nach einer perfekten Kombination erzielten die Karlsruher das 0:1. Wieder hagelte es – diesmal deutlich aggressivere – Pfiffe. Unmittelbar nach Wiederanpfiff schwoll ein Schlachtruf an, dessen Maß an Dumpfbackigkeit Hanna nicht für möglich gehalten hätte: »Kallsruh' Scheiße, Kallsruh' Scheiße, Kallsruh' Scheiße« dröhnte es minutenlang in ihr Ohr. Natürlich sagte ihr der Verstand, dass Sport für die meisten der überwiegend männlichen Zuschauer lediglich die Funktion eines Ventils hatte, durch das die im Laufe der Woche angestauten Aggressionen abgelassen werden konnten, ohne dass dies sanktioniert werden würde. Aber gleichzeitig war sie gefühlsmäßig viel zu sehr der an bürgerlichen Werten wie Toleranz und Fairness orientierten Erziehung ihrer Eltern verhaftet, als dass sie ein solches, von ihr als typisch männlich qualifiziertes Verhalten nicht massiv abgestoßen hätte. Sie verließ das Stadion noch vor dem Halbzeitpfiff und widmete seither den Sportseiten im Schwäbischen Tagblatt deutlich weniger Aufmerksamkeit.

Hanna wechselte zur Wüsten Welle, aber der Beitrag über sakrale Gesänge im Kloster Bebenhausen war ebenso wenig nach ihrem Geschmack, so dass sie das Radio ganz ausschaltete. Sie beschloss, Friedrich anzurufen, um ihm von ihrem Besuch in Gönningen zu berichten. Aber aus der Freisprechanlage tönte nur ein regelmäßiges Tuten, bis seine Stimme vom Band mitteilte, dass er nicht zu Hause sei, aber eine Nachricht hinterlassen werden könne. Hanna vermochte es kaum zu glauben: Friedrich war an einem Samstag zur besten Sportschau-Sendezeit nicht in seiner Wohnung im Hennentalweg? Sie konnte sich nur an ganz seltene Fälle erinnern, in denen das schon einmal vorgekommen war. Der Versuch, Friedrich auf seinem Handy zu erreichen, schlug ebenfalls fehl. Er hatte es ausgeschaltet. Damit stellte sich jetzt die Frage, wie Hanna ihrerseits den Abend verbringen würde. Sie erwog Theater und Kino. Oder auf Verdacht ins Sudhaus zu gehen. Auf nichts von alledem hatte sie wirklich Lust. Da fiel ihr ein, dass sie an einem der vergangenen Tage gesehen hatte, wie in der Innenstadt die Stände für den »Mediterranen Markt« aufgebaut worden waren. Ein wenig bummeln. Ein Glas Wein probieren. Das konnte sie sich sehr gut vorstellen heute Abend. Hanna drückte die Kurzwahltaste direkt neben der für Friedrich. Konrad Kästner meldete sich schon nach dem zweiten Klingeln, und nur eine Minute später war er mit Hanna für acht Uhr vor den Rathausarkaden verabredet.

Konrad war pünktlich, und sie machten sich auf, den Markt zu erkunden. Hanna verließ sich dabei mehr auf ihre Nase als auf ihre Augen. Gerade als sie den intensiven Duft von Lavendelseife hinter sich gelassen und begonnen hatte, einem verlockenden Geruch nachzuspüren, der von frisch zubereiteten Ravioli mit Parmesankäse herrührte, wurde sie jäh vom Aroma einer Currywurst mit viel Ketchup aus ihrem Schwelgen gerissen. Ein junger Mann hatte sich offensichtlich im nahe gelegenen Fastfood-Restaurant »X« eingedeckt und war mitsamt seiner Schale von der vorwärtsdrängenden Masse gegen Hanna gedrückt worden. Sie wollte ausweichen, erreichte dabei aber nur, dass sie ihrerseits kräftig an einen Kinderwagen stieß, den eine wenig weitsichtige Mutter durch die engen, fast völlig verstopften Gassen zu schieben versuchte. Das Baby ließ die unerwartete Erschütterung ohne Missfallensbekundung über sich ergehen. Trotzdem entschuldigte sich Hanna, indem sie ihre Handflächen nach außen kehrte. Mehr war nicht möglich, da sie kurzfristig in den Sog der Menschen geraten war, die unbedingt zusehen wollten, wie eine italienische Töpferin an ihrer Scheibe Vasen und Trinkbecher produzierte.

Hanna drehte sich um und erblickte Konrad vor einem Stand etwa zehn Meter hinter ihr. Sie schlängelte sich mühsam zu ihm durch und sah, was sein Interesse geweckt hatte: Mindestens zwanzig verschiedene Sorten Honig und noch einmal dieselbe Anzahl Marmeladen sowie Brot und Butter dufteten um die Wette und luden zum Probieren ein. Konrad versuchte mehrere Sorten und entschied sich schließlich für ein Glas Wacholderhonig. Das von Glühbirnen erzeugte, warme Licht verlieh der gesamten Altstadt zwar eine heimelige Atmosphäre, war aber weniger geeignet, wenn es galt, die passenden Münzen aus dem Geldbeutel zu fischen. Aber Konrad schaffte es endlich doch, den stolzen Betrag von sieben Euro fünfzig für ein kleines Glas in die Hand der Verkäuferin zu legen.

Sich in der Mitte der Kirchgasse haltend, kamen die beiden besser voran als zuvor. Allerdings war der Preis dafür, dass sie die Auslagen gar nicht oder nur von ferne begutachten konnten. Als Hanna aber einen Stand entdeckte, der die für Südfrankreich typischen Wachstuchtischdecken feilbot, drängte sie mit Macht in diese Richtung. Als ihre Tochter noch klein gewesen war, hatte das jährliche Urlaubsziel der Familie nicht lange diskutiert werden müssen. Zu gerne ließ sich Friedrich die provenzalische Küche und den dazugehörigen Wein schmecken, zu gut gefielen Hanna die Ausflüge in die Seealpen und nach Gap oder Grenoble. Wann immer sie auf eine solche Tischdecke stieß, wurden in ihr glückliche Erinnerungen wach. Sie sah dann Magdalenas erste Schwimmversuche im Mittelmeer ebenso vor sich wie den Brunnenrand am Cours Mirabeau in Aix-en-Provence, auf dem Friedrich und sie abendelang dem städtischen Treiben zugesehen hatten. Natürlich hatte sie bereits mehrere dieser Decken zu Hause. Trotzdem ließ sie sich von den Oliven- und Lavendelornamenten, die in rot, gelb und blau strahlten, gefangen nehmen und betrachtete die für andere Kundinnen aufgefalteten Exemplare fast ein wenig wehmütig.

Konrad dagegen hatte keinerlei Sinn für Tischdecken. Er wandte sich deshalb, wenn auch nur mit geringfügig größerem Interesse, der Frau zu, die nebenan allerlei Küchengerät aus poliertem Olivenholz ausgestellt hatte. Hanna trennte sich von den Tischdecken und schloss zu Konrad auf.

»Tut mir leid«, entschuldigte sie sich. »Aber Friedrich und ich, wir waren oft zusammen in Südfrankreich. Es waren einfach herrliche Urlaube!«

»Macht doch nichts. Ich finde genügend Dinge, die ich so lange anschauen kann, bis du fertig bist. Lass dir ruhig Zeit!«

Hanna war sich nicht sicher, ob da ein leicht gereizter Tonfall mitgeschwungen hatte. Da der Zauber, den die Tischdecken bei ihr ausgelöst hatten, jetzt ohnedies verflogen war, fragte sie Konrad: »Was hältst du davon, wenn wir irgendwo ein Häppchen essen?«

»Ausgezeichnete Idee.«

Wieder schwankte Hanna, ob sie sich Konrads veränderte Stimmungslage nur einbildete. Nach längerem Suchen beschlossen beide, eine delikat riechende Paella zu versuchen, die der Koch an einem Stand zubereitete, an dem gerade einige Plätze frei geworden waren. Der dazu angebotene spanische Wein funkelte zwar verlockend in den Gläsern der anderen Gäste, kam aber für Hanna und Konrad nicht in Frage, weil beide noch Auto fahren mussten. Stattdessen organisierte Hanna am Nachbarstand zwei Flaschen original italienischer Aranciata, die sie bei einem Kongress in Neapel kennen- und liebengelernt hatte. Konrad dagegen war weniger begeistert. Er probierte zwar höflich, aber ihm war anzusehen, dass ihm die Limonade nicht schmeckte.

»Konrad, ich mache dir einen Vorschlag. Du bestellst dir einen Wein, und ich fahre dich dann nach Rottenburg. Keine Widerrede!«, erstickte sie Konrads Bedenken, die sie ihm am Gesicht ablas, im Keim. »Wie oft hast du mich schon nach Hause gebracht? Jetzt bin ich einmal an der Reihe.«

Konrad orderte ein Viertel. Die Unterhaltung versiegte. Kaum war der letzte Löffel gegessen, der letzte Schluck getrunken, wollte Hanna wissen, ob Konrad noch länger bleiben wolle. Er verneinte, und beide machten sich auf den Weg. Nach etwas mehr als zwanzig Minuten stand Hannas Passat vor Konrads Wohnung. Auf der Fahrt war nicht gesprochen worden. Beiden war nicht nach Konversation zumute gewesen. Sie saßen nun schweigend im Auto. Hanna wandte sich Konrad zu. Sie brauchte einige Sekunden der Überwindung, brachte dann aber klar und deutlich hervor: »Konrad, ich finde, wir müssen uns entscheiden!«

»Was müssen wir entscheiden?« Konrads Versuch, den Ahnungslosen zu geben, scheiterte kläglich.

»Du weißt genau, was ich meine. Komme ich jetzt noch zu dir mit in die Wohnung oder nicht. *Das* müssen wir jetzt entscheiden.«

Konrad blieb stumm.

»Konrad, findest du nicht, dass ich zumindest eine Antwort verdient hätte?«

»Selbstverständlich! Entschuldigung. Aber es ist so schwer für mich.«

»Was? Was macht es denn so schwer für dich?«

»Dein Mann.«

»Exmann.«

»Von mir aus: Exmann.« Konrad war anzusehen, dass er eine gewaltige Sperre überwinden musste, bevor er weiterreden konnte. »Ich habe doch auch schon daran gedacht. Oft. Eigentlich ständig. Aber ich kann einfach nicht ... wenn du gleichzeitig ... mit diesem ... Polizisten ... der hängt doch immer noch ständig an deinem Rockzipfel!«

Konrad atmete hörbar aus. »Ich möchte gerne, sehr gerne, dass du ... mit in die Wohnung kommst. Aber ich möchte nicht, dass du dann am nächsten Abend in seine Wohnung gehst. Ich bin da ziemlich altmodisch. Ich weiß. Aber ich kann einfach nicht anders.«

Du meine Güte! Der ist ja ein Fall fürs Museum! Andererseits: Er hat ja Recht. Wenn schon, denn schon!

»Da ist nichts! Wirklich nicht!«

»Hanna, du weißt selbst, dass das nicht stimmt.«

Wenn er jetzt sagt, wir könnten ja Freunde bleiben, bringe ich ihn um!

Konrad machte zunächst keine Anstalten, noch etwas zu sagen. Aber dann raffte er sich auf. »Gib mir drei, vier Tage, Hanna! Bitte. Ich muss nachdenken. Mir über Verschiedenes klar werden.«

Allerdings! Den Eindruck habe ich auch!

»Darf ich mich bei dir melden, wenn ich das Gefü ... wenn ich der Auffassung bin, dass ich ... wenn ich weiß, wie ich deine Frage von vorhin beantworten möchte?«

Geht's noch umständlicher?!

»Tu das, Konrad!«

Geordneter Rückzug. Mehr ist heute nicht mehr drin.

Beide wussten nicht, was sie sagen sollten. »Tja ... gute Nacht dann.« Hanna hielt Konrad die rechte Hand entgegen. Er ergriff sie mit beiden Händen und blickte tief in ihre Augen, sagte aber weiterhin kein Wort. Hanna machte sich behutsam frei, fasste Konrad an den Schultern und hauchte ihm ein Küsschen auf die Wange. Dann ließ sie ihn los und sank zurück in ihren Sitz. Konrad brauchte ein paar Sekunden, um sich zu sammeln, bevor er sich mit einem Nicken verabschiedete und schließlich ausstieg.

Während der Fahrt trommelte sie mit jedem Kilometer heftiger gegen das Lenkrad. Auf der Höhe von Oberndorf stand ihr Entschluss fest. Sie beschleunigte, rief sich aber sofort wieder zur Vernunft und nahm den Fuß vom Gaspedal. Kaum zu Hause angekommen, setzte sie sich an ihren PC. Nach einigen Klicks hatte sie eine seriös wirkende Single-Börse gefunden. Friedrichs Daten waren schnell eingegeben, auch wenn Hanna bei den Fragen »attraktiv« und »sportlich« kurz gezögert hatte, bevor sie »ja« anklickte. Die Eigenschaft »liebenswürdig« hatte sie dagegen erst nach einigem Nachdenken und im Hinblick darauf, dass die gesuchte Frau ja nicht dienstlich mit Friedrich zu tun hätte, bestätigt.

So. Jetzt geht's weiter.

Profil der gesuchten Partnerin. Alter.

Nicht unter fünfzig. Alles andere würde ihn überfordern.

Größe.

Nicht unter eins siebzig. Wie sieht das denn sonst aus? Bei seinen knapp zwei Metern.

Schlank, vollschlank, mollig?

Das ist gleichgültig.

Unternehmungslustig?

Unbedingt! Es schadet überhaupt nichts, wenn er endlich mal etwas auf Trab gebracht wird!

Häuslich?

Auf gar keinen Fall! Sonst sitzt er nur noch vor dem Fernseher.

Gute Köchin?

Alles andere käme überhaupt nicht in Betracht.

Nachdem Hanna die Nummer ihrer Kreditkarte sowie deren Gültigkeitsdauer angegeben hatte, erschien auf dem Schirm die Mitteilung, dass für Friedrich in Frage kommende Partnerinnen vorgeschlagen werden würden, sobald die dafür fällige Gebühr auf dem Konto der Single-Börse eingegangen sei. Hanna fuhr den Computer herunter und sank – ziemlich müde – in ihr Bett.

Sonntag, 25. Oktober

Hanna

Der Sonntagmorgen war bei Hanna fürs Fußballspielen reserviert. Bereits seit Jahren traf sie sich mit anderen, ausschließlich männlichen Hobbykickern auf dem Nebenplatz des FC Tübingen, um gemeinsam auf Torjagd zu gehen. Friedrich, der Erster Vorstand des Vereins war, spielte ebenso regelmäßig mit wie Konrad, der bald nach seiner Ankunft in Tübingen zu der Gruppe gestoßen war. Unter normalen Umständen hätte Hanna ihren Exmann nach dem Frühstück angerufen, um ihn zum Kommen zu animieren. Aber nach dem Gespräch mit Konrad am gestrigen Abend spekulierte Hanna lieber darauf, dass Friedrich ohne ihre ausdrückliche Aufforderung sein warmes Bett dem im düsteren Grau liegenden

Sportplatz vorzöge und zu Hause bliebe. Aber ihre Hoffnungen wurden enttäuscht. Kaum war sie in ihrer Umkleidekabine verschwunden, hörte sie, wie Friedrich die anderen Männer lautstark begrüßte. Konrad dagegen war auch noch nicht aufgetaucht, als bereits eine halbe Stunde gespielt worden war. Aber darüber war Hanna nicht besonders unglücklich, weil sie eine Begegnung von Friedrich, Konrad und ihr im Moment für nicht besonders wünschenswert hielt.

Während der gesamten Spielzeit waren von Friedrich trotz des feucht-kühlen Wetters, das er normalerweise überhaupt nicht schätzte, gutgelaunte Kommentare zum Spielverlauf zu hören. Nicht einmal, als Hanna eine Flanke von ihm nachlässig annahm und den Ball deshalb mehrere Meter am Tor vorbeidrosch, war sein sonst in einer solchen Situation übliches Gegrummel zu vernehmen. Als sie etwas weniger als eine Stunde gespielt hatten, kamen die beiden Teams überein, dass es für heute genug sei.

Nach der warmen Dusche wanderten die meisten zu »Marianne«, die die Vereinsgaststätte betrieb und nicht nur einen ausgezeichneten Kaffee, sondern auch hervorragende belegte Brote für abgekämpfte Sportler bereithielt. Ihr Kartoffelsalat war Legende. Als Friedrich die Wirtin mit einem besonders freundlichen »Hallo Marianne, alles im grünen Bereich?« begrüßte, zog Hanna ihn beiseite. »Was ist denn mit dir los? Du bist ja ein richtiges Sonnenscheinchen heute. Und das bei dem Wetter?«

Friedrich kam nicht zu einer Antwort, weil Marianne zu den beiden herüberrief: «Einmal Radler, einmal große Apfelsaftschorle und Cappuccino, zwei Belegte, wie immer?«

»Marianne, was täten wir ohne dich?«, bejahte Friedrich die Frage, und auch Hanna nickte zustimmend. Sie setzten sich an den Tisch zu den anderen. Schnell war eine angeregte Unterhaltung im Gange, bei der die Umgestaltung des Universitätsgeländes im Bereich der Wilhelmstraße ebenso zur Sprache kam wie die letzten Ergebnisse der Walter Tigers und die daraus nach Auffassung der Hobbykicker erforderlichen Konsequenzen bei der Mannschaftsaufstellung. Als Marianne Hanna den Cappuccino brachte, flüsterte sie ihr schnell etwas ins Ohr, bevor sie wieder in ihrer Küche verschwand. Kurz darauf stand Hanna auf. Nach wenigen Minuten kam sie zurück, beteiligte sich aber nicht mehr an der allgemeinen Unterhaltung. Wenig später brachen bereits die Ersten auf, weil sie zum sonntäglichen Mittagessen zu Hause sein wollten, und nach weiteren zwanzig Minuten saßen Hanna und Friedrich alleine am Tisch.

»Was war das eigentlich vorhin mit Marianne? Was hattet ihr denn so geheimnisvoll miteinander zu tuscheln?«, wollte er wissen. Hanna richtete sich auf und stemmte ihre Ellenbogen auf den Tisch. »Marianne hat mir erzählt, was ihr für eine ... Überraschung zu Uwes Fünfundsiebzigsten geplant habt. Ein Bunny, das aus der Geburtstagstorte hüpft und die Hüften schwingt! Geht's eigentlich noch peinlicher?«

Hanna redete sich in Rage. »Glaub bloß nicht, dass ich einen Fuß ins Vereinsheim setze, wenn ihr das wahrmacht!«

»Wir haben das einstimmig beschlossen«, trotzte Friedrich. »Alle im Vorstand waren dafür. Und Uwe freut sich bestimmt riesig. Er hat mal ganz begeistert von einem Geburtstag erzählt, bei dem der Jubilar auch so beschenkt worden ist. Meine Güte, was ist denn schon dabei, wenn ein alter Mann sich an einem jungen Mädchen erfreut? Wir ...«

»Friedrich Holzwarth! Du wirst ...«

»Ich werde gar nichts! Die Sache ist von allen beschlossen und wird durchgezogen! Und dass du mir nicht wieder mit irgendwelchen Tricks kommst! Wie damals mit dem Mädchenteam. Noch einmal lasse ich mich nicht von dir verschaukeln! Ende der Debatte! Und wehe, du verrätst Uwe, was wir vorhaben!«

Hanna schmollte, weil ihr klar war, dass sie im Moment nicht weiterkam. Wenn Friedrich sich etwas in den Kopf gesetzt hatte, war der sicherste Weg, um ihn noch darin zu bestärken, wenn sie weiter auf der entgegengesetzten Position verharrte. »Gibt es etwas Neues in deinem Mordfall?«, wechselte sie deshalb das Thema.

»Allerdings! Du hattest Recht.« Friedrich war froh über Hannas Frage. »Das mit dem Einbrecher können wir getrost vergessen«, fuhr er fort.

»Warum?«

»Die Kollegen haben ihn in Breitenholz erwischt. Nach einigen etwas ... eindringlicheren Fragen hat er zugegeben, für die ganze Serie verantwortlich zu sein.«

»Gratuliere! Aber warum bist du dir so sicher, dass er nicht auch bei meiner Nachbarin eingebrochen haben könnte?«

»Weil er exakt zu diesem Zeitpunkt im Knast war. Er bekam stets Wochenendurlaub. Aber mittwochs saß er immer in Rottenburg hinter Schloss und Riegel.«

»Ein besseres Alibi könnte er sich kaum wünschen. Und was hast du bei Christiane Frank erreicht?«

Friedrich berichtete.

»Und du, was hast du in Gönningen herausbekommen?«, stellte Friedrich die Gegenfrage.

»Nicht so besonders viel«, gab Hanna zu und schilderte den Ablauf ihres Ausflugs. »Aber der Kuchen dort ist Weltklasse!«

»Mein Dienstausweis dürfte den Bäcker etwas gesprächiger machen«, mutmaßte Friedrich. »Außerdem könnte ich mir trotz des belegten Brotes ohne Weiteres vorstellen, ein ordentliches Stück Schwarzwälder Kirsch zu vertilgen. Kommst du mit?«

* * *

Friedrich strahlte bereits, als er bei der Frau, die Hanna bereits kennengelernt hatte, ein Stück seiner Lieblingstorte bestellte. Hanna orderte ein Achtel Rosé, weil sie mit Friedrichs Auto gekommen waren. Das Café war schon am frühen Sonntagnachmittag bis auf den letzten Platz besetzt. Deshalb dauerte es fast fünfzehn Minuten, bis eine junge Frau mit Kuchen und Wein auf den Tisch der beiden zusteuerte.

Erst auf den zweiten Blick fiel Hanna ihr leicht hinkender Gang auf, der daraus resultierte, dass sie nicht richtig auftreten konnte, obwohl sie bequeme Birkenstocksandalen trug. An ihrem rechten Fuß war ein Mullverband sichtbar. Hanna nahm die Bedienung näher in Augenschein. Sie hatte pechschwarzes, kurz geschnittenes Haar, das in alle erdenkliche Richtungen von ihrem Kopf abstand. Die ordentlich gebügelte weiße Bluse sowie die ebenfalls weiße Schürze über einem dunkelblauen Rock wollten nicht zu der Sicherheitsnadel passen, die sie durch ihr linkes Ohrläppchen gespießt hatte. Ihr schwarzer Lippenstift in Verbindung mit der schwarz-weiß gehaltenen Kleidung ließ Hanna an Anhänger der Gothic-Kultur denken. Im Gegensatz zu Hannas undeutlicher Vorstellung von diesen jungen Leuten war der Gesichtsausdruck der Frau keineswegs düster und abweisend. Im Gegenteil: Sie lächelte Friedrich freundlich an, als sie die Torte vor ihm auf den Tisch stellte.

Friedrich lächelte zurück. Die Bedienung wollte schon zurück zum Kuchenbuffet eilen, als Friedrich sie ansprach. »Entschuldigen Sie, kennen Sie vielleicht zufällig eine Simone Straub?«

»Ja«, antwortete die Bedienung überrascht. »Das bin ich selbst.«

»Darf ich Ihnen ein paar Fragen stellen?«

»Das geht im Moment wirklich nicht! Schauen Sie sich mal um, was hier heute los ist! Tut mir leid.« Simone hatte sich schon halb umgedreht, als Hanna ihr die linke Hand sanft auf den Unterarm legte. Simone wandte sich noch einmal um.

»Es wird nicht lange dauern«, versprach Hanna. »Sagt Ihnen der Name Mathilde Häußler irgend ...«

Weiter kam Hanna nicht, denn inzwischen war Norbert Kaiser, mit dem Hanna bereits Bekanntschaft gemacht hatte, an den Tisch gekommen. »Ich habe es Ihnen schon einmal gesagt! Sie sollen Simone in Ruhe lassen! Los! Verschwinden Sie! Auf der Stelle!«

»Immer langsam mit den jungen Pferden!« Friedrich fischte seinen Dienstausweis aus seiner Jackentasche und hielt ihn so, dass der Bäcker ihn ausführlich begutachten konnte.

»Was wollen Sie von ihr? Sie hat nichts ausgefressen! Die ganze Zeit auf meiner Simone herumhacken, das könnt ihr! Anstatt dass ihr euch endlich einmal um das ganze Ausländergesindel kümmert!«

Hanna holte Luft, aber Friedrich kam ihr zuvor. »Erstens: Es gibt hier kein ›Ausländergesindel‹, sondern Menschen, die einer anderen Nationalität angehören! Und zweitens: Ich ermittle in einem Mordfall. Frau Straub könnte eine wichtige Zeugin sein. Deshalb sollten Sie sie jetzt mit mir reden lassen, oder ich werde außerordentlich ungemütlich!«

Auch wenn offen blieb, wie sich die angedrohte Ungemütlichkeit konkret äußern würde, gab der Bäcker klein bei.

»Fünf Minuten. Ich kann meine Gäste schließlich nicht ewig warten lassen!«, grummelte er und trollte sich in Richtung Backstube.

»Also, schießen Sie los! Was wollen Sie von mir wissen?« Simone ließ sich am Tisch der beiden nieder. Friedrichs Ausweis hatte auch bei ihr Eindruck gemacht.

»Kann es sein, dass Sie am letzten Mittwoch so gegen neun mit dem Motorrad unterwegs waren?«

»In Reusten?«, assistierte Hanna.

»Wie kommen Sie denn auf so eine Idee? Ich habe doch noch gar keinen Führer...«

»Hören Sie auf!« Friedrich blökte die junge Frau an. »Günther Berner hat längst alles zugegeben. Also: Ich will jetzt die ganze Geschichte hören!«

Simone dachte kurz nach. »Am Montag war ich ... versprechen Sie mir, dass Atze nichts erfährt?«

»Wer um alles in der Welt ist ›Atze‹?« Friedrich runzelte die Stirn.

»Ein ziemlich eifersüchtiger junger Mann, der Frau Straub ungern aus den Augen lässt«, klärte Hanna ihren Exmann auf.

»Schön. Atze erfährt keinen Ton«, versprach Friedrich. »Weiter!«

»Wie gesagt«, begann Simone erneut. »Am Montag war ich bei Günther. Der ist echt nett. Aber die Oma! Mein lieber Scholli. Die kann ...«

»Ich kenne die Dame«, stimmte Friedrich finster zu. »Was war jetzt mit dem Motorrad?«

»Wir haben uns total verquatscht an dem Abend. Der letzte Bus war längst weg. Günther wollte mich nach Hause bringen. Aber ich habe so lange gebettelt, bis er mir den Schlüssel und den Helm gegeben hat. Meine Güte! Ich fahre besser Motorrad als die ganzen schlaffen Typen, die ihre Maschinen einmal im Jahr aus dem Stall holen!«

»Sie sind also am Montag nach Hause gefahren. Und dann?«

»Warum wollen Sie das eigentlich alles wissen?«

»Weil am Mittwoch eine Frau ermordet wurde! Die Nachbarin von Günther Berner! Deshalb!«, fauchte Friedrich.

»Sie haben möglicherweise etwas gesehen, das uns weiterhelfen könnte«, beschwichtigte Hanna. »Also bitte, beantworten Sie seine Fragen.«

»Na ja, am Dienstag habe ich einen Tag Urlaub genommen. Einmal Bodensee und zurück. Die Maschine geht ab wie Nachbars Lumpi! Keine Menschenseele auf der Autobahn. Da konnte ich so richtig losbrettern!«

»Kann ich verstehen«, gab Friedrich zu. »Aber Sie haben meine Frage noch nicht beantwortet.«

»Am Mittwochabend wollte ich die Maschine dann zurückbringen«, sagte Simone jetzt wesentlich weniger euphorisch. »Echt! Ich hab' sie vor dem Nachbarhaus abgestellt. Aber Günther war nicht zu Hause. Da bin ich eben wieder zurück nach Gönningen gefahren. Was sollte ich denn tun?«

»Und wann haben Sie ›die Maschine‹ dann zurückgegeben?«

»Gleich am Donnerstag. Noch vor der Arbeit. Günther hat mich hierhergefahren. Das war alles!«

»Zu welcher Uhrzeit sind Sie am Mittwoch von Reusten weggefahren?« Friedrich ließ nicht locker.

»Ich habe keine Uhr. Aber ich denke, so gegen neun. Höchstens halb zehn.«

»Ist Ihnen irgendetwas oder irgendjemand aufgefallen? Überlegen Sie genau!«

»Da haben welche an ihrem Balkon herumgebastelt. Das kam mir komisch vor, weil es schon dunkel war. Aber sonst? Nö. Nicht dass ich wüsste.«

Friedrich seufzte tief.

Friedrich hat recht. Egal wo wir ansetzen, wir kommen keinen Schritt weiter!

»Kann ich jetzt wieder?« Simone blickte Friedrich fragend an. Der nickte stumm. Sie stand auf und eilte sofort zu einem älteren Herrn, der lautstark zu verstehen gab, dass er bezahlen wollte.

Friedrich wandte sich grimmig seiner Torte zu. Hanna wusste, dass sie ihn in den nächsten Minuten besser nicht ansprach. Als der letzte Krümel vertilgt war, hellte sich Friedrichs Miene zwar ein wenig auf. Trotzdem war ihm anzusehen, dass er mit dem bisherigen Verlauf der Ermittlungen alles andere als zufrieden war.

»Was haben wir bis jetzt?« Hanna versuchte, Friedrichs Missmut zu bekämpfen.

»Die Motorradlady können wir vergessen. War zwar in etwa zur Tatzeit zumindest vor dem Haus der Ermordeten. Aber weit und breit kein Motiv. Und gesehen hat sie auch nichts. Möbelwagen und Pizzadienst: Fehlanzeige. Jede Menge Laufarbeit und alles für die Katz!« Mit jedem Wort war Friedrich mehr in Rage geraten.

»Was hast du als Nächstes vor?«, fragte Hanna betont sachlich.

»Bei der Brauerei anrufen, bei der diese Christiane gewesen sein will. Am Wochenende war da natürlich niemand zu erreichen. Dann werde ich mich um den Pächter kümmern, dem gekündigt worden ist. Vielleicht liegt da ja ein Motiv. Und dann muss ich endlich mal mit diesem Liebhaber von Frau Häußler reden. Unter Umständen weiß der was, das uns weiterbringt.«

Friedrich machte eine kleine Pause. »Das hätte ich schon längst tun sollen, statt mir die Hacken nach Möbelpackern und Pizzakurieren abzulaufen!«

»Du hast keinerlei Schuld auf dich geladen, oh Friedrich!«

»Was soll das denn jetzt?« Friedrichs Stirn legte sich in tiefe Falten.

»Damit will ich sagen, dass du gar keine Chance hattest, mit Nepomuk Schwarz zu reden.«

»Nepomuk Schwarz?«

»Der Mann, mit dem Frau Häußler ihre gewissen Stunden verbracht hat. Er ist Lehrer und war auf Klassenfahrt. Aber inzwischen dürfte er wohl wieder eingetrudelt sein.«

»Woher weißt du das alles?« Friedrichs Gesichtsausdruck war ein Gemisch aus Erstaunen, Verärgerung und Neugier.

»Weil ich am Freitag schon einmal versucht habe, ihn zu erreichen«, meinte Hanna leichthin.

»Ich finde, du hast dir eine kleine Belohnung redlich verdient«, begann sie nach einer kleinen Pause, in der sie so tat, als ob sie nachdächte. »Schließlich hast du mich mit hierher nach Gönningen genommen. Deshalb ist es nur gerecht, wenn ich dir erlaube, mich nach Poltringen zu begleiten, wo Herr Schwarz wohnt.«

»Glaub ja nicht, ich merke nicht, wie du mich mit deinem Gesäusel einwickeln willst!«, begehrte Friedrich auf.

»Wir müssen es natürlich nicht so machen, wenn du nicht willst. Aber dann ... bin ich mir überhaupt nicht sicher, ob ich mich noch an die genaue Adresse von Herrn Schwarz erinnern kann. Und ob der Frisör dir ...«

»Du bist und bleibst ein kleines Luder!« Friedrich versuchte sich an einem entrüsteten Tonfall, aber sein Lächeln strafte seine eigenen Worte Lügen. »Also, worauf warten wir noch?«

* * *

Friedrich

Auch Friedrich fielen die merkwürdigen Namen auf der Keramiktafel im Kastanienweg sofort ins Auge. Er schüttelte zwar den Kopf, sagte aber nichts. Hanna klingelte, und sofort wurde die Haustür geöffnet.

»Da hat wohl jemand hinter der Gardine gestanden«, flüsterte Hanna ihrem Exmann zu, während sie auf Martina Schwarz zugingen.

»Guten Tag!« Martina Schwarz reagierte jetzt, da Hanna an der Seite eines Mannes auftauchte, deutlich freundlicher als beim ersten Mal. »Mein Mann ist nicht da. Er kommt auch nicht vor heute Abend. Spät am Abend. Ein Schüler hat den Zug verpasst. Außerdem möchte ich jetzt endlich wissen, warum Sie meinen Mann überhaupt sprechen wollen!«

»Guten Tag, gnädige Frau!«, grüßte Friedrich betont artig. »Mein Name ist Holzwarth. Kriminalpolizei Tübingen. Ich habe einige Fragen an Ihren Mann. Möglicherweise kann er mir bei meinen Ermittlungen weiterhelfen.«

Penelope Schwarz kam aus der Wohnung und stellte sich neben ihre Mutter, ohne ein Wort zu sagen.

»Ermittlungen? Was für Ermittlungen?«

»Das möchte ich Ihrem Mann gerne persönlich sagen. Er soll mich anrufen, sobald er wieder zu Hause ist. Hier. Meine Karte.«

Martina Schwarz musterte die Karte eingehend. »Mordkommission? Was hat Nepomuk mit der Mordkommission zu tun?« Martina verstaute die Karte in ihrer hinteren Hosentasche, während sich Penelope auf dem Absatz umdrehte und schnell im Haus verschwand.

Ist die Kleine rot angelaufen, oder bilde ich mir das ein?

»Ist sonst noch etwas?«, fragte Martina.

»Nein, das war's«, gab Friedrich zurück. »Wiedersehen.«

Friedrich legte den Hörer mit Schwung zurück auf die Gabel. »Da bin ich wirklich gespannt, wie sie mir das erklärt!«, rief er über die Schulter seinem genüsslich kauenden Kollegen Walter Löffler zu, nahm seine Jacke vom Haken und verließ das Büro. Aber nur fünf Sekunden später betrat er es wieder. Er ging erneut ans Telefon und wählte eine Festnetznummer. Als sich trotz längeren Klingelns niemand meldete, tippte er eine Handynummer ein. Diesmal hatte er mehr Glück. »Holzwarth. Wo sind Sie im Moment?« Er lauschte nur kurz. »Perfekt. Bleiben Sie, wo Sie sind. Ich bin in ... zwanzig Minuten bei Ihnen! Bis dann.« Friedrich legte auf und ließ seinen verdutzten Kollegen allein mit dem Leberwurstbrot im Büro zurück.

Statt der vorhergesagten zwanzig Minuten brauchte Friedrich nur siebzehn, um zum so genannten Clubhaus zu kommen. Gegenüber der Neuen Aula in der Wilhelmstraße gelegen, war es das Ziel zahlloser Studenten, die in den Vorlesungspausen eine Tasse Kaffee trinken oder eine Kleinigkeit essen wollten. Auch wenn die dicken, roten Gesetzbücher der Juristen häufig das Bild dominierten, tummelten sich auch Studierende anderer geisteswissenschaftlicher Fächer häufig in der Cafeteria des Studentenwerks. Friedrich kannte lediglich die oberen Räume des Gebäudes, wenn er auch unangenehme Erinnerungen damit verband. Hanna hatte ihn vor vielen Jahren einige Male zu Clubhausfesten und vor allem zu politischen Veranstaltungen eher mitgeschleift als mitgenommen. Er war sich selten so deplatziert vorgekommen wie an solchen Abenden. Mit Fremdwörtern und politologischen Fachausdrücken gespickte Diskussionen hatten seiner Empfindung nach nie auch nur den Ansatz eines Ergebnisses erbracht. Stattdessen versuchte ein Splittergrüppchen des linken Spektrums, einem anderen mit Inbrunst vor Augen zu führen, dass und warum der von ihm gewählte Ansatz grundverkehrt war.

Friedrich betrat die Cafeteria im Erdgeschoss. Die Frau, die an den Tischen das Geschirr, das die Studierenden einfach stehen gelassen hatten, einsammelte und in einem weißen Plastikzuber stapelte, war Christiane Frank.

»Wo können wir ungestört reden?«, fragte Friedrich anstelle einer Begrüßung.

»Oben. Moment. Ich muss den Schlüssel holen.«

Die beiden stiegen die Treppe hoch. Christiane schloss auf. Alter, abgestandener Zigarettendunst schlug Friedrich entgegen. Für den Bruchteil einer Sekunde sah Friedrich sich vor mehr als dreißig Jahren allein und ziemlich wütend in einer Ecke des Raumes stehen. Nur wegen Hanna war er auf eines der zahlreichen Clubhausfeste gekommen. Aber sie hatte am anderen Ende des Raumes einen jungen Mann entdeckt, war auf ihn zugestürzt und hatte ihn stürmisch umarmt.

»Wenn Sie noch länger die Wand anstarren wollen, gehe ich inzwischen wieder runter. *Ich* habe zu tun!« Christianes spitze Bemerkung holte Friedrich aus seinen Erinnerungen zurück. Er öffnete ein Fenster und setzte sich dann zu ihr an den einzigen Tisch, der auf einer Empore stand, die über die gesamte Längsseite des Raumes lief.

»Machen Sie's bitte kurz. Ich muss wieder an meine Arbeit.«

»Sie arbeiten hier?«, Friedrich versuchte, mit einer unverfänglichen Frage das Gespräch zu beginnen.

»Hier und halbtags in der Crona-Klinik. Aber deshalb werden Sie ja wohl nicht extra gekommen sein.«

»Ich habe mit der Brauerei in Ulm telefoniert.« Friedrich passte sich jetzt Christianes unfreundlichem Ton an.

»Tüchtig, tüchtig.«

»Sie haben mir bestätigt, dass Sie letzte Woche Mittwoch dort waren.«

»Wie schön.« Christiane blickte Friedrich herausfordernd an.

Friedrich legte eine Kunstpause ein. »Aber der Marketing-Mensch von der Brauerei hat mir noch etwas außerordentlich Aufschlussreiches erzählt. Sie haben ihn nämlich schon am Freitagmorgen angerufen, um ihm mitzuteilen, dass Sie die Kaution jetzt doch sofort bezahlen können«, fuhr er fast plaudernd fort, um unvermittelt seinem Tonfall die Schärfe eines Metzgermessers zu geben: »Woher hatten sie das Geld? War es das aus der Keksdose Ihrer Mutter? Das, von dem Sie angeblich nichts wussten? Das, das sie Ihnen nicht freiwillig gegeben hat? Das, dessentwegen Ihre Mutter sterben musste?«

»Wow! Jetzt haben Sie's mir aber gezeigt! Derrick würde vor Neid erblassen!«

»Frau Frank, ich glaube nicht, dass Sie in der Position sind, hier einen solchen Ton anzuschlagen!«, erwiderte Friedrich eisig. Seine Augen wurden zu schmalen Schlitzen. »Woher stammt das Geld, mit dem Sie die Kaution bezahlen wollen?«

»Das sage ich nicht.«

»Frau Frank ...«

»Nächste Frage.«

»Wollen Sie einen Anwalt? Den werden Sie dringend brauchen, wenn Sie in Untersuchungshaft sitzen! Den Haftbefehl habe ich spätestens in einer halben Stunde!«

Wenn ich nicht wieder an dieses Weichei von Kästner gerate!

Christiane hatte sich abgewandt und ging sehr langsam zehn Schritte vor und wieder zurück. »Garantieren Sie mir, dass Fouad niemals erfahren wird, was ich Ihnen jetzt erzähle?«

»Das kann ich nicht. Wenn er der Einzige ist, der Ihre Geschichte bestätigen oder widerlegen kann, muss ich ihm Ihre Aussage vorhalten. Aber auch *nur* dann.« Friedrich hielt kurz inne, um die Wirkung seiner nächsten Sätze zu erhöhen. »Andererseits«, begann er wieder, »wenn ich Sie verhafte, können Sie sicher sein, dass er Ihnen Fragen stellen wird. Und dann werden Sie nicht darum herumkommen, ihm allerlei zu erklären. Was haben Sie ihm eigentlich bisher erzählt? Ich meine, woher das Geld auf einmal kommt?«

»Eine alte Freundin habe uns aus der Klemme geholfen.«

»Und Sie glauben im Ernst, dass Fouad nicht nachfragen wird, warum Sie trotz Ihrer plausiblen Erklärung für das Geld in U-Haft sitzen?« Auch wenn rhetorische Fragen sonst nicht zu Friedrichs Vernehmungsrepertoire gehörten, wandte er diese Methode jetzt an, ohne sich dessen bewusst zu sein. »Möglich, dass er Ihnen glaubt. Wahrscheinlich sogar. Aber dann wird er wissen wollen, warum diese Freundin der Polizei Ihre Geschichte nicht bestätigt hat. Und spätestens dann werden Sie auspacken müssen!« Friedrich ließ Christiane einige Augenblicke Zeit, bevor er drängte: »Also, was ist? Sagen Sie mir jetzt, woher Sie das Geld für die Kaution haben?«

Christiane nahm erneut ihre kleine Wanderung auf. Nach der dritten Wende war die Entscheidung gefallen. Sie stellte sich aufrecht vor Friedrich hin. Ihr Blick ging an ihm vorbei ins Leere.

»Ich habe mich verkauft.« Der Satz füllte den gesamten Raum, bis Christiane fortfuhr: »Ich will endlich ein Zuhause! Zusammen mit Fouad! Ich *will* dieses Restaurant! Und jetzt ist die Chance da! Endlich! Das Einzige, was fehlte, waren lächerliche fünftausend Euro.« Christiane brach ab. Friedrich blieb stumm. »Wir haben alles versucht. Meine

Mutter. Banken. Private Geldverleiher. Bekannte. Nichts zu machen. Und dann habe ich diese Anzeige gesehen. ›Gesellschafterin gesucht‹. Es war einfacher als gedacht. Der Typ ist ganz nett. Es ist immer derselbe. Er hat mir die Fünftausend gegeben.« Christiane brach erneut ab.

Friedrich sah, dass sie mit den Tränen kämpfte. Aber er hatte im Verlauf seiner Dienstjahre schon jede Menge rührender, tränenuntermalter Geschichten aufgetischt bekommen.

»Sie wollen mir doch wohl nicht ernsthaft weismachen«, bohrte er deshalb, »dass ein Freier einer ... ich meine, Ihnen freiwillig einen ... wie soll ich das nennen ... Vorschuss? ... in Höhe von fünftausend Euro gibt?«

Dann wechselte er zu einem routinierten, ruhig-neutralen Tonfall. »Name und Adresse des edlen Spenders?«

»Trenkle. Hans-Peter Trenkle. Er wohnt in Wurmlingen. Aber ich bitte Sie: Machen Sie ihm keine Schwierigkeiten. Er ist in Ordnung. Wenn man davon absieht, dass er sich Frauen kauft.« Christiane konnte ihre Bitterkeit nicht länger im Zaum halten.

Friedrich ließ sich die genaue Adresse diktieren. Er blickte wieder in Christianes Gesicht. »Sie halten sich bitte zu unserer Verfügung! Wenn Sie die Stadt verlassen, will ich vorher Bescheid wissen! Haben wir uns verstanden?«

Christiane ließ Friedrich stehen und verließ den Raum. Als Friedrich an der Cafeteria vorbeikam, sah er, dass die Stieftochter der Ermordeten schon wieder dabei war, leere Flaschen in die dafür vorgesehenen Ständer zu sortieren.

* * *

»Der Herr Trenkle ist nicht da!« Ein Mann, der das Rentenalter schon vor einiger Zeit erreicht haben musste, beugte sich im Garten der Nachbarvilla über die Buchshecke. Sein dunkelgrauer Anzug, das weiße Hemd sowie die dezent gemusterte Fliege passten zum akkuraten Schnitt des graumelierten Haares. »Dr. Herrmann Kruse. Regierungsrat a. D.«, stellte er sich vor. »Kann ich meinem Nachbarn etwas ausrichten?«

Friedrich nahm seinen Finger vom Klingelknopf. »Nein, vielen Dank. Das heißt, Sie könnten ihm sagen, er soll mich unbedingt sofort anrufen, wenn er nach Hause kommt.«

Herr Dr. Kruse musterte die Karte, die Friedrich ihm überreicht hatte, ausführlich.

»Kriminalpolizei? Er hat doch nicht etwa ...«

»Nein, nein«, beeilte sich Friedrich zu versichern. »Ich brauche nur eine Auskunft von ihm.«

»In Ordnung. Ich werde es ihm sagen.« Eine gewisse Skepsis blieb im Gesicht von Herrmann Kruse zurück. »Aber von Beamtem zu Beamtem hilft man ja gerne«, strahlte er dann. »Wissen Sie, früher, als ich noch im Regierungspräsidium aktiv war ...«

Friedrich tat so, als ob er den letzten Halbsatz nicht gehört hätte, tippte an einen imaginären Mützenrand und ging den Gehweg entlang, bevor Herr Dr. Kruse ihn in ein Gespräch über seine sicher umfangreichen Erlebnisse als Verwaltungsexperte verwickeln konnte.

* * *

Friedrich betrat sein Büro wohlgelaunt, war es ihm doch möglicherweise bereits am ersten Tag der Arbeitswoche gelungen, der Lösung des Falles entscheidend näherzukommen. Und das, ohne dass Hanna ihm ins Handwerk gepfuscht hätte. Er konnte sich einfach nicht vorstellen, dass ein Freier einer Prostituierten freiwillig fünftausend Euro überlassen würde. Wie auch immer: Sobald sich dieser Herr Trenkle meldete, würde man klarer sehen.

»Endlich!« Friedrichs Kollege Löffler hatte offensichtlich ungeduldig auf dic Rückkehr seines Chefs gewartet. »Es gibt jede Menge Neuigkeiten, Herr Hauptkommissar!« Obwohl sich Friedrich stets um ein möglichst kollegiales Verhältnis bemühte, sprach Walter ihn gelegentlich demonstrativ mit dem Titel an. Nach Walters bei einer feuchtfröhlichen Weihnachtsfeier geäußerten Auffassung war eigentlich er es, der damals hätte befördert werden müssen. Schließlich hatte er anderthalb Dienstjahre mehr absolviert. Dass statt seiner Friedrich Hauptkommissar geworden war, führte Walter Löffler allein auf die Tatsache zurück, dass er ein bekennender Pfullinger war.

»Bei mir gibt es auch jede Menge Neuigkeiten!«

»Bitte! Ich möchte meinem Herrn Chef natürlich auf keinen Fall vorgreifen!«

Friedrich überhörte den beleidigten Tonfall und berichtete seinem Kollegen, was die Befragung von Christiane Frank ergeben hatte. »So. Jetzt kommst du!«

»Also erstens: Der Enkel der Nachbarin unserer Toten, Günther. Der war wirklich den ganzen Abend bei seinem Konditionstraining. Das haben alle drei Ruderer bestätigt, die ich im Vereinsheim angetroffen habe.

Zweitens: Der Bericht der Kriminaltechnik ist gekommen. Im Haus selber haben sie wenig wirklich Interessantes gefunden. Fingerabdrücke vom Opfer, von der Tochter, von deren Freund, von der Nachbarin ...«

»Gerlinde Berner«, half Friedrich düster.

»... und noch von einer weiteren Person, die sie nicht identifizieren konnten. Bei der dürfte das auch schwierig werden, weil der Abdruck ziemlich verschmiert ist.«

»Scheiße«, brummte Friedrich.

»Das Blut im Zimmer stammt eindeutig vom Opfer, und nur von ihm.« Walter Löffler war froh, Friedrich noch etwas

Hilfreiches berichten zu können. »Die Marienstatue aus Lourdes ist, was den möglichen Täter betrifft, vollkommen clean. Keine Fingerabdrücke, keine Hautpartikel. Nichts zu machen. Dasselbe gilt übrigens für den Spaten. Dafür steht jetzt aufgrund der Spuren an der Tür sicher fest, dass sie mit dem Spaten aufgewuchtet wurde.«

»Steht was zu dem Frühbeet im Bericht?«

Walter holte einen Plastikschnellhefter von seinem Schreibtisch und begann zu blättern. »Aufgrund der singulären, großflächigen Beschädigung (9,3 x 6,9 cm) sowie Art und Ausbreitung der Risse kann ein Schaden durch Regenwasser ausgeschlossen werden«, las er vor. »Mit Sicherheit ist das Glas durch willkürliche, mechanische Einwirkung – das Wahrscheinlichste ist ein Fußtritt – beschädigt worden. Die an einer in einem Abstand von 23,7 cm zum Einwirkungszentrum außerhalb des Beetes liegenden Scherbe gefundenen Blutreste der Gruppe A, die nicht vom Opfer stammen, könnten dafür sprechen, dass die Scheibe eingetreten und beim Herausziehen des Fußes zu ihrem Fundort geschleudert wurde.«

Das ist ja noch schlimmer als eine Vorlesung von Hanna!

»Gib mal her!«, forderte Friedrich seinen Kollegen auf. Dann blätterte er den Bericht der Kriminaltechniker flüchtig durch. An einzelnen Stellen blieb er etwas länger hängen, gab die Blätter aber nach weniger als zwei Minuten an Walter Löffler zurück und brummte dabei: »Sonst noch was, das mich interessieren könnte?«

»Nicht von der Technik.« Walter kostete seinen heutigen Informationsvorsprung weidlich aus.

»Herr Kommissar Löffler, dürfte ich vielleicht um einen vollständigen Bericht bitten?«, fragte Friedrich halb spaßhaft und halb verärgert.

»Ich hab' mich noch mal hinter das Ammerbucher Einwohnermeldeamt geklemmt«, verriet Walter wieder mit einem leicht beleidigten Unterton. »Mathilde Häußler hat in Reutlingen gewohnt, bevor sie nach Reusten gezogen ist. Lessingstraße 148 in 7410 Reutlingen 2, um genau zu sein ...«

»Moment! Lessingstraße?«, fiel Friedrich seinem Kollegen hastig ins Wort. »Was ist Reutlingen 2?«

Walter starrte Friedrich völlig verständnislos an. Statt zu antworten, schnappte sich Friedrich das Telefonbuch, schlug die Nummer der Stadtverwaltung Reutlingen nach und wählte. Nur kurze Zeit später bestätigte sich seine Vermutung. Gönningen wurde früher postalisch unter Reutlingen 2 geführt.

»Das heißt, die Bäckerei, die unser Opfer verpachtet hat, ist identisch mit der Lehrstelle von Simone Straub. Und Simone Straub hatte eine Verletzung am rechten Fuß. Wie man sie zum Beispiel bekommen kann, wenn man eine Frühbeetscheibe eintritt! Dieser jungen Dame werde ich ordentlich auf den Zahn fühlen!«

Walter, der kein Wort von Friedrichs Monolog verstanden hatte, meldete sich jetzt deutlich beleidigt wieder zu Wort. »Interessiert dich vielleicht, was ich sonst noch herausgefunden habe?«

»Leg schon los!«

»Die Tochter der Ermordeten ist offiziell immer noch in Reutlingen ...«

»Du meinst Gönningen?«

»Ja doch, Herr Hauptkommissar, in Gönningen gemeldet. Lebt aber seit mehr als zwanzig Jahren im Ausland. Wo genau, wusste niemand. Ihre Schwester Maria Magdalena ist schon im Oktober 1988 gestorben. Mit dreizehn. Zusammen mit ihrem Vater, Jakob Frank. Genaueres konnten sie mir nicht sagen. Möglicherweise ein Verkehrsunfall. Alles schon viel zu lange her. Die Dame, mit der ich gesprochen habe, ist erst seit einem halben Jahr bei der Stadtverwaltung beschäftigt.«

»Tja ...« Friedrich dehnte die Silbe sehr lang. »Weißt du, was das bedeutet?«, fragte er dann.

»Nein. Aber ich ahne es. Ich soll nach Gönningen fahren und mich um Dinge kümmern, die sich vor mehr als zwanzig Jahren abgespielt haben und an die sich wahrscheinlich kein Mensch mehr erinnert.«

»Walter, Walter, manchmal bist du mir fast ein wenig unheimlich mit deinen hellseherischen Fähigkeiten!

* * *

Hanna

»Warte erst einmal ab!«, forderte Hanna Friedrich auf, der sie im Brechtbau abholte. »Wenn dieser feine Herr Trenkle ihre Geschichte bestätigt, fällt dein Kartenhaus ziemlich schnell in sich zusammen.«

Hanna setzte ihre Lesebrille ab. Für ihr Seminar über »Sprachfiguren in Sagen und Mythen«, das sie im nächsten Semester halten wollte, hatte sie einen Aufsatz gelesen mit dem Titel »Medea – Täterin oder Opfer? Beitrag zur Entmythologisierung von Franz Grillparzers Goldenem Vlies«. Die These, Medea sei nicht Täterin, die aus Liebe zu Jason ihr Vaterland verrät, sondern letztlich schuldloses Opfer der Rachegelüste der Hera gegenüber Pelias, war auf Hannas Interesse gestoßen, auch wenn sie bei der Lektüre häufig gezwungen gewesen war, Reclams Lexikon der antiken Mythologie zu Rate zu ziehen, um nachvollziehen zu können, wer die zahlreichen, ihr oft unbekannten mythologischen Gestalten waren, die die Autorin immer wieder erwähnte.

»Ach, Hanna!«, widersprach Friedrich seiner Exfrau in einem Ton, der jahrelange Routine in ähnlichen Auseinandersetzungen verriet. »Was würde ich dafür geben, wenn du dich *ein einziges Mal* mit dem Offensichtlichen abfinden könntest.«

Hanna zog die rechte Augenbraue nach oben. Sie wusste, dass Friedrich wusste, dass es sich dabei um ein untrügliches Zeichen von Missbilligung handelte.

»Die Tochter hat ein Eins-a-Motiv. Oder kannst du dir vorstellen, dass an der Geschichte mit dem spendablen Freier tatsächlich etwas dran ist?«, fuhr Friedrich deshalb Hannas gelegentlich belehrenden Tonfall imitierend fort. »Und ein wirklich mehr als windiges Alibi. Was willst du denn noch? Oder ...« Friedrich deutete mit dem Zeigefinger lehrerhaft auf Hannas Gesicht, »... kannst du dich nur mit dem Gedanken nicht anfreunden, dass auch einmal eine Frau des Mordes überführt werden könnte?«

»Darum geht es nicht! Überhaupt nicht!« Hanna bemerkte selbst, dass sie zu heftig reagiert hatte. »Es geht darum«, bemühte sie sich, Ruhe in ihre Stimme zu bringen, »dass ich als Frau eher nachvollziehen kann, was in dieser Christiane vorgeht. Auf mich macht sie den Eindruck einer starken Frau, die weiß, was sie will. So weit bin ich mit dir einig. Aber sie bringt doch nicht ihre Mutter ... gut, von mir aus: Stiefmutter um! Für fünftausend Euro! Das kann ich mir grundsätzlich schon kaum vorstellen. Aber bei ihr schon gar nicht. Aber ...«, fügte sie mit einem versöhnlichen Lächeln hinzu, »damit du siehst, dass ich auch und gerade bei Mordermittlungen Frauen in keiner Weise bevorzuge, erkläre ich mich bereit, mit zu Simone Straub zu fahren. Nach dem, was du mir vom Frühbeet der Toten berichtet hast, willst du die junge Dame doch bestimmt genauer unter die Lupe nehmen. Oder sollte ich mich da irren?«

»Wie kommst du denn auf so etwas? Ich kann mich nicht erinnern, dass du dich jemals geirrt hättest!«

* * *

Friedrich

Sie trafen Simone Straub in der Backstube an. Die junge Frau war gerade dabei, eine Salz-Kümmel-Mischung mit schwungvollem Handgelenk auf einem Blech zu verteilen, auf dem langgezogene Teigstücke lagen, die später als Seelen ihre Käufer finden sollten. Simone erkannte Hanna und Friedrich mit einem Blick, wandte sich aber sofort wieder mit Inbrunst ihrer Beschäftigung zu.

»Frau Straub ...«

Weiter kam Friedrich nicht, weil Bäckermeister Kaiser unbemerkt in die Backstube gekommen war und sich zwischen die beiden Ankömmlinge und seine Auszubildende gestellt hatte. »Simone hat zu arbeiten. Lassen Sie sie in Ruhe!«, blaffte er.

»Sofort. Wenn sie uns erklärt hat, warum sie das Frühbeet eines Mordopfers demoliert hat«, konterte Friedrich geschickt.

»Was soll der Unfug?« Der Bäcker trat einen drohenden Schritt auf Friedrich zu. Mit einer für seine Körpergröße erstaunlich behänden Bewegung trat Friedrich zur Seite und ließ sein Gegenüber ins Leere laufen. Dann stellte er sich breitbeinig vor Simone Straub auf. »Warum haben Sie uns angelogen?«

Simone zuckte zusammen. Friedrich ließ sie nicht zu Wort kommen. »Sie haben das Frühbeet von Frau Häußler beschädigt! Warum?«

»Ich ... ich habe nur Günthers Motorrad ...«

»Schön. Dann anders! Was haben Sie mit Ihrem rechten Fuß gemacht?«

Die Mullbinde war immer noch deutlich zu sehen.

»Ein ... Esel ist draufgetreten. Ich helfe manchmal bei einem Bauern, der uns Mehl liefert. Und letzte Woche ...«

»Ach, hören Sie doch auf!« Friedrichs Halsadern schwollen an. »Wir haben Blutspuren an den Glassplittern gefunden! Eine Blutprobe von Ihnen, und es ist eine Frage von Stunden, bis wir vom Labor bestätigt bekommen, dass Sie sich Ihre Fußverletzung in Frau Häußlers Garten zugezogen haben!«

»Er hat Recht«, mischte sich Hanna ein. »Falls Sie im Garten der Ermordeten waren, reiten Sie sich nur noch schlimmer rein, wenn Sie es weiter abstreiten.«

Simone schluckte, blieb dann aber stumm.

»Los! Rede!« Friedrich bekam durch den Bäckermeister unerwartete Hilfe.

»Ja, verdammt!«, brach es aus Simone hervor. »Ich habe dem Scheiß-Beet einen Tritt verpasst. Die Alte hat so was von genervt! Glotzt aus dem Fenster. Verschwinde! Lass ja den Günther in Ruhe! Das ist ein anständiger Junge! Solche Sachen. Da bin ich ausgerastet! Sie hatte ihre Fenster schon wieder zu. Ich noch mal runter von der Maschine und Sturm bei ihr geläutet. Natürlich hat sie nicht aufgemacht. Auf dem Rückweg bin ich an so einer bescheuerten Steinplatte hängen geblieben. Und schon stand ich im Frühbeet mit meinem Turnschuh. Verdammte Scheiße! *So* ein Schnitt am Knöchel! Das tut heute noch total weh!«

»In der Wohnung von Frau Häußler waren Sie also nicht?«, fragte Friedrich nach.

»Was sollte ich denn da?«

»Waren Sie? Ja oder nein?«

»Nein! Natürlich nicht!« Simone Straub verschränkte ihre Arme vor der Brust.

»War's das jetzt endlich? Wenn ja: Auf Wiedersehen!« Bäcker Kaiser sah Simones Besucher auffordernd an. Friedrich legte die Hände zusammen und steckte mit leicht gesenktem Kopf die Nase zwischen die Zeigefinger. Dann hob er den Kopf wieder. »Ja, das war's, Frau Straub. Vorerst! Sie hören von mir.«

Simone wandte sich wieder ihrer Arbeit zu. Ihr Meister wollte die Backstube verlassen, Friedrich hielt ihn auf.

»Es ist doch richtig, dass Frau Häußler Ihren Pachtvertrag gekündigt hat?«

»Allerdings! Sie hat wohl einen Dummen gefunden, der ihr monatlich noch mehr Geld in den Rachen wirft als ich!«

»Und da waren Sie natürlich sauer?«

»Und wie! Ich hab' den Laden doch erst wieder flottbekommen. Jetzt muss ich wieder von vorne anfan ... Moment! Sie wollen doch nicht etwa behaupten, dass ich ...?«

»Ein Motiv hätten Sie durchaus.«

»Wann ist die Häußler ermordet worden?«

»Am Mittwoch. Zwischen acht und zehn abends.«

»Perfekt! Mittwochs ist Gesangsverein. Ich singe Bass. Ab sieben. Und danach sind wir in die Krone. Alle Mann!«

Der Bäcker holte ein Handy aus seiner Hosentasche und tippte eine Nummer ein.

»Hallo Georg. Ich bin's, Norbert. Ich geb' dir jemand von der Kripo. Der will dich was fragen.«

Norbert Kaiser reichte das Handy an Friedrich weiter. Nach wenigen Sätzen war klar, dass Simones Meister tatsächlich den ganzen Abend mit seinen Sängern verbracht hatte.

»So, und jetzt raus!« Norbert Kaiser wies energisch zum Ausgang.

Friedrich nickte Hanna zu, und beide verließen die Backstube.

»Glaubst du ihr?«, fragte Friedrich seine Exfrau.

»Schwer zu beurteilen. Einerseits klingt ihre Geschichte einigermaßen plausibel. Was Frau Häußler von Simone Straub gehalten hat, kann ich mir lebhaft vorstellen! Und du bist an derselben Stelle auch fast aus dem Gleichgewicht geraten. Aber andererseits: Warum ist Simone nicht gleich mit ihrer Geschichte rausgekommen, sondern erst, als du mit der Blutprobe gedroht hast?«

»Genau!«, stimmte Friedrich zu. »Was wir brauchen, sind mehr Informationen! Wir wissen einfach zu wenig über die junge Dame.«

Hanna dachte kurz nach. »Der Bäcker!«.

»Bitte?« Friedrich konnte seiner Exfrau nicht folgen.

»Bei meinem ersten Besuch hat der Bäcker etwas von einer Dummheit erzählt, die Simone gemacht hat, und dass sie ihre Strafe dafür abgeleistet habe. Falls ein Strafverfahren gegen Simone Straub eröffnet worden ist, dann müsste es doch Akten geben. Wenn du die fändest, könnten wir zumindest einiges mehr über Simone Straub erfahren.«

»Und vor allen Dingen hätten wir dann auch gleich ihre Fingerabdrücke ...«

»... die ihr wunderbar mit denjenigen vergleichen könntet, die in der Wohnung des Opfers gefunden wurden«, ergänzte Hanna.

»Ich werde mich sofort darum kümmern«, nuschelte Friedrich, rief ohne weiteren Kommentar seinen Kollegen Löffler an und beauftragte ihn, nach entsprechendem Aktenmaterial zu forschen.

»Friedrich, ich bin stolz auf dich! Immer eine zündende Idee zum richtigen Zeitpunkt auf Lager! Wie machst du das nur?«

»Männliche Intuition«, war das Einzige, was Friedrich brummend erwiderte.

»Und? Was gibt dir deine männliche Intuition sonst noch ein? So ... im Hinblick auf die Frage, was wir jetzt als Nächstes unternehmen?«

»Cherchez l'homme!«

»Bitte?«

»Ich will jetzt endlich mit diesem Liebhaber reden! Vielleicht bringt uns das weiter. Jetzt wird er ja wohl endlich von seiner Klassenfahrt zurück sein.«

Hanna blickte auf ihre Armbanduhr. »Kein Problem. Wenn wir um halb acht wieder in Tübingen sind. Da beginnt die Sitzung des Fakultätsrats.«

* * *

»So tretet ein! Wie Philemon will Gastfreundschaft ich euch erweisen!« Nepomuk Schwarz gab den Dienstausweis zurück.

Friedrich starrte den großen, breitschultrigen Mann an, der ihnen im Kastanienweg die Tür geöffnet hatte.

Sechzig. Mindestens. Eher sogar drüber.

Der Gastgeber trug einen abgewetzten, grauen Anzug. Die dunkelblaue Fliege saß korrekt gebunden am Hals. Feingliedrige Finger mit gepflegten Nägeln verrieten, dass Nepomuk Schwarz seinen Lebensunterhalt nicht mit seiner Hände Arbeit verdiente und wohl auch noch nie verdient hatte.

Hanna schob den verdutzten Friedrich in den Flur, in dem die Ehefrau sowie Penelope eifrig damit beschäftigt waren, eine Blume umzutopfen. Das frühe Anfangsstadium, in dem sich ihre Aktion befand, und die Tatsache, dass sie mehr zu Friedrich und Hanna blickten als auf die Blume, ließ den

Schluss zu, dass es ihnen in erster Linie darum ging, den Grund dafür zu erfahren, dass Hanna jetzt schon zum dritten Mal bei ihnen auftauchte. Auch Nepomuk war das nicht verborgen geblieben. Offensichtlich wollte er jedoch nicht, dass seine Familie Zeuge des Gesprächs wurde, denn er bestimmte mehr, als er vorschlug: »Gehen wir in mein Arbeitszimmer!«

An den Wänden war kaum ein Stück Tapete zu sehen. Zu voll waren die Bücherregale, die an allen vier Seiten des Zimmers standen. Die zum größten Teil ledergebundenen Ausgaben lateinischer und altgriechischer Autoren mussten ein Vermögen gekostet haben. Außerdem bemerkte Hanna, dass Nepomuk Schwarz zusätzlich zu unzähligen Fachbüchern einen kompletten Großen Pauly besaß. Es wäre deshalb leicht der Eindruck einer mittelalterlichen Studierstube entstanden, wenn nicht eine moderne Stereoanlage sowie ein akribisch aufgeräumter Chrom-Glas-Schreibtisch mit modernen Lederschwingstühlen darauf hingewiesen hätten, dass der Nutzer des Raumes im einundzwanzigsten Jahrhundert lebte. Erst auf den zweiten Blick fiel Friedrich die winzige Modelleisenbahnanlage ins Auge, die in einem größeren Aktenkoffer untergebracht war und auf einem Wandbord stand.

»Ich nehme an, es geht um den Schüler, den wir verloren haben?«, eröffnete Nepomuk das Gespräch, nachdem der Kommissar und seine Begleiterin Platz genommen hatten.

»Nein«, widersprach Friedrich. »Es geht um Mathilde Häußler. Sie ist am letzten Mittwoch ermordet worden.«

Nepomuk Schwarz ließ sich gegen die Rückenlehne seines Schreibtischstuhls fallen. In diesem Moment klingelte Friedrichs Handy. Er verließ das Zimmer, kehrte aber schon kurz darauf wieder zurück. Nepomuk machte immer noch keinerlei Anstalten, etwas zu sagen. Deshalb stellte Friedrich sachlich fest: »Wir haben erfahren, dass Sie ein Verhältnis mit der Ermordeten hatten.«

»Wer sagt das? Das ist eine Unverschäm...«

»Herr Schwarz! Ich weiß Bescheid«, unterbrach Friedrich gespielt gelangweilt, »wir kommen schneller voran, wenn Sie uns hier nicht den biederen Familienvater vorspielen.«

Nepomuk Schwarz rang einige Sekunden mit sich. Dann richtete er sich zu voller Größe auf und verkündete: »Nicht vielen Menschen ist vergönnt, wie Philemon und Baucis ihre Tage zu beschließen.«

Tickt der eigentlich noch ganz richtig? Filemohn? Schon wieder! Wer soll das sein?

Der Altphilologe sah Friedrichs ratloses Gesicht. »Zeus und sein Sohn Hermes wollen die Gastfreundschaft der Menschen prüfen«, erklärte er dann oberlehrerhaft. »Sie werden von Philemon und Baucis, die sehr arm sind, auf das Fürstlichste bewirtet. Als die Götter sich zu erkennen geben und ihnen eine Belohnung versprechen, bitten sie, im selben Moment sterben zu dürfen. Die Bitte wird erfüllt und sie stehen auch im Tod als Eiche und als Linde für immer zusammen.«

»Ich wäre Ihnen wirklich außerordentlich verbunden, wenn Sie zum Punkt kämen!«, brauste Friedrich auf.

»Meine Frau und ich ... wir haben uns schon länger nicht mehr viel zu sagen ...« Nepomuk hatte sichtlich Mühe, über seine Familienverhältnisse zu sprechen. »Scheidung kommt nicht in Frage wegen der Kinder ... gut, Jason und Antigone sind seit langem aus dem Haus. Aber Penelope, unsere kleine Nachzüglerin ...«

Friedrich trommelte demonstrativ mit den Fingern der rechten Hand auf seinen linken Unterarm.

»Mathilde war trotz ihrer achtundsechzig Jahre eine außerordentlich attraktive Frau ... und ich bin schließlich erst dreiundsechzig und noch ein ... rüstiger Mann ... wenn Sie verstehen, was ich meine ...« Er blickte Friedrich verständnisheischend an, erntete aber keinerlei Reaktion.

»Wir haben uns kennengelernt, als ich vor drei Jahren in den Kirchengemeinderat gewählt wurde. Na ja, Sie wissen doch, wie so etwas geht! Erst haben wir uns nur mittwochs getroffen. Zur Sitzung. Irgendwann hat sie mich zu einer Tasse Tee eingeladen. Und wie das eben so ist ...«

»Die Details interessieren mich nicht. Ab wann haben Sie miteinander geschlafen?«

»*Müssen* Sie sich eigentlich wie die Axt im Walde aufführen?«

Friedrich verdrehte die Augen. »Ab wann haben Sie ... gelegentlich in Reusten übernachtet?«

»Fronleichnam 2006.«

»Und seither? Ich meine ...«

»Ich habe ... immer wieder einmal ...«

»Bis wann?«

»Bis jetzt. Das heißt natürlich, bis einige Tage vor ihrem Tod. Sind Sie jetzt endlich zufrieden?«

»Fast. Wo waren Sie am letzten Mittwochabend?«

»Wie bitte? *Ich* brauche ein Alibi? Sie verdächtigen allen Ernstes *mich*? Das ist doch vollkommen absurd!«

»Wo waren Sie?«, wiederholte Friedrich ungerührt.

»Hier! Sehen Sie!« Nepomuk fuchtelte mit einem Werbeprospekt »Sonniges Allgäu«, den er aus seiner Brieftasche gezogen hatte, vor Friedrichs Augen herum. »Ich habe Zeugen dafür, dass ich im Allgäu war! Dutzende! Sie können gerne Direktor Kellermann anrufen, wenn Sie mir nicht glauben!« Mit jedem Satz war der Altphilologe lauter geworden.

Friedrich erwiderte für seine Verhältnisse erstaunlich ruhig: »Ich nehme an, Sie hatten ein Einzelzimmer?«

»Ja, selbstverständlich! Wieso?«

»Und wie sind Sie ins Allgäu gekommen?«

»Mit dem Auto. Die anderen Begleitpersonen sind natürlich zusammen mit den Schülern im Zug gefahren. Aber wir wollten zumindest ein Auto dabeihaben. Falls man mal jemand betrunken aus einer Kneipe abholen muss. Was heutzutage auf Klassenfahrten leider immer öfter vorkommt.«

»Sie hätten also durchaus die Möglichkeit gehabt, nach Reusten und wieder zurückzufahren, ohne dass es von irgendjemandem bemerkt worden wäre?«

»Theoretisch ja«, gab Nepomuk nach einigem Nachdenken zu. »Aber so war es nicht! Das ist doch alles vollkommen absurd!«

»Schön. Lassen wir das. Fürs Erste. Was mich im Moment mehr interessiert, ist, was die Ermordete für ein Mensch war. Zu wem hatte sie Kontakt? Wer mochte sie? Wer hat sie vielleicht so wenig gemocht, dass er sich ihren Tod gewünscht hat?«

»Da kann ich mir beim besten Willen niemanden vorstellen«, beruhigte sich Nepomuk langsam wieder. »Sie war immer für die anderen da. Sie hat geholfen, sobald jemand Hilfe brauchte. Der Glaube hat ihr viel Kraft gegeben.« Nepomuk legte eine Pause ein. »Und die hat sie ja auch weiß Gott mehr als alle anderen gebraucht!« Seine Stimme versagte den Dienst.

»Warum?«, fragte Hanna fast behutsam. Es fiel Nepomuk sichtlich schwer zu antworten.

»Gottes unergründlicher Ratschluss hat ihr und ihrem Mann das Schicksal von Laios und Iokaste zuteil werden lassen.«

»Ich wäre Ihnen außerordentlich verbunden, wenn Sie sich so ausdrücken könnten, dass auch der ungebildete Teil der Bevölkerung versteht, was Sie meinen!« Friedrichs Unmut war neu angefacht worden.

»Wenn Sie es unbedingt profan haben wollen: Mathildes Mann wurde von seiner Tochter Christiane erschossen.« Der Satz hing bleischwer in der Luft. Erst nach fast einer Minute fragte Hanna: »Was ist passiert?«

»Ich weiß nur, Thanatos hat seines Amtes gewaltet, als Hypnos noch über das Opfer ge...«

Friedrich fuhr Nepomuk schneidend an: »Jetzt reicht's! Endgültig! Entweder wir beide reden ab sofort Klartext miteinander. Oder wir führen das Gespräch im Beisein Ihrer Frau Gemahlin fort!«

»Damit können Sie mir nicht mehr drohen. Meine Frau weiß schon alles.«

Friedrich und Hanna blickten sich verdutzt an.

»Von wem?« Hanna stellte die Frage, die beide interessierte.

»Von meinem eigenen Fräulein Tochter!«

»Woher wusste Ihre Tochter von Ihrer ... Liaison?« Diesmal war es Friedrich, der Hannas Frage vorwegnahm.

»Sie muss in meiner Post herumgeschnüffelt haben. Und anstatt dass sie zu mir kommt und mit mir redet – was tut sie? Sie schreibt einen Brief an den Vorsitzenden des Kirchengemeinderats!

»Woher wussten Sie, dass es Ihre Tochter war?«, fragte Friedrich.

»Wer sonst? Und außerdem war ihr das schlechte Gewissen an der Nasenspitze anzusehen. Sie hat dann ja auch sofort alles zugegeben. Sie wollte unsere Familie retten! Du lieber Gott! Als ob es da noch etwas zu retten gäbe! Auf jeden Fall hat sie ganze Arbeit geleistet: Meine Frau redet kein Wort mehr mit mir!«

»Das ist natürlich bedauerlich für Sie. Trotzdem: Die Frage, was damals passiert ist, haben Sie immer noch nicht beantwortet«, ließ Hanna nicht locker.

»Ich weiß nur wenig«, begann Nepomuk zaghaft. »Mathilde hat nur ein paar Mal mit mir darüber gesprochen. Ach was! Gesprochen ist schon zu viel gesagt. Sie hat immer nur vage Andeutungen gemacht. Das Meiste musste ich mir selbst zusammenreimen«, berichtete er. »Wenn das stimmt, was ich herausgehört habe, muss vor mehr als zwanzig Jahren etwas Furchtbares passiert sein.«

Friedrich setzte zu einer Frage an, aber Nepomuk kam ihm zuvor.

»Was genau geschehen ist, hat Mathilde mir nie verraten. Aber es hat aus irgendeinem mir nicht bekannten Grund dazu geführt, dass Christiane ihren Vater getötet hat.«

Deshalb war sie so lange weg! Christiane Frank bringt ihren Vater um und setzt sich in die Karibik ab!

»Gab es eigentlich ein Strafverfahren gegen die Tochter?« Friedrich war hellwach. Nepomuk spielte an seinem Ehering herum.

»Ich kann es Ihnen wirklich nicht sagen. Mathilde hat zumindest nie etwas in der Richtung erwähnt.«

Dann muss Walter rausfinden, ob da was gelaufen ist. Und wenn ja, soll er mir die gesamten Unterlagen besorgen.

»Herr Schwarz, ich bitte Sie! Sie wollen mir doch nicht im Ernst erzählen, dass das alles ist, was Sie wissen!«, fauchte Friedrich.

»Natürlich habe ich nachgefragt! Behutsam. Was ...« Nepomuk blickte Friedrich scharf an, »... eine Vorgehensweise ist, die nicht jedermann gegeben zu sein scheint! Aber sie hat sofort abgeblockt, wenn das Gespräch auf diesen Tag kam. Ich habe immer gehofft, dass sie eines Tages so weit wäre, mir die ganze Wahrheit zu erzählen. Aber leider ...« Seine Stimme versagte.

Friedrich räusperte sich. »Hast du noch Fragen an Herrn Schwarz?«, fragte er Hanna schließlich.

»Nein. Im Moment nicht«, erwiderte sie. »Vielen Dank für Ihre Hilfe, Herr Schwarz.«

Hanna und Friedrich verließen das Arbeitszimmer. Sie sahen, wie Penelope die Treppe zum ersten Stock hinaufspurtete. Aber auch dadurch konnte sie nicht vermeiden, dass beiden ihr puterroter Kopf auffiel.

* * *

»Der Anruf vorhin. Das war dieser Herr Trenkle«, verkündete Friedrich, als er mit seiner Exfrau wieder im Auto saß.

»Wer ist noch mal Herr Trenkle?«

»Der generöse Freier, der laut Christiane Frank mit den Tausend-Euro-Scheinen nur so um sich wirft.«

Friedrich startete den Motor und knapp fünfzehn Minuten später stellte er ihn in Wurmlingen wieder ab. Der pensionierte Beamte stand in seinem Garten und beobachtete die Ankömmlinge mit unverhohlener Neugier. Friedrich ignorierte ihn und steuerte auf die Trenkle'sche Villa zu. Bevor Hanna und er die Haustür erreicht hatten, kam ihnen bereits ein Mann entgegen, der seinen siebzigsten Geburtstag mit Sicherheit schon einige Zeit hinter sich hatte. Er trug eine Bundfaltenhose sowie eine Wildlederjacke über einem weißen Oberhemd. Anstelle einer Krawatte hatte er eine Art Schal um den Hals gebunden. Durch seine Körpergröße von mindestens einem Meter achtzig sowie einen kräftigen Körperbau wirkte er imposant, wenn auch auf den zweiten Blick auffiel, dass seine Schultern leicht nach vorne gebeugt waren. Mit seiner rechten Hand stützte er sich auf einen Gehstock, dessen Knauf aus reinem Silber gefertigt war. Auf ein wortloses Winken hin folgten Hanna und Friedrich ihm in die Villa. In der Eingangshalle mit schweren Teppichen kamen sie an dunklen Eichenschränken vorbei, in denen Friedrich Jagdgewehre stehen sah.

Der Hausherr öffnete die Tür zu einem der von der Eingangshalle abgehenden Zimmer und forderte mit einer Handbewegung zum Eintreten auf. Auch hier verschluckten großflächige Teppiche die Schritte. An den Wänden hingen Ölgemälde, die Jagdszenen zeigten. Im offenen Kamin prasselte ein Feuer.

»Ja, das stimmt«, beantwortete Hans-Peter Trenkle Friedrichs Frage, als alle auf den Sesseln einer Sitzgruppe Platz genommen hatten, die um einen Couchtisch herum angeordnet war. »Ich habe ihr das Geld gegeben.«

»Fünftausend Euro? Einfach so?«, meldete Friedrich Zweifel an.

»Nein. Nicht einfach so. Sie hat mir leidgetan. Deshalb.«

»Entschuldigen Sie, aber es fällt mir schwer, Ihnen das zu glauben. Ein ... Gönner gibt einer Prostituierten ...«

»Sie ist keine Prostituierte. Nicht für mich. Sehen Sie, ich bin ein alter Mann, dem die Frau schon vor Jahren weggestorben ist. Was ich wirklich suche, ist nicht Sex. Was ich suche, ist Gesellschaft. Gespräche. Nähe. Nennen Sie es, wie Sie wollen.«

»Soll das heißen, Sie haben gar nicht mit ihr ...« Friedrichs Blick war pure Skepsis.

»Doch, ich habe. Beim ersten Mal. Beim zweiten Mal haben wir uns zwar noch ausgezogen, aber irgendwie kam es dann doch nicht dazu. Und ab da haben wir wirklich nur miteinander geredet.« Hans-Peter Trenkle schenkte sich von dem Rotwein nach, der bereits bei Hannas und Friedrichs Ankunft auf dem Tisch gestanden hatte.

»Sehen Sie, ich habe nach dem Tod meiner Frau unsere Fabrik für ein Vermögen verkauft. Auch wenn es vielleicht protzig klingt: Auf fünftausend mehr oder weniger kommt es mir nun wirklich nicht an.«

Irgendwas habe ich falsch gemacht in meinem Leben!

»Hat Frau Frank Ihnen gesagt, wozu sie das Geld braucht?«, mischte sich Hanna in die Männerunterhaltung.

»Sie will ein Restaurant eröffnen. Irgendwo auf der Schwäbischen Alb oder so. Das geht aber nur, wenn sie die Kaution für die Brauerei bezahlen kann. Aber das war mir letztlich gleichgültig. Wie gesagt: Sie hat mir leidgetan. Deshalb habe ich ihr geholfen. So einfach ist das.«

»Wissen Sie zufällig auch noch, wann Sie ihr geholfen haben?«, wollte Hanna wissen.

»Das war ... warten Sie ... letzte Woche konnte sie dienstags nicht. Sie kam ausnahmsweise am Donnerstag. Ja, am Donnerstagabend war sie da, und da habe ich ihr das Geld gegeben.«

Friedrich, dem es mit jedem Satz unbehaglicher geworden war, drängte zum Aufbruch. Der Hausherr brachte die beiden zur Tür und verabschiedete sich formvollendet. Kaum hatte er die Haustür hinter sich geschlossen, konnte Hanna sich nicht länger zurückhalten.

»So viel zum Thema Stieftochter-bringt-Stiefmutter-wegen-fünftausend-Euro-um!«

»Willst du nach Hause oder soll ich dich mit nach Tübingen nehmen?«

Hanna blickte auf die Uhr. »Nach Hause lohnt sich nicht mehr. Setz mich bitte am Brechtbau ab. Dann kann ich noch anfangen, die nächste Seminarsitzung vorzubereiten.«

* * *

Friedrich parkte in der Brunnenstraße. Von dort aus spazierte er am Alten Botanischen Garten vorbei in Richtung Innenstadt. Er war nicht in Eile. Deshalb entschloss er sich, zum Marktplatz zu gehen, um in einem Tabakladen Karten für das Heimspiel der Walter Tigers gegen Alba Berlin zu erwerben. Auch wenn das Spiel erst im Februar des folgenden Jahres stattfinden würde, war es ratsam, sich bereits jetzt um Karten zu kümmern.

Als Friedrich in Richtung Rathaus marschierte, fielen ihm die Auslagen mehrerer Geschäfte ins Auge, die überhaupt nicht nach seinem Geschmack waren. Er konnte weder mit Gold- und Platinschmuck, der ein Vermögen kostete, noch mit sündhaft teuren Lifestyle-Accessoires, die mit Strahlern ins rechte Schaufensterlicht gerückt worden waren, etwas anfangen.

Teurer Krimskrams. Brillen. Und Handys. Das ist das Einzige, was man hier in der Altstadt noch zu kaufen bekommt! Lange dauert es nicht mehr! Dann sieht die Altstadt Tübingens um kein Haar mehr besser aus als die von Plochingen oder Cannstatt!

Ärgerlich, zugleich aber auch wehmütig, dachte er an die Zeiten zurück, als im Schaufenster eines Geschäfts am Holzmarkt noch die Werke von Hermann Hesse, Siegfried Lenz und Martin Walser, aber auch von Arthur Schopenhauer und Ludwig Wittgenstein ausgestellt waren. Nicht, dass sich Friedrich etwas aus Büchern gemacht hätte. Aber zu seiner Vorstellung von einer gemütlichen Universitätsstadt gehörten nun einmal Buchhandlungen, die es geschafft hatten, die Zeiten mehr oder minder unverändert zu überdauern. Dazu kam, dass nach Friedrichs Ansicht viel zu viele Geschäfte auf Gattinnen wohlbestallter Professoren und ohnehin schon mit Schmuck beladene Touristinnen warteten, die sich mit spitzen Fingern Ketten, Dekoartikel, kunstgewerblichen Schnickschnack sowie extravagante Kleidungsstücke ansahen und sie nach ebenso end- wie sinnlosen Diskussionen mit ihren Männern erwarben. An die Stelle kleiner, liebenswerter Lädchen, in denen man Comicheftchen oder ordentliche Taschenmesser kaufen konnte, und Bäckereien, die ihre von Friedrich heiß geliebten Laugenbrötchen noch in der eigen Backstube buken, waren Filialen von Telekommunikations- und Schnellbäckereiketten sowie Boutiquen getreten, in die Friedrich niemals auch nur einen Fuß setzen würde. Wenn er – was nur selten der Fall war – zu der Ansicht gelangte, dass er etwas Neues zum Anziehen benötigte, dauerte es noch mindestens zwei bis drei Wochen, bevor er sich tatsächlich aufraffte, zum Einkaufen zu gehen. Fand er dann eine Hose, die ihm passte, oder einen Pullover, der ihm gefiel, erwarb er sofort mindestens drei Exemplare davon, um sicher zu sein, dass der nächste Einkauf noch in möglichst weiter Ferne lag. Auch wenn Friedrich Ladenketten grundsätzlich nicht leiden konnte, hatte er keine Hemmungen, seinen Kleiderbedarf auch bei Tchibo zu decken, da ihm das Preis-Leistungs-Verhältnis angemessen erschien. Ob er auf seinem Weg von zu Hause bis zur Arbeitsstelle drei oder noch mehr Männern begegnete, die dasselbe anhatten wie er, war ihm vollkommen gleichgültig.

Alles andere als gleichgültig war ihm aber das Erscheinungsbild der Altstadt. Er besaß sehr genaue Vorstellungen davon, wie »seine« Stadt auszusehen hatte. Am liebsten wäre es ihm gewesen, wenn der Zeitgeist und mit ihm die gelegentlich mit Händen zu greifende Mein-Gott-wie-sind-wir-doch-alle-gut-drauf-Atmosphäre, die von smarten, mit

Markenkleidung vom Scheitel bis zur Sohle ausstaffierten Jungakademikern verbreitet wurde, einen großen Bogen um sein geliebtes Tübingen gemacht hätten. Auch wenn Friedrich Realist genug war, um sich bewusst zu sein, dass niemand, und schon gar nicht er, dazu in der Lage wäre, die Entwicklung aufzuhalten, grantelte er immer wieder einmal, wenn er in den Gassen zwischen Neckarbrücke und Grabenstraße oder Lustnauer Tor und Haagtor unterwegs war.

Wie immer, wenn er in dieser Stimmung war, trottete Friedrich auch heute mit eingezogenem Kopf und ohne nach links oder rechts zu schauen, zielstrebig durch die Kirchgasse sowie über den Marktplatz und betrat das Tabakgeschäft. Er musste warten. Außer ihm und dem Verkäufer war noch eine Frau im Laden. Sie kaufte sich ebenfalls eine Karte für die Tigers gegen Alba. Als sie bezahlt hatte und sich umdrehte, stahl sich ein erfreutes Lächeln auf Friedrichs Gesicht. Denn bei der Dame handelte es sich um Heiderose Bernrieder, die Frau mit dem Trachtenkostüm, mit der er sich am letzten Samstag im Gasthaus Ritter längere Zeit angeregt unterhalten hatte.

* * *

Friedrich war verzweifelt. Die Lasagne, die er mühevoll und streng nach Kochbuch vorbereitet hatte, war rabenschwarz. Er hatte nur ganz schnell mit dem Sportwart des FC Tübingen telefoniert, um die letzten Details für die Feier zu Uwes fünfundsiebzigstem Geburtstag zu klären. Und als er in die Küche zurückkam, schlug ihm schon der typische Geruch verbrannten Essens in die Nase.

So eine Scheiße! Erst Heiderose großkotzig zum Lasagne-Essen einladen. Und jetzt das!

Es blieb ihm nur eine Möglichkeit. Er musste den Pizzaservice anrufen und hoffen, dass der lieferte, bevor Heiderose bei ihm auftauchte. Da ihm die Pizza neulich gut geschmeckt hatte, suchte er im Telefonbuch nach der Nummer von »Pizza-Phone«. Es wurde ihm hoch und heilig versprochen, dass die Lasagne in spätestens einer halben Stunde dampfend auf seinem Tisch stehen würde. Als es nach vierzig Minuten klingelte, hetzte Friedrich an die Tür. Er öffnete und stand statt einem Lasagneboten Heiderose gegenüber. Es blieb Friedrich nichts anderes übrig, als zerknirscht zu beichten.

»Das macht überhaupt nichts! Männer haben andere Aufgaben, als in der Küche zu stehen. Beim nächsten Mal kommen Sie zu mir. Dann koche ich. Und ich *kann* kochen!«

Ich fasse es nicht! Solche Frauen gibt es tatsächlich noch!

Friedrich war es unangenehm, dass noch immer niemand von »Pizza-Phone« erschienen war. Er ging ans Fenster und sah die Straße entlang. Endlich tauchte ein Motorroller auf, dessen Licht flackerte. Der Pizzabote stellte den Roller ab, und Friedrich öffnete die Tür, noch bevor der Gong ertönte, den Hanna für ihn anstelle der schrillen Klingel des Vormieters eingebaut hatte. Statt des von Friedrich erwarteten Studenten, der sich durch einen Fahrerjob sein Studium finanzierte, stand der Kommissar einem Mann gegenüber, der ein fast groteskes Bild abgab. Das Papierschiffchen auf dem Kopf, die knallbunte Pizza auf der Uniformjacke, die über dem Bauch spannte, sowie die mindestens fünfzehn Zentimeter zu kurzen Hosenbeine wollten absolut nicht zu dem deutlich über fünfzigjährigen Mann passen, dessen Haare schon sichtlich ergraut waren und ungekämmt vom Kopf abstanden. Die dunklen Augenringe passten zu der Tatsache, dass er sich mehrere Tage lang nicht mehr rasiert hatte. Dass das Ausfahren von Pizzen nicht sein Traumberuf war, konnte Friedrich seinem mürrischen »Zwei Lasagne, zwei Gemischte, zwei Tiramisu, achtundzwanzig Euro sechzig« mühelos entnehmen. Dem Paket jedoch, das er Friedrich entgegenhielt, entströmte ein Duft, der zu den angenehmsten Hoffnungen Anlass gab. Als Friedrich bezahlt hatte und der Bote schon halb aus der Wohnungstür war, hielt Friedrich ihn noch einmal zurück. »Sagen Sie, liefern Sie eigentlich auch nach Reusten?«

»Klar! Was soll's denn sein?« Der Bote fischte umständlich einen Block mit Bestellzetteln aus seiner Jacke.

»Im Moment nichts, danke. Aber mich würde interessieren, ob Sie vielleicht zufällig am letzten Mittwoch eine Lieferung nach Reusten hatten.«

»Warum wollen Sie das wissen?«, ging der Bote fühlbar auf Distanz.

»Weil ich einen Mord aufzuklären habe. Ich bin bei der Kriminalpolizei.«

»Mir ist ausdrücklich verboten, über Geschäftliches oder unsere Kundschaft Auskünfte zu erteilen.«

»Was ist denn schon dabei, wenn Sie mir kurz sagen, ob Sie am Mittwoch in Reusten waren? So gegen neun, halb zehn Uhr abends?«

»Es ist nichts dabei. Aber es geht Sie auch nichts an. Auf Wiedersehen.«

Bevor Friedrich reagieren konnte, hatte der Bote bereits die Tür von außen zugezogen und stürmte die Treppe hinab.

Für einen Augenblick erwog Friedrich, ihm hinterherzueilen. Aber dann entschied er sich, sein Rendezvous, das durch die gekaufte Lasagne ohnehin bereits unter einem schlechten Stern stand, nicht noch weiter zu belasten. Auf jeden Fall aber würde er sofort morgen früh diesem Jüngling mit der randlosen Brille bei »Pizza-Phone« einen weiteren Besuch abstatten.

* * *

Hanna

Die Fakultätsratssitzung war erstaunlich schnell zu Ende gewesen. Aus unerfindlichen Gründen hatte heute niemand Interesse an irgendeiner Grundsatzdiskussion gehabt, so dass die anstehenden Fragen schnell und zur Zufriedenheit aller gelöst werden konnten. Hanna hatte das Angebot zweier Kolleginnen, noch ein Bier im Pfauen zu trinken, unter anderem deshalb abgelehnt, weil der Wirt beim Bundesverfassungsgericht ein Urteil erstritten hatte, nach dem das Rauchen in seinem Lokal wieder erlaubt war. Stattdessen fuhr Hanna nach Hause und setzte sich vor ihren Computer. Gespannt rief sie die Seite mit der Single-Börse auf. Vier Frauen hatten geantwortet! Aber schon nach oberflächlicher Lektüre der Schreiben war Hannas Euphorie merklich gesunken. Diese Frauen kamen für Friedrich nun wirklich nicht in Frage!

Magla la Luna, eine Astrologin, die unbedingt Friedrichs Sternzeichen und den genauen Zeitpunkt seiner Geburt erfahren wollte.

Doris, eine Bäuerin, die eine starke Hand für ihren Hof brauchte, nachdem ihr Mann verstorben war.

Waltraud, eine Gastwirtstochter, die vorhatte, einen Imbissstand auf Mallorca zu eröffnen.

Und Georgina, eine Achtzigjährige, die das Kamasutra erst vor kurzem entdeckt hatte und jetzt praktische Übungen durchzuführen gedachte.

Meine Güte! Das kann doch nicht so schwer sein! Unter dem Strich ist er doch wirklich ganz passabel. Wieso meldet sich denn keine Frau, die zu ihm passt? Unternehmungslustig. Patent. Durchsetzungsfähig. Nicht auf den Kopf gefallen. Solche Frauen scheinen ausgestorben zu sein! Das heißt ... natürlich! Ich kenne so eine Frau!

Hanna ging in ihrem Wohnzimmer auf und ab.

Ich muss verdammt vorsichtig sein! Wenn das in die Hose geht, reden beide kein Wort mehr mit mir!

Dienstag, 27. Oktober

FRIEDRICH

»Wie viele Motorroller mit flackerndem Licht haben Sie?«

Ob der Manager von »Pizza-Phone« Friedrichs Frage tatsächlich nicht verstand oder nur so tat, war schwer abzuschätzen.

»Machen wir es kurz: Sie zeigen mir Ihre Auftragsdatei. Speziell die Eintragungen vom letzten Mittwoch, ich sehe sie mir an und bin sofort wieder weg.«

»Ich habe Ihnen doch schon bei Ihrem ersten Besuch ...«

»Einer Ihrer Fahrer«, schnitt Friedrich dem Manager das Wort ab, »hat außerordentlich empfindlich reagiert, als ich ihn ganz harmlos wegen einer Fahrt nach Reusten angetippt habe. Also ist da offensichtlich etwas faul.« Friedrich pokerte. »Könnte es sein, dass dieser Fahrer gar nicht ordentlich bei der Krankenkasse angemeldet ist? Schwarzarbeit. Sie verstehen, was ich meine? Ist es Ihnen lieber, wenn ich den Spezialisten vom Arbeitsamt Ihre Adresse gebe?«

Der Manager überlegte nur ganz kurz. Dann holte er die Auftragsdatei auf den Bildschirm und überprüfte sie aufmerksam.

»Tatsächlich! Das muss ich glatt übersehen haben. Hier. Ganz unten in der Spalte für Mittwoch. Bestellung entgegengenommen um zwanzig Uhr vierundfünfzig. Einmal Vier Jahreszeiten, einmal Quattro Formaggi, einmal Insalata pomodori für Reusten, Wintergasse 38.«

»Na bitte, es geht doch! Name und Adresse des Fahrers?«

»Das geht nun wirklich zu weit!«

Friedrich zückte ungerührt sein Handy. »Walter, hallo, ich bin's. Kannst du mir mal eben die Nummer vom Arbeitsamt ...«

»Lucius Bartling«, beeilte sich der Manager zu sagen.

»Sehen Sie, ich wusste doch, dass wir beide uns prächtig verstehen, wenn erst das Eis gebrochen ist.«

Friedrich steckte sein Handy ein, ohne eine weitere Taste zu drücken oder sich von seinem angeblichen Gesprächspartner zu verabschieden. »Arbeitet Herr Bartling heute?«, fragte er dann.

»Der kommt frühestens um elf. Vorher bestellt doch kein Mensch eine Pizza.«

»Wo wohnt Ihr Mitarbeiter denn?« Friedrich schien bester Laune zu sein.

»Wo er genau wohnt, kann ich Ihnen wirklich nicht sagen. In einem von den Gartenhäuschen am Spitzberg. In Richtung Hirschau.«

* * *

Hanna

Hannas Neugier ließ ihr keine Ruhe. Sie beschloss, Friedrich einen Besuch in seinem Büro abzustatten. Der Pförtner ließ sie mit einem freundlichen Nicken passieren. Hanna hatte keine Lust, die endlosen Treppen zu Fuß zu bewältigen. Stattdessen benutzte sie den Fahrstuhl. Im dritten Stock stieg Birgit Wahl zu, die Leiterin von ›Mord II‹, wie die andere Mordkommission der Tübinger Kriminalpolizei im Hause allgemein genannt wurde.

»Guten Tag, Frau Wahl!«

Hanna streckte ihrer Geschlechtsgenossin die rechte Hand entgegen. Sie kannte Friedrichs Kollegin von einem Betriebsausflug, bei dem auch die jeweiligen Partner eingeladen gewesen waren. »Herzlichen Glückwunsch!«

Birgit stutzte.

»Zu Ihrem Erfolg!«

Birgit wusste immer noch nicht, worauf Hanna hinauswollte.

»Wie Sie den Fall mit dem ermordeten Journalisten und den mysteriösen Schafschlachtungen gelöst haben: Alle Achtung!«

»Da hat wohl Kollege Holzwarth aus dem Nähkästchen geplaudert.« Birgit schmunzelte.

»Hat er!«

Ein Gong kündigte an, dass der Aufzug das Stockwerk erreicht hatte, in dem Friedrichs Büro lag.

»Tschüss und weiter viel Erfolg!«

Friedrich

Als Friedrich in sein Büro kam, war Hanna gerade dabei, Laugenbrötchen aufzuschneiden, um sie mit Butter und Himbeermarmelade bestreichen zu können.

»Meine Kollegin aus Wien, mit der ich unseren Vortrag bei der Germanistentagung in Göttingen besprechen wollte, hat das Flugzeug verpasst. Da habe ich mir gedacht ...«

»Du kommst her und schmierst mir Honig ...«

»Himbeermarmelade, Friedrich, Himbeermarmelade. Wir wollen doch bei den Tatsachen bleiben!«

»Schön, dass du mir Himbeermarmelade ums Maul schmierst, damit ich dich auf dem Laufenden halte. So sieht es aus!«

»Stimmt! So sieht es aus. Aber es ist natürlich ganz anders. Du weißt: Es ist zu unterscheiden zwischen dem Wesen und der Erscheinung einer Sache ...«

»Hör auf! Bitte! Ich erzähl' ja schon alles.« Friedrich berichtete, was sein Besuch bei »Pizza-Phone« ergeben hatte.

»Ich nehme an, du willst ...«

Hanna wurde von Walter Löffler unterbrochen, der ins Zimmer gestürmt kam. Er schwenkte Papierblätter in seiner rechten Hand.

»Die Fingerabdrücke von dieser ...«, er blickte auf das Deckblatt, »... Simone Straub könnten mit dem am Tatort übereinstimmen!«

»Was heißt ›könnte‹?«, brauste Friedrich auf. »Stimmt er überein oder nicht?«

»Das Problem ist, dass er ziemlich verschmiert ist. Deshalb wollten sich die Kollegen nicht zu hundert Prozent festlegen.«

»Zu wie viel denn?«

»Sie schreiben, es sei ›ganz überwiegend wahrscheinlich‹, dass eine Übereinstimmung besteht.«

»Das reicht!«, bestimmte Friedrich. »Wir fahren!«

»Ich kann nicht«, widersprach Walter. »Ich muss den Pressetext für unseren Tag der offenen Tür schreiben. Der muss heute noch raus.«

Walter Löffler ließ Hanna und Friedrich allein.

»Wenn man diesen Menschen einmal braucht ...«

»Wieso?«, flötete Hanna. »Hast du etwa vorher mit ›wir‹ nicht uns beide gemeint?«

* * *

Zu ihrer Überraschung fanden Hanna und Friedrich die Backstube leer vor. Hanna zuckte mit den Schultern. Friedrich war bereits vorausgegangen und hatte an der Privatwohnung des Bäckers geklingelt. Die Frau des Bäckers öffnete und führte die beiden in Simones Zimmer.

»Frau Straub, was haben Sie in der Wohnung von Frau Häußler gemacht?« Friedrich blickte Simone direkt in die Augen.

»Nichts ... Ich meine, ich war gar nicht in der Wohnung ... Ich ...«

»Frau Straub, wir haben Ihre Fingerabdrücke gefunden!«

»Du sagst kein Wort!« Norbert Kaiser stand plötzlich im Türrahmen. »Ich rufe jetzt einen Anwalt an. Und bis der kommt, sagst du kein Wort mehr! Klar?«

Simone nickte stumm.

Nach zwanzig Minuten, die Friedrich endlos vorgekommen waren, erschien ein Mann in einer beige-blauen Kombination mit dezent blau gemusterter Krawatte.

»Holzwarth. Kriminalpolizei Tübingen.«

»Dr. Volz. Ich bin der Anwalt von Frau Straub.«

»Braucht sie einen?«, konterte Friedrich.

»Das werden wir wissen, wenn Sie mir gesagt haben, was Sie von meiner Mandantin wollen.«

Achtung! Der Bursche ist nicht ungeschickt.

Hanna und Friedrich folgten dem Anwalt in das Wohnzimmer der Familie. Norbert Kaiser und seine Frau saßen mit verkniffenen Mienen auf dem Sofa. Simone stand in einer Ecke des Raumes. Sie sah aus dem Fenster. Ihre Hände waren damit beschäftigt, die Ableger einer Grünlilie um-

und zurückzubiegen. Da weder Hanna noch Friedrich aufgefordert wurden, sich zu setzen, blieben sie unschlüssig stehen.

»Zunächst bitte ich Sie, mir mitzuteilen, ob Sie vorhaben, Frau Straub als Beschuldigte oder als Zeugin zu befragen.«

»Ihre Mandantin hat uns angelogen!«, ging Friedrich der Frage nach Simones Status aus dem Weg, da er im Augenblick keine Ahnung hatte, wie er sie beantworten sollte.«

»Inwiefern?«

»Sie hat auf meine ausdrückliche Frage, ob sie im Haus der Ermordeten gewesen ist, mit nein geantwortet.«

»Dann wird sie nicht drin gewesen sein.«

Friedrich empfand das Lächeln des Rechtsanwalts als eine Spur zu gönnerhaft.

»Wie kommt es dann, dass wir ihren Fingerabdruck im Wohnzimmer der Toten gefunden haben?«

Wie beiläufig klang Friedrichs Frage, bei der er nicht Dr. Volz, sondern Simone Straub mit den Augen fixierte.

»Ich ...« setzte Simone an.

»Meine Mandantin wird zu Ihrer Behauptung Stellung nehmen, sobald ich die Ermittlungsakten eingesehen habe. So lange wird sie keinerlei Erklärung abgeben! Außer, es gäbe eine staatsanwaltliche Vorladung. Aber das brauche ich Ihnen als Profi eigentlich gar nicht zu erzählen.«

Das Lächeln des Anwalts war jetzt eindeutig gönnerhaft.

Arrogantes Volljuristen-Arschloch!

Friedrich ging die Möglichkeiten durch, die er hatte. Viele waren es nicht.

»Frau Straub«, startete er einen Versuch, direkt mit Simone ins Gespräch zu kommen, ohne sich allzu große Hoffnungen zu machen. «Warum haben Sie uns ...«

»Ich war eigentlich der Ansicht, ich hätte mich hinreichend deutlich ausgedrückt!«

Das Lächeln war von einer Sekunde auf die andere vollständig verschwunden. »Aber ich sage es Ihnen gerne noch einmal: Frau Straub gibt im Moment keine Erklärung ab!«

Hanna sah, dass Friedrich sich nur mühsam beherrschen konnte. Deshalb zog sie ihn sanft beiseite und flüsterte: «Ich denke, wir gehen jetzt besser.

Ich hab' zu wenig in der Hand! Wenn der liest, dass die Fingerabdrücke nur »ganz überwiegend wahrscheinlich« übereinstimmen, kann ich einpacken!

»Herr Dr. Volz, es war mir ein Vergnügen!« Friedrich erwog, dem Anwalt die Hand zu geben, ließ es dann aber doch sein.

»Ganz meinerseits, Herr Holzwarth, ganz meinerseits!«

Friedrich machte auf dem Absatz kehrt und stürmte in einem Tempo aus dem Zimmer, dass Hanna Mühe hatte, ihm zu folgen.

»Ich werde noch wahnsinnig!«, kündigte Friedrich vor der Bäckerei an. »Ich kann machen, was immer ich will, es geht keinen einzigen Schritt weiter!«

»Warum muss sich Simone Straub einen Anwalt nehmen?« Hanna ging nicht auf Friedrichs Schimpfen ein. »Der ist bestimmt nicht billig.«

»Worauf willst du hinaus?«

»Findest du es nicht eigenartig, dass ein Bäckermeister für seine Auszubildende einen Rechtsanwalt engagiert?«

»Auf jeden Fall wird mir der Knabe eine Menge Ärger machen! Das spüre ich!«

»Wenn Simone unschuldig ist, zu Recht! *Wenn* sie es ist! Die lügt uns doch die Hucke voll! Erst war sie nicht einmal im Garten.« Hanna reckte den Daumen ihrer linken Hand in die Höhe. »Dann«, der Zeigefinger folgte, »erzählt sie uns eine Story vom Esel.«

Friedrich schmunzelte.

»Und zum Schluss«, Hannas Mittelfinger schoss nach oben, und sie äffte die Stimme des Anwalts nach, »›gibt sie keine Erklärung ab‹, als du sie auf den Fingerabdruck ansprichst. Das stinkt doch zum Himmel!«

»Selbst *wenn* es ihr Fingerabdruck ist: Warum sollte sie Mathilde Häußler umgebracht haben? Ich sehe immer noch weit und breit kein Motiv!«

»Und warum dann der Rechtsanwalt? Obwohl niemand sie bisher offiziell beschuldigt hat? Da ist was faul! Das rieche ich!«

»Das geht mir kein Stück anders! Aber ich komme nicht ran, solange der Rechtsverdreher mauert!«

Eine Phase von fast fünf Minuten, in der beide vor sich hin brüteten, schloss sich an. Schließlich brach Friedrich das Schweigen.

»Hast du heute Nachmittag noch einen beruflichen Termin?«

»Ich könnte es einrichten, frei zu haben. Warum?«

»Ich fahre jetzt zu diesem Pizzaboten. Wenn du mitwillst ...«

»Ja, Friedrich, ich will!«, verkündete Hanna mit viel gespieltem Pathos in der Stimme.

* * *

Auch wenn der Manager des Pizzadienstes den Wohnsitz des Kuriers mit »in einem von den Gartenhäuschen am Spitzberg« nur sehr vage beschrieben hatte, war es für Friedrich kein Problem, das richtige Häuschen zu finden. Vor einer der Lauben, die relativ nahe am Radweg nach Hirschau lagen, hatte es sich ein drahtig wirkender Mann in einem Liegestuhl bequem gemacht. Seine langen Haare waren zu einem Pferdeschwanz zusammengebunden. Die Latzhose wurde von schwarzen Clogs ergänzt. Auf dem Sonnenschirm, unter dem der Mann saß, leuchtete eine Anti-Atomkraft-Sonne. Im Gegensatz zu anderen Leuten, die ein Spitzberggrundstück besaßen und sich in ihrer Freizeit mit der Bewirtschaftung der Hangwiesen abmühten, genoss der Altachtundsechziger die möglicherweise letzten herbstlichen Sonnenstrahlen. Auf Friedrichs Frage zeigte er ihm ohne Umschweife, in welcher Laube bereits seit einiger Zeit jemand so um die fünfzig hauste. Das sei zwar bestimmt illegal, meinte der Mann. Aber er werde ihn nicht bei der Polizei verpfeifen. Schließlich müsse man doch gegen die sich immer hemmungsloser ausbreitenden Überwachungsmaßnahmen der Staatsmacht zusammenhalten.

Bevor Friedrich seine Meinung zu dieser Ansicht äußern konnte, bedankte sich Hanna bei dem Nachbarn und bewegte sich in die von ihm angegebene Richtung. Friedrich folgte ihr, war es aber sich und seinem Status als Polizeibeamter schuldig, weder »Danke« noch »Auf Wiedersehen« zu sagen.

Die Laube war schnell gefunden. Sie stand am Ende einer Wiese, deren Gras nicht gemäht und deren Äpfel nicht geerntet worden waren. Von dem geteerten Weg, der etwa hundert Meter weiter unterhalb verlief, war zu der Eingangstür ein schmaler Pfad getrampelt worden. Vor der Laube stand mitten auf der Wiese ein aus Brettern roh gezimmerter, gelb lackierter Kasten, auf den sichtlich von Hand ein Posthorn gemalt worden war. Darunter hielten Reißzwecken eine an mehreren Stellen eingerissene, in Plastikfolie eingewickelte Visitenkarte der Fidelitas Versicherungs-AG fest, auf der Friedrich »Dr. Lucius Bartling« und »Abteilungsleiter Statistik« lesen konnte. Neben der Laube befand sich ein zur Hälfte gefüllter Müllsack. Eine Klingel war nirgends zu entdecken. Deshalb klopfte Friedrich energisch an die Tür. Als sich nichts rührte, versuchte er durch eines der kleinen Fenster ins Laubeninnere zu spähen. Da aber auf der gegenüberliegenden Seite die Fensterläden geschlossen waren, konnte er lediglich einzelne Möbelstücke schemenhaft wahrnehmen. Eine Umrundung der Laube brachte keine weiteren Erkenntnisse. Hanna blickte auf ihre Armbanduhr.

»Vielleicht ist er inzwischen bei der Arbeit.«

»Möglich«, gab Friedrich zu. »Dann sind wir vielleicht sogar aneinander vorbeigefahren.« Friedrich holte sein Handy aus der Jackentasche, erkundigte sich bei der Auskunft nach der Nummer von »Pizza-Phone« und ließ sich auch sofort verbinden. »Holzwarth. Wir haben heute Morgen schon einmal ... ja, genau der ... Sagen Sie, ist Herr Bartling inzwischen bei Ihnen aufgetaucht? ... Was? Schon wieder weg? Wieso? ... Mist ... Nein, Sie können nichts mehr für mich ... das heißt, doch, Sie könnten mir einen Gefallen tun ... Rufen Sie mich an, sobald Herr Bartling bei Ihnen auftaucht ... Ja, Kripo Tübingen. Die Nummer steht im Telefonbuch ... Genau. Vielen Dank. Auf Wiederhören.«

Friedrich unterbrach die Verbindung und fügte für Hanna hinzu: »Unser akademischer Pizzabote ist zwar an seinem Arbeitsplatz aufgetaucht. Aber nur, um sich einen Tag Urlaub genehmigen zu lassen. Er müsse unbedingt nach Stuttgart, hat er gemeint.«

»Dann mache ich dir folgenden Vorschlag: Ich muss im Brechtbau arbeiten. Aber am späteren Nachmittag wäre ich abkömmlich. Zum Beispiel, um mit dir eine Tasse Kaffee und ein Stück Kuchen ...«

»Was steckt dahinter?«

»Friedrich, du bist aber auch *zu* misstrauisch! Ich ...«

»Ich bin nicht misstrauisch. Ich war einige Jahre mit dir verheiratet. Also: Was steckt dahinter?«

»Na ja, Walter hat dir doch inzwischen vielleicht die Akte Straub besorgt ...«

»In die du zu gerne deine Nase stecken würdest. Richtig?«

»Wenn ich es mir so überlege ... jetzt, wo du es so sagst ... ja, das wäre vielleicht tatsächlich eine Möglichkeit ...«

»Lass es uns kurz machen: Wenn wir ins Bergcafé bei dir in Reusten gehen und du bezahlst, können wir darüber reden.«

* * *

Hanna

»Du lügst!« Komtess Katharina schleuderte Harro von Falkeneck die beiden Worte entgegen. »So etwas würde Hansjörg mir niemals antun!« Ihre Mundwinkel zuckten, obwohl sie alle ihr zur Verfügung stehende Kraft darauf verwandte, sich nicht anmerken zu lassen, wie aufgewühlt ihr Innerstes doch war.

»So?« Harros Mund war zu einem schmalen Schlitz geschrumpft. »Ich lüge?« Seine fast schwarzen Augen glitzerten triumphierend. »Und was ist das?« Ohne Gnade hielt er Katharina die Einzahlungsbelege unter die Nase. »Jeden Monat dreihundertfünfzig Euro! Hat er eingezahlt, dein sauberer Hilfsförster. An eine ...«, das Lächeln, das jetzt um seine Mundwinkel spielte, war gehässig, »... Helga Kamphausen. Hier! Bei Verwendungszweck: ›Wie geht's unserem Buben?‹ Soll ich weitermachen?«

Für Katharina stürzte eine Welt ein: Hansjörg hatte ein Kind mit einer anderen Frau! Aber sie wäre nicht eine derer von Hohenfels gewesen, wenn sie nicht trotz allem die Fassung bewahrt hätte. Obwohl ihr Herz jeden Moment zerspringen musste, zwang sie sich, ruhig zu sprechen. »Ich bin Ihnen

zu Dank verpflichtet, Herr von Falkeneck. Aber jetzt bitte ich Sie, mich zu entschuldigen. Ich habe noch zu tun.« Mit diesen Worten zog sie sich erhobenen Hauptes in ihre Gemächer zurück.

Obwohl Hanna ein während ihrer Arbeit klingelndes Telefon in aller Regel als unangenehm und störend empfand, war sie diesmal froh, dass sie kurz nach vier einen Grund hatte, ihre Lektüre zu unterbrechen.

Friedrich und sie verabredeten, sich in einer Stunde im Bergcafé zu treffen. Hanna beschloss, dass sie für heute genug getan habe. Sie wollte die ihr bleibende Zeit nutzen, um sich ein wenig die Beine zu vertreten, bevor sie zurück nach Reusten fuhr. An der Neuen Aula vorbei und durch die Unterführung beim Museum gelangte Hanna in die Altstadt.

Wo habe ich neulich noch dieses raffinierte Kleid gesehen? Irgendwo in der Nähe vom Boulanger, glaube ich.

Hanna war ständig auf der Suche nach extravaganten Schnitten und Gewebekombinationen. Es war ihr wichtig, ihrer Kleidung eine individuelle Note zu verleihen, die die aktuellen Trends zwar aufnahm, aber gleichzeitig immer auch in die eine oder andere Richtung modifizierte. Und das war nur möglich, wenn sie sich durch das regelmäßige Betrachten einschlägiger Schaufenster auf dem Laufenden hielt. Außerdem forschte Hanna regelmäßig nach Gegenständen, die die Einrichtung ihres Reustener Hauses zu ergänzen in der Lage waren. Deshalb war Hanna mit den Einkaufsmöglichkeiten, die Tübingen bot, mehr als zufrieden. Sie konnte sich stundenlang durch die engen Gassen treiben lassen, und lediglich die Grenzen, die zum einen von ihrem Geldbeutel gesetzt wurden, und zum anderen von der Tatsache, dass sie alles andere als leicht zufrieden zu stellen war, verhinderten, dass sie tatsächlich viel von ihren Bummeltouren mit nach Hause brachte.

Ein Blick auf die Turmuhr der Stiftskirche machte ihr klar, dass sie wieder einmal vor lauter Schauen die Zeit vollständig vergessen hatte. Sie riss sich von einem sündhaft teuren, aber wirklich eleganten Abendkleid sowie ihren Vorstellungen, mittels welcher Veränderungen das Kleid noch pfiffiger gemacht werden könnte, los und beeilte sich, um Friedrich im Bergcafé nicht allzu lange warten zu lassen. Als sie ankam, saß er bereits vor einer Tasse Kaffee und einem ordentlichen Stück Schwarzwälder Torte. Er erwiderte Hannas »Hallo«, auch wenn sein Mund noch nicht vollständig geleert war. Hanna missbilligte ein solches Benehmen nachhaltig, sagte aber nichts und setzte sich. Friedrich blickte sich nach allen Seiten um, bevor er mehrere Fotokopien aus einer Aktenmappe nahm und sie Hanna überreichte. »Dass ich das eigentlich unter keinen Umständen tun darf, ist dir hoffentlich klar!

»Kein Problem! Ich lese mir das durch, du bekommst es zurück, und niemand wird je erfahren, wozu du die Kopien angefertigt hast.«

Hanna schlug die Akte auf.

```
Landkreis Reutlingen                      16.8.2009
Abteilung Jugend
- Jugendgerichtshilfe -

An das/die
Amtsgericht/Jugendgericht
72764 Reutlingen
Staatsanwaltschaft
72070 Tübingen
```

»Was ist denn das für eine merkwürdige Adresse«, wunderte sich Hanna.

»Ein Jugendgerichtshilfebericht geht immer gleichzeitig an das Gericht und an die Staatsanwaltschaft«, erläuterte Friedrich. »Lies weiter!«

5 DS 9 JS 44/08 Jug

Jugend-Strafsache gegen: Simone Straub
geb.: am 21.08.1992
wegen: Diebstahls von Markenkleidung im Wert von insgesamt 144,75 Euro am 17.7.2009
Beruf: Auszubildende
wohnhaft in: Lessingstraße 148, 72770 Reutlingen
Verhandlungstag: 13.11.2009

Bericht der Jugendgerichtshilfe

Quellen des Berichts:
- Gespräch mit der Angeklagten
- Entlassungsbericht des Kinder- und Jugendheims Loßburg-Rodt
- Strafakten des Amtsgerichts/Jugendgerichts Freudenstadt
- Gespräch mit dem Ausbilder der Jugendlichen

Nach Informationen der Jugendgerichtshilfe ist Simone Straub bislang wie folgt strafrechtlich in Erscheinung getreten:

Amtsgericht/Jugendgericht Freudenstadt
AZ: 3 DS 19 JS 480/06 Jug

Strafverfahren wegen Diebstahls einer Digitalkamera im Wert von 125,99 Euro am 28.11.2006
Urteil: 30 Arbeitsstunden, Verwarnung

Familiäre Verhältnisse:

Simone Straub wurde am 21. August 1992 als Tochter der Eheleute Martin und Elfriede Straub in Alpirsbach geboren. Geschwister hat sie nicht. Bis zum Alter von 12 Jahren wuchs sie bei Vater und Mutter auf, bis beide Elternteile wegen alkoholbedingter und finanzieller Probleme die Arbeitsplätze verloren. In der Folge davon mussten sie die Mietwohnung räumen. Frau Straub berichtet, sie sei als Kind »normal« aufgewachsen. Aber als es »schlecht lief«, sei sie regelmäßig von beiden Elternteilen geschlagen, im Übrigen aber sich selbst überlassen worden.

Weiterer Verlauf:

Infolge des Wohnungsverlustes wurde sie zu einer Tante (Schwester der Mutter) nach Husum geschickt, wo sie sich jedoch nie heimisch fühlte. Sie riss mehrfach aus und lebte zuletzt mehrere Monate auf der Straße. Dann nahm sie das Angebot einer Streetworkerin an und wurde nach mehreren Zwischenstationen vom Kinder- und Jugendheim Loßburg-Rodt aufgenommen. Dort fühlte sie sich nach anfänglichen Schwierigkeiten wohl. Sie besuchte die örtliche Schule und erwarb einen Hauptschulabschluss.

Es war beabsichtigt, dass Frau Straub weiter im Heim bleibt, um einen Realschulabschluss anzustreben. Als aber wegen nicht mehr gewährter Zuschüsse des Landes Gruppenzusammenlegungen und -schließungen unvermeidlich waren, konnte sie nicht länger in Loßburg bleiben. Die Anmeldung zur Realschule wurde zurückgezogen. Eine geplante Verlegung in ein anderes Heim scheiterte daran, dass sie erneut ausriss und im Raum Freudenstadt wieder auf der Straße lebte. Nach einem halben Jahr sprach sie aus eigenem Antrieb beim Jugendamt in Freudenstadt vor und erkundigte sich nach Vermittlungsmöglichkeiten in eine Lehrstelle. Nach langem Suchen konnte eine Lehrstelle in einer Bäckerei in Gönningen bei Reutlingen gefunden werden.

Führung im Ausbildungsverhältnis:

Nach Angaben des Ausbilders zeigt Frau Straub sowohl im theoretischen wie im praktischen Bereich deutlich über dem Durchschnitt liegende Leistungen. Sie ist belastbar und gut in das Arbeitsteam integriert. Allerdings hat sie mit dem frühen Beginn der Arbeit gelegentlich Schwierigkeiten.

Freizeitverhalten:

Frau Straub verbringt ihre Freizeit mit anderen Jugendlichen, mit denen sie sich in Reutlingen oder Tübingen trifft. Sie hält sich durch regelmäßiges Joggen fit und spielt Gitarre.

Stellungnahme und Beurteilung:

Frau Straub ist bereits zum zweiten Mal wegen eines Eigentumsdelikts auffällig geworden. Zwischen den einzelnen Taten sind allerdings mehr als zwei Jahre vergangen. Grundsätzlich ist bei ihr vom Bestehen eines Unrechtsbewusstseins auszugehen. Andererseits sind bei ihr materielle Anreize manchmal so stark, dass sie »einfach zugreifen muss«. Es ist nicht auszuschließen, dass sie weitere Diebstähle begangen hat, ohne dabei erwischt zu werden. Gleichwohl ist nicht vom Bestehen schädlicher Neigungen auszugehen, wenn auch die Tendenz besteht, sich bestehenden Problemen durch Flucht zu entziehen.

Im erzieherischen Gespräch machte Frau Straub durchaus den Eindruck, dass sie den Ernst ihrer Lage inzwischen erkannt hat. Wenn es jedoch gelingt, ihr überdeutlich ausgeprägtes Bedürfnis nach Aufmerksamkeit und Zuwendung auf andere Weise zu befriedigen als durch materiellen Besitz, ist davon auszugehen, dass das deviante Verhalten nicht mehr erforderlich sein wird. Aufgrund der sehr positiven Ausbildungssituation sowie ihrer Eingebundenheit in ein soziales Gefüge ist eher eine positive Prognose zu stellen.

Frau Straub besitzt die strafrechtliche Verantwortungsreife gem. § 3 JGG.

Anregen möchte ich hier, dass die Sanktion für Frau Straub nicht im Bereich der Zuchtmittel oder der Jugendstrafe, sondern im Bereich der Erziehungsmaßregel angesiedelt wird. Dabei sollte allerdings in aller Deutlichkeit darauf hingewiesen werden, dass es sich um eine letzte Chance handelt.

Weitere Ausführungen erfolgen mündlich in der Hauptverhandlung.

Unterschrift

Hanna ordnete die Blätter und gab sie an Friedrich zurück. Obwohl er sie erwartungsvoll ansah, saß Hanna nur regungslos auf ihrem Stuhl. Nach einer Minute Schweigen hielt Friedrich es nicht mehr aus. »Und? Was meinst du?«

»Ich meine ...«, Hanna dehnte das letzte Wort, um etwas mehr Zeit zu gewinnen, »... dass es da eine Art Muster gibt ...«

»Muster? Was für ein Muster?«

»Unsere Simone ist mehrfach aus einem Lebensbereich herausgerissen worden, in dem sie sich grundsätzlich wohlgefühlt hat.«

»Und? Was sagt uns das?« Friedrich klang fast, als langweile er sich.

Männer! Nicht die Spur von psychologischem Einfühlungsvermögen!

»Meine Güte!«, schimpfte Hanna. »Du bist doch sonst nicht so ein Holzbock! Stell dir doch mal ihre Situation vor! Sie wird vom einen zum anderen abgeschoben. Bis sie in dieses Heim kommt! Dort fühlt sie sich einigermaßen wohl. Will sogar die Mittlere Reife machen. Und dann wird der Laden dichtgemacht! Sie sitzt auf der Straße, obwohl sie sich wahrscheinlich nichts mehr wünscht, als endlich ein richtiges Zuhause zu haben. Und schließlich findet sie sogar eins. Sie zieht bei Norbert Kaiser ein. Das Ausbildungsverhältnis funktioniert. Sie ist dabei, sich einen Freundeskreis aufzubauen. Und dann besteht aus ihrer subjektiven Sicht die Gefahr, *wieder* alles zu verlieren, *wieder* abgeschoben zu werden, *wieder* von vorne anfangen zu müssen, weil ihr Ausbilder seinen Betrieb verliert. Und jedes Mal, wenn sie irgendwo wegmusste, hatte es damit zu tun, dass nicht genug Geld da war. Die ersten Male steckt sie das noch weg. Aber diesmal ist es zu viel für sie. Diesmal rastet sie aus und schlägt zu. Bei der Frau, die nach ihrer Auffassung Schuld an allem ist. Schließlich war es die Tote, die den Pachtvertrag gekündigt hat.«

»Du liebe Güte! So langsam kann ich wirklich verstehen, dass der Bäcker dich als Sozialtante bezeichnet hat. Findest du nicht, dass das ein klein wenig *zu* weit hergeholt ist?«

»Möglich«, gab Hanna auf eine Weise zu, die für Friedrich keinen Zweifel daran ermöglichte, dass sie nach wie vor von ihrer Konstruktion überzeugt war.

»Selbst wenn an deiner Theorie etwas dran wäre, ergibt das immer noch kein Motiv. Was nutzt es Simone, wenn sie Frau Häußler erschlägt, *nachdem* sie die Kündigung des Pachtvertrages bereits ausgesprochen hat?«

»Da könnte etwas dran sein«, gab Hanna zu. »Trotzdem: Ich finde, wir sollten noch einmal versuchen, mit Simone zu reden. Ohne den Anwalt. Sollen wir …?«

»Nein, wir sollen nicht! Zumindest nicht gleich. Günther Berner hat gestern bei Walter angerufen. Der Junge muss mir angeblich etwas ganz Dringendes mitteilen.«

»Warum hat er es Walter nicht gesagt?«

»Keine Ahnung. Er wollte unbedingt mit mir sprechen.«

* * *

»Was gibt es denn jetzt so Dringendes, junger Mann?« Friedrich wollte möglichst wenig Zeit verlieren.

»Meine Oma kann's nicht gewesen sein!«, verkündete Günther im Ton eines Motivationstrainers, der seinen Seminarteilnehmern den Glauben an sich selbst einzutrichtern versucht.

Hanna schmunzelte.

»So? Und warum nicht?« Friedrich schmunzelte ganz und gar nicht.

»Ein Kumpel von mir. Freddy.« Günther stockte.

»Ja?«, ermunterte Hanna ihn.

»Er wohnt im Nachbarhaus von der Schwester von meiner Oma.«

Friedrich wurde langsam ungeduldig. »Ja und?«

»Er hat sie zugeparkt. An dem Tag, an dem die arme Frau Häußler ... Ich meine, meine Oma konnte nicht aus dem Hof, weil er sein Auto davor ...«

»Ja und?«, fragte Hanna.

»Meine Oma war stinksauer. Sie ist rauf zu meinem Kumpel und hat ihn zur Sau gemacht.«

»Woher kannte sie das Auto?«

»Er holt mich öfters hier ab, wenn wir zusammen auf Tour gehen.«

»Und sie wusste auch, wo Ihr Kumpel wohnt?« Hanna war noch nicht überzeugt.

»Ich weiß auch nicht. Sie wird ihn irgendwann mal gesehen haben, als sie bei ihrer Schwester zu Besuch war.«

Günther blickte hilfesuchend zu Friedrich.

»Um wie viel Uhr hat Ihre Oma Ihren Kumpel ...«, Friedrich verzog wissend die Mundwinkel, »... zur Sau gemacht?«

»Das wusste er nicht mehr so genau. Aber wenn *Sie* ihn fragen, fällt es ihm vielleicht ... «

Das sieht so aus, als ob Friedrich auch noch seine Lieblingsverdächtige von der Liste streichen kann.

»Ich werde das nachprüfen! Hat Ihr Freddy auch einen Familiennamen?« Friedrich hatte seinen Notizblock bereits gezückt.

»Freddy ... Friedrich Walker. Er wohnt in Oberndorf ... neben ...«

»Neben der Schwester ›von Ihrer Oma‹. Ich weiß! Hoffentlich ist Ihr Kumpel auch zu Hause!«

»Bestimmt! Ich habe noch mit ihm telefoniert. Kurz bevor Sie gekommen sind«, beeilte sich Günther zu versichern.

»Einen Moment noch!«, bat Hanna, als Friedrich sich bereits abgewandt hatte.

»Sagen Sie«, sprach Hanna Günther direkt an, »Sie kennen doch Simone Straub ziemlich gut, oder?«

»Ja ... schon ...«, gab Günther eher widerwillig zu.

»Dann wissen Sie doch bestimmt auch, wie sie so mit ihrem Meister auskommt. Und mit seiner Frau. Ich meine, privat. Verstehen sich die drei gut? Ich meine, so gut, dass er ihr einen teuren Anwalt bezahlt?«

»Was soll die Fragerei?« Günther gewann langsam sein Selbstbewusstsein zurück.

»Die Fragen stellen wir!«, wies Friedrich ihn zurecht. »Los, antworten Sie!«

»Super. Mit ihm und mit ihr. Das war fast schon wie eine Familie. Die hatten ja sogar vor ...« Günther biss sich auf die Zunge.

»Was hatten die vor?«, wollte Hanna sofort wissen.

»Ich habe Simone versprochen, dass ich nie jemandem …«

»Ich bin nicht ›jemand‹. Ich bin von der Kripo! Und ich kann verdammt ungemütlich werden, wenn meine … oder«, Friedrich deutete auf Hanna, »ihre Fragen nicht beantwortet werden! Also, wird's bald?«

»Simone hat … rein zufällig natürlich … gehört, dass der Bäcker und seine Frau über … Adoption gesprochen haben. Simone war total happy! Aber sie wollte auf keinen Fall, dass darüber geredet wird, bevor alles in trockenen Tüchern ist.«

Es war Günther deutlich anzusehen, wie unangenehm ihm der Verlauf des Gespräches war. »Da sehen Sie selbst, dass bei denen alles in bester Butter war! Mehr weiß ich jetzt aber wirklich nicht!«

»Dann wollen wir Sie auch nicht weiter belästigen.« Hanna erlöste den jungen Mann. »Tschüss. Und grüßen Sie …«, Hanna lächelte zu Friedrich hinüber, »… Ihre Großmutter ganz herzlich von uns!«

* * *

Friedrich stapfte zurück zu seinem Auto, mit Hanna im Schlepptau. Freddy Walker hatte Günther Berners Angaben grundsätzlich bestätigt. Ja, Günthers Großmutter habe Sturm geläutet. Ja, sie sei stinksauer gewesen. Und ja, sie habe nicht wegfahren können, weil ihr Traktor zugeparkt gewesen sei. Er gehe davon aus, dass sie bei ihrer Schwester gewesen sei. Mit Sicherheit wisse er das aber nicht. Wann genau Gerlinde Berner allerdings gekommen sei, daran könne er sich beim besten Willen nicht mehr erinnern. Er gehe stark davon aus, dass es so »zwischen halb neun und halb zehn« gewesen sei. Aber hundertprozentig sicher sei er sich nicht.

»Tja, meine Liebe, jetzt sind wir genauso schlau wie vorher.« Friedrich resümierte den Besuch bei Günthers Kumpel. »Es ist zum Wahnsinnigwerden!«, stöhnte er. »Jedes Mal zerrinnt uns alles wie Sand zwischen den Fingern. Gerlinde Berner: War möglicherweise zur Tatzeit bei ihrer Schwester! Möglicherweise aber auch nicht. Christiane Frank und Fouad Was-weiß-ich-wie: Weit und breit kein Motiv, das annähernd für einen Mord reicht! Nepomuk Schwarz: Kein wirklich überzeugendes Alibi, aber auch kein erkennbares Motiv!«

»Und was ist mit Simone Straub?«, wollte Hanna wissen.

»Das hatten wir doch schon«, stöhnte Friedrich. »Oder ist dir inzwischen ein Motiv eingefallen?«

»Nein. Aber überleg doch mal! Du trittst die Scheibe eines Frühbeets ein. Aus welchen Gründen auch immer. Und dann kommt die Polizei im Rahmen einer Mordermittlung zu dir. Gibst du dann die Sachbeschädigung nicht ohne mit der Wimper zu zucken zu? Also ich zumindest würde das tun!«

»Nicht unbedingt, wenn man bereits vorbestraft ist!«, widersprach Friedrich.

»Trotzdem: Sie lügt uns zuerst die Hucke voll. Und dann engagiert ihr Meister einen Anwalt, der sein Geschäft zu verstehen scheint und sicher nicht ganz billig ist. Da muss doch irgendetwas faul sein!«

»Was schlägst du also vor?«, erkundigte sich Friedrich mit leicht resignierendem Unterton.

»Dass wir umgehend noch einmal nach Gönningen fahren! Vielleicht erwischen wir unsere Simone ohne ihren menschlichen Maulkorb.«

* * *

Norbert Kaiser wollte Hanna und Friedrich nicht ins Haus lassen. »*Sie* sind schuld!«, wetterte er sofort los. »Wenn Sie nicht die ganze Zeit hinter ihr hergeschnüffelt hätten, wüssten wir jetzt wenigstens, wo sie ist und ob es ihr gutgeht!«

Der Bäcker hob den Zipfel seiner Schürze an die Augen und drehte sich zur Wand.

»Soll das etwa heißen, dass Simone verschwunden ist?« Hannas Anteilnahme war ehrlich.

»Allerdings!« Heute Morgen ist sie nicht zur Arbeit erschienen. Erst habe ich gedacht, sie hat wieder einmal verschlafen.« Norbert Kaiser verstummte.

»Ich bin dann rauf zu ihr«, berichtete Beate Kaiser, die inzwischen zu den anderen gestoßen war. »Kein Mensch im Zimmer. Der Schrank offen wie ein Scheunentor. Rucksack, Klamotten, ihr Teddybär: alles weg!«

Während Hanna etwas Zeit brauchte, die Neuigkeit zu verdauen, kündigte der Bäcker sofort an: »Wenn Simone bis heute Nachmittag nicht zurück ist, werde ich eine Vermisstenanzeige aufgeben!«

Hanna wandte sich an Frau Kaiser. »Sagen Sie, stimmt es eigentlich, dass Sie Simone sogar adoptieren wollen?«

»Wer erzählt denn so einen Blödsinn?«, ergriff der Bäcker sofort das Wort, obwohl er gar nicht angesprochen war.

»Stimmt es oder stimmt es nicht?«, blieb Hanna hartnäckig.

»Natürlich nicht. Sie wird einmal eine gute Bäckerin. Und ich kann sie gut leiden. Aber deshalb muss ich sie doch nicht gleich adoptieren!«

»Es stimmt schon«, fiel Beate Kaiser mit leiser Stimme ein. »Mein Mann und ich haben mit dem Gedanken gespielt, ein Kind zu adoptieren. Aber wir haben natürlich an ein Baby gedacht! Simone ist doch schon siebzehn.«

»Aber das ist ja jetzt alles sowieso Schnee von gestern«, ergriff Norbert Kaiser wieder das Wort. »Der Pachtvertrag ist hin. Und ohne geregeltes Einkommen geht da überhaupt nichts!« Die tiefe Enttäuschung in Norberts Stimme war nicht zu überhören.

»Wäre es denkbar ...« Hanna brach ab, um nach wenigen Sekunden erneut zu beginnen: »Wäre es denkbar, dass Simone mitbekommen hat, wie Sie beide sich darüber unterhielten, dass eine Adoption zumindest im Moment an der Kündigung des Pachtvertrags scheitert?«

»Nein. Wie kommen Sie denn ...«

»Na ja.« Beate Kaiser unterbrach ihren Mann. »Einmal in der Backstube. Als wir über dieses Thema sprachen. Da kam sie auf einmal hinter dem zweiten Ofen vor. Wenn sie da schon gestanden hat, während wir ...«

Hanna nickte.

Das passt genau ins Muster!

»Ja, dann ...« Friedrich wusste nicht so recht, was er sagen sollte. »Also ... rufen Sie mich bitte umgehend an, wenn Simone wieder auftaucht«, fiel ihm dann glücklicherweise noch ein. »Wir müssen dringend mit ihr reden. Auf Wiedersehen.«

»Auf Wiedersehen.«

Auch Hanna verabschiedete sich von dem Ehepaar und stieg zu Friedrich ins Auto.

»Das passt!«, stieß sie hervor, noch ehe sie richtig saß.

»Was passt? Und vor allem wozu?«

»Simone und das Meisterehepaar wohnen unter einem Dach. Es wird über Adoption gesprochen. Simone hat das nicht nur irgendwie mitbekommen, sondern ganz offensichtlich auch auf sich selbst bezogen. Wie käme sie sonst dazu, Günther von einem entsprechenden Plan der Kaisers zu erzählen?«

»Das wäre möglich«, musste Friedrich einräumen.

»Lass mich den Faden einfach mal weiterspinnen«, bat Hanna. »Nehmen wir einmal an, Simone erfährt nicht nur, dass eine Adoption geplant ist, sondern auch, dass sie an der Kündigung des Pachtvertrags zu scheitern droht. Und an allem ist nach Simones Überzeugung Mathilde Häußler schuld! Es entwickelt sich ein blinder Hass in Simone, dem es gleichgültig ist, ob an der Kündigung des Pachtvertrags noch etwas zu ändern ist oder nicht. Reicht dir das jetzt endlich als Motiv?«

»Das und Simones Flucht. Ja, das reicht hoffentlich für einen Haftbefehl. Ich werde sie sofort zur Fahndung ausschreiben lassen!«

* * *

Friedrich hatte Hanna in Tübingen vor dem Brechtbau abgesetzt, nachdem sie sein Angebot, sie nach Reusten zu fahren, dankend und mit dem Hinweis abgelehnt hatte, sie habe noch zu arbeiten. Sie nahm den Aufzug, schloss die Tür ihres Büros auf und setzte sich an den Schreibtisch. Bevor sie sich jedoch in das aufgeschlagene Buch zum Thema Trivialliteratur versenkte, griff sie zum Telefonhörer und ließ sich von der Auskunft verbinden.

»FC Tübingen. Vereinsheim. Schäfer am Apparat«, meldete sich eine angenehme weibliche Stimme.

»Gut, dass du gleich selbst dran bist. Hier ist Hanna.«

»Hallo ...«

Hanna sah Marianne, die Wirtin der Vereinsgaststätte, vor sich: Wie sie sich nicht recht traute, die Frau Professor so einfach mit »du« und dem Vornamen anzusprechen.

»Hast du diesen Freitag schon etwas vor? So ab acht?«

»Nö.«

»Na wunderbar! Ich hätte nämlich eine Riesenbitte an dich!«

»Schießen Sie ... schieß los!«

»Friedrich wird an dem Tag neunundfünfzig, und du weißt, was er für ein Geburtstagsmuffel ist. Wenn ich nichts anleiere, sitzt er nur alleine zu Hause in seiner Wohnung rum. Deshalb möchte ich eine kleine Familienfeier veranstalten. Friedrich, meine Tochter, meine Enkelin und ich. Vielleicht noch mein Schwiegersohn. Einfach gut zusammen essen. Aber du kennst ja Friedrich! Mit Haute Cuisine brauche ich dem gar nicht zu kommen. ›Am besten schmeckt es mir bei der Marianne‹, sagt er immer. Na ja, und da habe ich gedacht ...«

»... dass ich ihm seinen geliebten gemischten Braten mit Spätzle und Kartoffelsalat mache?«, ergänzte Marianne. »Gerne! Bis acht bin ich da locker fertig.«

»Das kommt überhaupt nicht in Frage! Wenn du für uns kochst, bist du selbstverständlich auch ganz herzlich zum Essen und Mitfeiern eingeladen!«

«Danke. Aber ...«

»Nichts aber! Das wird bestimmt ein richtig netter Abend. Komm, sag schon ja!«

»Also gut, abgemacht! Um wie viel Uhr soll das Essen fertig sein?«

»So gegen sieben? Aber sag Friedrich noch nichts davon. Es soll eine Überraschung werden.«

»Kein Problem. Also, bis dann.«

»Moment!« Hanna musste sich beeilen, damit Marianne die Verbindung nicht zu früh unterbrach. »Da ist noch etwas, über das ich mit dir reden möchte. Sagt dir eigentlich der Name Herbert Stocker noch etwas?«

Marianne antwortete nicht.

»Macht nichts«, stellte Hanna nach einigen Sekunden des Wartens fest. »Aber du weißt doch bestimmt, bei wem die Männer dieses Bunny ... engagiert haben?«

»Allerdings! Sie haben es ja nach ihrer Sitzung laut genug herumkrakeelt. Event-Agentur Top-Act.«

Mittwoch, 28. Oktober

Friedrich

Nachdem er den Vormittag mit Routinearbeiten verbracht hatte, war Friedrich in die Kantine gegangen. Als er »Nasi Goreng« auf der Schiefertafel erblickt hatte, die das Tagesessen ankündigte, waren seine Mundwinkel nach unten gesackt. Da er jedoch nicht schon wieder nur eine Rote Wurst mit Brötchen und Senf essen wollte, stellte er sich in der Schlange an und wartete geduldig, bis die Frau an der Essensausgabe ihm eine Kelle Reis mit allerlei undefinierbarem Kleingeschnittenen auf den Teller häufte. Er setzte sich alleine an einen Tisch und begann, lustlos in der dampfenden Masse herumzustochern. Nach wenigen Bissen gab er auf, kaufte sich zwei Schokoriegel und ging in sein Büro zurück.

»Gut, dass du kommst!«, empfing ihn Walter Löffler. »Da hat jemand von einem Pizzaservice angerufen. Ein Herr Bartling habe sich krank gemeldet und sei jetzt wohl zu Hause. Du wüsstest Bescheid.«

»Weiß ich.«

Friedrich stand schon in der geöffneten Tür, als er sich noch einmal zu seinem Kollegen umwandte. »Ich werde diesem Herrn Bartling einen Besuch abstatten. Wenn was ist: Mein Handy ist eingeschaltet.«

* * *

Anders als bei seinem letzten Besuch waren dieses Mal alle Fensterläden der Spitzberglaube geschlossen. Friedrich klopfte an die Tür. Erst beim dritten Versuch erntete er ein verärgertes »Niemand da!«

Friedrich drückte die Klinke hinunter. Die Tür war nicht abgeschlossen. Er konnte einen Tisch, um den drei Stühle standen, einen Kleiderschrank und ein Bett ausmachen.

»Wer sind Sie? Was wollen Sie? Gehen Sie! Lassen Sie mich in Ruhe!«, war der wenig freundliche Empfang, der Friedrich bereitet wurde. Wenn jemand ihn derart ruppig anfuhr, hatte Friedrich es sich zur Gewohnheit gemacht, ausgesucht höflich zu reagieren, um dem Gegenüber so den Wind aus den Segeln zu nehmen.

»Ich wünsche Ihnen einen wunderschönen guten Tag, Herr Bartling! Mein Name ist Friedrich Holzwarth. Wir hatten ja bereits einmal das Vergnügen. Sie waren so freundlich, mir mit einer Lasagne aus einer überaus misslichen Situation zu helfen. Sie war übrigens vorzüglich. Die Lasagne, meine ich.«

»Sind Sie eigentlich noch ganz dicht? Dringen hier kurz nach Mitternacht in meine Wohnung ein und belästigen mich mit irgendwelchem unsinnigen Gefasel! Ich bin krank. Das sehen Sie doch!« Lucius Bartling warf sich demonstrativ auf die andere Seite und zog die Bettdecke über seinen Kopf.

»Wenn Sie krank sind, brauchen Sie frische Luft!«

Friedrich öffnete die beiden Fenster sowie vier Läden. Als er sich umdrehte, konnte er das Zimmer richtig in Augenschein nehmen.

Das Auffälligste war, dass der Wohnungsinhaber die Wände mit Fotografien und ausgeschnittenen Zeitungsartikeln zugepflastert hatte. Friedrich trat näher. Auf allen Bildern war derselbe junge Mann zu sehen. Manchmal hielt er einen Pokal oder eine der in aller Regel hässlichen Schalen in der Hand, die es bei Sportwettkämpfen zu gewinnen gab. Auf anderen Bildern waren Szenen abgebildet, die während der offensichtlich unzähligen Tennismatches aufgenommen worden waren, die der junge Mann bestritten hatte.

»Sind Sie das?«, fragte Friedrich mit einem Hauch von Anerkennung in der Stimme.

»Was?« Lucius Bartling streckte seinen Kopf zumindest so weit heraus, dass er Friedrich ansehen konnte.

»Hier.« Friedrich deutete mit einer Halbkreisbewegung seines rechten Arms auf die Wände des Zimmers.

»Seh' ich so aus, als ob ich was mit einem Tennisschläger anfangen könnte?

Nein. Wirklich nicht.

»Das ist mein Sohn!« Der Stolz auf seinen Nachwuchs war deutlich zu hören. Aber sofort verdunkelte sich die Miene von Lucius Bartling wieder. »Das heißt, das war er. Bevor ...« Er brach ab und verkroch sich wieder unter der Decke.

»Warum waren Sie eigentlich vorgestern so kurz angebunden, als ich Sie wegen einer Lieferung nach Reusten ansprach?«

»Weil ich Stress mit meinem Chef bekomme, wenn ich mich wie eine Plaudertasche aufführe. Deshalb.«

»Ach deshalb! Ich dachte schon, es könnte vielleicht damit zusammenhängen, dass Sie am 21. Oktober zwischen neun und halb zehn abends in der Nähe der Wintergasse siebenundvierzig in Reusten gesehen wurden.«

»Was kann ich dafür, wenn ich zufällig irgendwo vorbeikomme, wo jemand ermordet ...«

»Wie? Sie wissen, dass dort ein Mord geschehen ist? Woher?«, fragte Friedrich blitzschnell.

»Sie werden es nicht für möglich halten: Aus dem Schwäbischen Tagblatt. Wie mindestens zwanzigtausend andere in Tübingen und Umgebung auch!«

»Mhm. Ich sehe hier aber weit und breit kein Tagblatt, Herr Bartling.«

»Gratuliere! Ihnen entgeht aber auch nicht das geringste Detail, Herr Kommissar!«

»Also?«

»Ich kann mir das Tagblatt nicht leisten. Aber in der Unibibliothek liegt es aus. Morgens auf meinem Weg zur Arbeit fahre ich meistens kurz vorbei und halte mich so auf dem Laufenden. Zufrieden?«

»Klingt zunächst einmal nicht schlecht«, wich Friedrich aus. »Was mich interessiert, ist, ob Sie an dem Abend möglicherweise irgendetwas beobachtet oder gehört haben, das mir weiterhelfen könnte. Haben Sie jemanden gesehen? Oder ist Ihnen sonst irgendetwas Besonderes aufgefallen? Denken Sie bitte genau nach! Die kleinste Kleinigkeit kann von Bedeutung sein.«

»Absolut nichts, Herr Kommissar! Leider! Ich kann Ihnen nicht helfen. So gerne ich es täte«, antwortete Lucius, ohne auch nur eine Sekunde nachzudenken. »Und jetzt gehen Sie bitte endlich!«

Friedrich sah, dass er im Moment nicht weiterkam.

»Das wär's dann für's Erste«, presste er deshalb über seine Lippen.

»Prächtig! Dann können Sie ja jetzt endlich verschwinden! Aber vorher könnten Sie mir noch einen Gefallen tun. Auf dem Tisch liegt mein Tabak. Und Streichhölzer. Könnten Sie mir beides rüberwerfen, wenn Sie schon mal dastehen? Dann muss ich nicht extra aufstehen.«

Friedrich stöberte auf dem Tisch herum und holte unter einem Haufen sauberer, aber ungebügelter Wäsche eine Packung Drum sowie ein weißes Streichholzheftchen hervor, auf das in dicken, roten Lettern »CDU« aufgedruckt war. Lucius Bartling bemerkte Friedrichs erstaunten Blick.

»Während des Wahlkampfs nimmt man, was man kriegen kann. In meiner Situation darf ich nicht wählerisch sein.« Friedrich warf Tabak und Streichhölzer in Richtung Bett und wollte sich schon zur Tür wenden, als ihm eine Broschüre auffiel, mit der eine Kandidatin der SPD für ihre erstmalige Wahl in den Bundestag warb. Friedrich war von einer Sekunde auf die andere absolut gefesselt. Allerdings nicht etwa von der smarten Frau, die alles getan hatte, um zwanzig Jahre älter auszusehen, als sie tatsächlich war, sondern von einem Päckchen Kaugummi, auf dem »Wir haben den nötigen Biss! Ihre SPD« zu lesen war und das die Jungpolitikerin offensichtlich als Werbegeschenk verteilt hatte. Friedrich setzte sich auf einen der Stühle und stützte seinen Kopf auf seine linke Hand. So blieb er einige Sekunden regungslos sitzen. Dann verkündete er: »Ich muss unbedingt rasch ins Büro.«

Er wandte sich zur Tür, drehte sich aber noch einmal um. »Laufen Sie mir ja nicht weg! Ich komme wieder!«, befahl er Lucius und machte sich eilig auf die Socken.

Hanna

Hanna wartete in ihrem Büro auf Regina Specht, eine ihrer Doktorandinnen, mit der sie das erste Kapitel ihrer Dissertation besprechen wollte. Da ihre Verabredung auf sich warten ließ, wählte Hanna die Nummer der Staatsanwaltschaft und ließ sich mit Konrad Kästner verbinden. »Konrad, ich ... ja, ich weiß, du brauchst Zeit zum Nachdenken. Aber ich benötige deine Hilfe. Quasi-dienstlich sozusagen. Ich brauche unbedingt die Adresse eines Herbert Stocker ... Nein, Friedrich kann ich in diesem Fall unter keinen Umständen fragen ... Ja, ich weiß, dass es gegen die Vorschriften ist. Aber ich werde ganz bestimmt niemandem verraten, woher ich die Anschrift habe ... Danke, du bist ein Schatz! Ich melde mich so in einer Stunde noch mal. Und wegen der anderen Sache ... Genau, ruf mich einfach an, wenn du so weit bist ... Ja, tschüss.«

Hanna trommelte mit den Fingern auf ihrer Schreibtischplatte herum. Wenn sie etwas im Allgemeinen nicht leiden konnte, war es Unpünktlichkeit. Und wenn sie etwas im Besonderen auf die Palme brachte, war es Unpünktlichkeit von Studentinnen, die einen Termin bei ihr hatten. Endlich klopfte es an ihrer Tür, und auf ein barsches »Herein!« betrat die Nachwuchsgermanistin Hannas Arbeitszimmer. Regina Specht rang hörbar nach Atem, als sie sich zu Hanna an den Tisch setzte. »Entschuldigung!«, brachte sie mit Mühe zwischen zwei Atemzügen hervor. »Der Umzugsstress.« Ihr Atem beruhigte sich nur langsam.

»Was war denn los?«, erkundigte sich Hanna freundlicher als vorher.

»Ich musste unbedingt noch bei der Telekom vorbei. Die sind nicht in der Lage, ein simples Telefon freizuschalten. Seit drei Wochen nicht!«

»Das kenne ich«, pflichtete Hanna bei. Ihr Tonfall ließ keinerlei Zweifel daran aufkommen, dass sie den Plauderteil für beendet hielt. »Aber jetzt würde ich gerne über Ihr erstes Kapitel reden. Ihre Darstellung der verschiedenen Bedeutungstheorien gefällt mir überhaupt noch nicht. Darüber müssen wir noch mal ausführlich miteinander reden!«

Die beiden Frauen vertieften sich in dieses Thema. Aber Regina hatte Hanna noch nie derart unkonzentriert erlebt wie bei dieser Besprechung. Als die Doktorandin endlich keine Fragen mehr hatte, begleitete Hanna sie zum Parkplatz gegenüber dem Lothar-Meyer-Bau, stieg in ihren VW Passat und machte sich auf den Weg zum Polizeihochhaus in Derendingen. Sie war zu neugierig zu erfahren, ob Friedrich etwas Neues herausgefunden hatte, als dass sie bis zum Abend hätte warten wollen. Sowohl der Portier als auch Friedrichs Kollege Walter Löffler kannten Hanna seit vielen Jahren. Deshalb konnte sie sich unbehelligt in sein Büro setzen, um auf ihn zu warten. Als sie nach fünf Minuten langsam ungeduldig zu werden begann, kam Walter Löffler herein. Er trug ein Bündel Akten unter dem Arm, das er auf Friedrich Schreibtisch ablegte. »Das sind die Akten, die ich für den Hauptkommissar besorgen sollte. War gar nicht so einfach, diesen Uralt-Ladenhüter auszugraben! Sagen Sie ihm das bitte, falls er maulen sollte, dass er die Akten erst heute bekommt. Und dass wir sie spätestens nach drei Tagen wieder ans Gericht zurückschicken müssen!«

»Ich werd's ihm ausrichten«, versprach Hanna.

»Danke. Und einen schönen Tag noch!« Walter ließ Hanna wieder allein. Mit dem Aktenbündel. Mindestens eine halbe Minute lang war Hanna stark.

Ich darf nicht einfach in diesen Akten blättern. Friedrich wäre zu Recht sauer.

Eine weitere halbe Minute verstrich, während der Hannas Blick immer wieder auf den braunen Deckel fiel.

Andererseits ... nein, es geht wirklich nicht.

Scheiß drauf!

Hanna schnappte sich die Akten, begann zu lesen und war sofort so vertieft, dass sie erst wieder aufblickte, als Friedrich seine Bürotür geräuschvoll öffnete. Für einen kurzen Moment dachte Hanna daran, die Akten schnell wieder zurückzulegen und so zu tun, als ob nichts gewesen wäre. Aber das wäre ihr nun wirklich zu blöd gewesen. Deshalb wählte sie die Strategie der Vorwärtsverteidigung und strahlte Friedrich an: »Das war eine super Idee von dir, die Akten anfordern zu lassen. Wirklich! Sehr informa...«

»Bist du jetzt endgültig verrückt geworden?« Hanna sah, dass Friedrich sich nur mühsam beherrschen konnte. »Wenn irgendjemand hereingekommen wäre und dich bei der gemütlichen Lektüre von internen Akten erwischt hätte! Was, glaubst du, wäre dann passiert?«

»Wenn jemand außer dir gekommen wäre, hätte er oder sie angeklopft! Und ich hätte die Akten brav zurückgelegt, bevor ich ›herein‹ gesagt hätte. Es wäre also überhaupt nichts passiert!«

Friedrich blickte finster auf Hanna herab, die mit der Andeutung eines gesenkten Hauptes aufstand und Friedrich so ermöglichte, auf seinem Schreibtischstuhl Platz zu nehmen. Durch Hannas Demutsgeste und die Tatsache, dass niemand etwas von Hannas Eigenmächtigkeit mitbekommen hatte, besänftigt, räusperte sich Friedrich. Hanna, die wusste, dass damit das Schlimmste überstanden war, nahm die Akte erneut in die Hände und suchte blätternd nach einer bestimmten Seite. »Hier! Die Anklageschrift. Da steht alles Wesentliche drin!« Sie hielt Friedrich die Akte entgegen.

Der Kommissar ließ Hanna noch einige Sekunden zappeln, um ihr die Ungeheuerlichkeit ihrer Verfehlung vor Augen zu führen, bevor er ihr die Akte aus der Hand nahm und zu lesen begann.

Staatsanwaltschaft Tübingen 16. Dezember 1988

An das Landgericht
- Schwurgericht -
7400 Tübingen

Beilagen: Blatt 1-173

ANKLAGESCHRIFT

Die am 18. Juli 1959 in Reutlingen geborene, Lessingstraße 148, 7410 Reutlingen 2 wohnhafte Krankenschwester

Christiane Frank

wird angeschuldigt, sie habe einen Menschen getötet, ohne Mörder zu sein.

Der Angeschuldigten wird folgender Sachverhalt zur Last gelegt:

Am 14. Oktober 1988 erschoss die Angeschuldigte ihren Vater entsprechend des von ihr gefassten Tötungsvorsatzes.

Damit liegt vor:

Ein Verbrechen des Totschlags nach § 212 I StGB.

Beweismittel:

1) Geständnis der Angeschuldigten
2) Zeuge:
Bernd Walz, Rechtsanwalt, Silcherstr. 62, 7410 Reutlingen 2

Anmerkung: Der Halbbruder sowie die Stiefmutter der Angeschuldigten, die die Angeschuldigte als Kind angenommen hat, machen von ihrem Zeugnisverweigerungsrecht (§ 52 I Nr. 3 StPO) Gebrauch.

Wesentliches Ermittlungsergebnis:

1) Zur Person:

Die Angeschuldigte ist 29 Jahre alt. Sie wuchs zusammen mit ihrem zwei Jahre jüngeren Halbbruder Gabriel sowie ihrer 16 Jahre jüngeren Halbschwester Maria Magdalena, der die Angeschuldigte außerordentlich nahestand, im Haushalt ihres Vaters und dessen zweiter Frau Mathilde, geb. Häußler, auf. Nach dem Besuch von Grund- und Realschule wurde sie zur Krankenschwester ausgebildet. Seit März 1978 arbeitete sie an einer Klinik in Tübingen.

Strafrechtlich ist die Angeschuldigte bislang nicht in Erscheinung getreten.

2) Zur Sache:

a) Vorgeschichte der Tat:

Am 14. Oktober 1988 kam die Angeschuldigte zusammen mit ihrem Verlobten, dem Zeugen Walz, von einem Kinobesuch zurück in die elterliche Wohnung. Während der Zeuge Walz noch damit beschäftigt war, Gegenstände aus dem Kofferraum auszuladen, begab sich die Angeschuldigte ins Badezimmer, das im Erdgeschoss lag. Dort fand sie ihre tote Halbschwester Maria Magdalena vor, die sich unmittelbar zuvor mittels einer Glasscherbe die Schlagader eröffnet hatte. Der Selbstmord der Halbschwester ist darauf zurückzuführen, dass das pubertierende Mädchen nicht mehr weiterleben wollte, nachdem ihre Eltern, insbesondere aber der Vater, ihr über lange Jahre eingeimpft hatten, »gottlos« und »sündhaft« zu sein, und ihr drakonische Strafen zur »Teufelsaustreibung« auferlegt worden waren.

b) Die Tat

Da nach Auffassung der Angeschuldigten insbesondere ihr Vater für den Tod ihrer Halbschwester verantwortlich war, fasste die Angeschuldigte bereits im Badezimmer Tötungsvorsatz. Sie ging in den Keller, wo ihr Vater,

der Jäger war, seine Jagdgewehre aufbewahrte, öffnete den vorschriftswidrig nicht abgeschlossenen Schrank, entnahm ein Gewehr und begab sich ins Wohnzimmer, in dem ihr Vater saß und fernsah. Sie sprach ihren Vater an, der sich zu ihr umdrehte und sie fragte, ob sie verrückt sei. Ohne ein weiteres Wort zu sagen, erschoss die Angeschuldigte ihren Vater.
Aufgeschreckt durch den Schuss kamen der Zeuge Walz, der das Haus inzwischen ebenfalls betreten hatte, sowie die Ehefrau und Gabriel Frank, der Sohn des Opfers, die zusammen in der Küche gesessen hatten, ins Wohnzimmer und fanden die Angeschuldigte mit dem Gewehr, das nach der ballistischen Untersuchung eindeutig die Tatwaffe ist, in der Hand regungslos neben dem Toten stehen.

3) Rechtliche Würdigung:

Es liegt ein Totschlag nach § 212 I StGB vor. Dafür, dass ein Mordmerkmal erfüllt ist, sind keine Anhaltspunkte ersichtlich.

Allerdings ist ein minder schwerer Fall des Totschlags nach § 213 StGB anzunehmen, da die Angeschuldigte durch eine einem Angehörigen zugefügte Misshandlung ohne eigene Schuld zum Zorn gereizt und hierdurch auf der Stelle zur Tat hingerissen worden ist.

4) Antrag:

Es wird beantragt, die Anklage zuzulassen, das Hauptverfahren zu eröffnen und einen Termin zur Hauptverhandlung vor dem Landgericht Tübingen - Schwurgericht - zu bestimmen.

Unterschrift

Friedrich atmete tief ein und ließ die Luft dann mit einem Zischen langsam wieder entweichen. »Starker Tobak!«, kommentierte er das Gelesene und senkte seinen Blick wieder in die Akte. »Hier. So hat das damals ausgesehen.« Friedrich zeigte Hanna die Papierbilder, die der Polizeifotograf aufgenommen hatte. Die Einschusswunden am Kopf von Mathildes Mann waren ebenso deutlich zu sehen wie die Einschlagstellen von Schrotkugeln in der Wand.

»Besonders appetitlich ist das ja nicht!« Hanna schüttelte sich und gab ihrem Exmann die Akte zurück. Friedrich blätterte darin herum und blieb an der einen oder anderen Stelle hängen, ohne etwas zu sagen. Erst als er fast ganz am Ende angekommen war, wandte er sich wieder an Hanna. »Es gab eine Hauptverhandlung. Aber kein Urteil, sondern eine Einstellung nach § 205 StPO.«

»Grundgütiger! Was ist das denn?«

Friedrich kannte Hannas verärgerten Tonfall zur Genüge, den sie immer dann anschlug, wenn sie etwas nicht auf Anhieb verstand. »Weiß ich auch nicht«, gab er zu. »Moment, vielleicht steht es weiter unten ... ja, hier: ›weil der Hauptverhandlung für längere Zeit die Abwesenheit der Angeschuldigten entgegensteht.‹«

»›Längere Abwesenheit‹ ist gut! Sie ist in die Karibik abgehauen!«, zog Hanna die naheliegende Schlussfolgerung. Friedrich nickte zustimmend, sagte aber nichts.

»Wenn sie ... hörst du mir eigentlich überhaupt zu!?« Wenn Hanna etwas nicht leiden konnte, dann war es jemand, der ihr nicht zuhörte, wenn sie etwas sagte.

»Entschuldige«, bat Friedrich. »Aber mir ist da ... Was hältst du von folgender Geschichte? Christiane Frank lebt in einem streng katholischen Haushalt. So streng, dass sie und ihre Geschwister regelrecht misshandelt werden. Die Kleinste hält es nicht mehr aus und bringt sich um. Die größere Schwester rächt sich am Vater.«

»Du meinst, warum nicht auch noch an der Stiefmutter, die ja genauso an der Misshandlung beteiligt war?«

»Exakt das meine ich!«

»Damit hätte deine zweite Lieblingsverdächtige neben Gerlinde Berner doch endlich auch noch ein plausibles Motiv!«

»Allerdings!« Friedrich überhörte Hannas spöttischen Unterton.

»Friedrich! Wenn sie sich an Mathilde Häußler rächen will, warum wartet sie dann zwanzig Jahre lang damit? Unmittelbar nach dem Selbstmord der Schwester: von mir aus. Aber so: Das glaubst du doch selbst nicht!«

»Die Dame bekommt trotzdem in allernächster Zukunft Besuch von mir! Aber vorher ... Moment ... Ich muss unbedingt schnell noch etwas nachschauen. Deshalb bin ich schließlich eigentlich gekommen.« Friedrich ging zu seinem Schreibtisch, öffnete die mittlere Schublade und kam mit dem Bericht der Kriminaltechniker zurück. »Ich hab's doch gewusst!«, verkündete er, nachdem er an verschiedenen Stellen des Berichts nachgelesen hatte. »In der Mülltonne der Toten. Benutzter Kaugummi. Eingewickelt in ein Papierchen mit der Aufschrift ›Wir haben den nötigen Biss! Ihre SPD‹«

»Könntest du bitte so freundlich sein, mir deine kryptischen Äußerungen zu erklären?«

Friedrich berichtete Hanna von seinem Besuch bei Lucius Bartling.

»Wow! Der Pizzabote im Haus des Mordopfers! Wenn natürlich der Kaugummi nicht zwingend von ihm stammen muss«, fügte Hanna sofort wieder einschränkend hinzu. Friedrich hörte diesen Einwand nicht mehr, weil er bereits telefonierte. Er beendete das Gespräch. »Gnädigste ist in Ulm.«

Hanna blickte Friedrich verständnislos an.

»Frau Frank. Sie kommt voraussichtlich erst in einer Stunde wieder ...«

»Also fahren wir zuerst zu diesem Herrn Bartling!«

»Was täte ich, wenn ich dich nicht hätte«, seufzte Friedrich ergeben.

»Das ist kein wirkliches Problem, mein Lieber! Denn zu deinem Glück bin ich immer an deiner Seite, wenn du mich brauchst!«

* * *

Lucius Bartling lag immer noch im Bett, als Hanna und Friedrich in die Laube traten, nachdem sie erfolglos geklopft hatten. Auf Friedrichs Gesicht lag ein Siegerlächeln. »Herr Bartling, in welcher Beziehung stehen Sie zu Mathilde Häußler?«, bellte er. Ob das Zucken im Gesicht des Laubenbewohners auf die Lautstärke oder den Satzinhalt zurückzuführen war, konnte Friedrich nicht sagen. Auf jeden Fall quittierte er die Reaktion des Mannes mit Befriedigung. Aber Lucius Bartling hatte sich sofort wieder im Griff. »In überhaupt keiner!«, beantwortete er Friedrichs Frage. »Ich kenne die Frau überhaupt nicht.«

»So? Sie kennen sie überhaupt nicht? Und wie kommt dann einer von Ihren Kaugummis in die Mülltonne unseres Mordopfers?« Friedrich nahm das Kaugummipäckchen von Tisch und wedelte Lucius damit vor der Nase herum.

»Moment! Wer sagt denn, dass das einer von meinen ist?«

Jetzt kommt der auch schon so!

»Davon gibt es Hunderte.« Lucius wurde sicherer. »Halb Tübingen hat welche geschenkt bekommen. Ihrer geschätzten Aufmerksamkeit dürfte doch wohl kaum entgangen sein, dass wir vor kurzem mitten im Wahlkampf standen.«

»Herr Bartling! Ich bin ein friedfertiger Mensch.« Friedrich machte eine Pause. »Grundsätzlich.« Seine Stimme schwoll an. »Aber wenn mich eins auf die Palme bringt, dann ist das jemand, der leugnet, was ich ihm durch eine simple DNA-Analyse problemlos nachweisen kann! Und wenn ich einmal auf der Palme bin«, Friedrichs Stimme wurde bedrohlich leise, »ist es kein Vergnügen, von mir verhört zu werden! Sie können auch gern in einer Zelle weiter darüber nachdenken, falls Sie mir hier keine befriedigenden Antworten geben!«

Lucius Bartling rang fast eine Minute lang mit sich. »Okay. Ich kenne die Frau«, räumte er dann ein.

»Seit wann und woher?«, schaltete sich Hanna ein.

»Ich habe die Dame vor zwei Jahren kennengelernt.« Aus der Art, wie Lucius das Wort »Dame« betonte, war unschwer zu entnehmen, dass Mathilde Häußler keine Freundin von ihm war. »Hier!«, brauste Lucius Bartling plötzlich auf. »Sehen Sie sich doch um! Wie ich hause! In einem sechzehn Quadratmeter großen Schweinestall!

»In der Tat!«, murmelte Hanna. Ob Lucius sie gehört hatte, war nicht zu entscheiden.

»Und wem habe ich das zu verdanken? Was glauben Sie?« Lucius blickte in die Runde. »Der noblen Fidelitas AG! Und Mathilde Häußler!«, beantwortete er seine Frage selbst.

Er kommt auf Touren. Ich muss ihn am Reden halten!

»Die Fidelitas? Was ist ...« Friedrich konnte seine Frage nicht zu Ende bringen, weil er von Lucius unterbrochen wurde.

»War! Die Fidelitas war mein Arbeitgeber! Bis zur Fusion mit der Süd-Württemberger!«

»Man hat Ihnen gekündigt?«, fragte Hanna.

»Wie überaus scharfsinnig! Vor die Tür gesetzt haben sie mich. Eiskalt.« Lucius blickte Friedrich ins Gesicht. »Betriebsbedingte Kündigung. Abfindung. Freistellung bis zum Ablauf der Kündigungsfrist. So geht das heutzutage!« Er wandte sich wieder ab. »Ende. Aus.«, murmelte Lucius eher zu sich selbst. Friedrich blieb stumm in der Hoffnung, dass Lucius von sich aus weiterredete. Der Pizzabote tat ihm den Gefallen. »Hundertneunundsiebzig.« Er schaute Friedrich herausfordernd an. »Hundertneunundsiebzig Bewerbungen habe ich seither abgeschickt!« Eine kleine Pause folgte. »›Wir danken für Ihr Interesse, müssen Ihnen aber leider mitteilen ...‹; ›... haben wir uns für einen Mitbewerber entschieden, der unserem Anforderungsprofil noch genauer ...‹; ›... stellen wir Ihnen anheim, sich zu einem späteren Zeitpunkt noch einmal bei uns ...‹« Wieder eine kurze Pause. »Ich konnte machen, was immer ich wollte! Ich gehöre zum alten Eisen. Mit achtundvierzig! Da nutzt mir mein Doktor in Mathematik einen Dreck! So sieht's aus!«

Lucius verstummte. »Ein paar Monate Arbeitslosengeld eins«, begann er kurz darauf unaufgefordert erneut. »Und dann? Hartz IV. So hatte sich meine Frau das natürlich nicht vorgestellt. Das vornehme Landratstöchterchen! Rausgeschmissen haben sie mich! Sie und ihr sauberer Papa! Es war ja seine Villa! Für deren Umbau mein Erspartes draufgegangen ist! Mein Herr Schwiegerpapa war dann immerhin so gnädig, mir dieses zweifelhafte ... Etablissement hier kostenlos zur Verfügung zu stellen!« Mit jedem Satz strömte mehr Bitterkeit aus Lucius.

»Haben Sie vielleicht schon mal versucht, mit nicht einmal dreihundertsechzig Euro einen Monat lang über die Runden zu kommen? Probieren Sie's! Sie werden viel Freude haben! Wenn ich sie schon höre, diese Lackaffen aus Berlin!« Lucius deutete auf die SPD-Frau auf der Wahlkampfbroschüre. »Allen voran die Spezial-Demokraten! Arbeitnehmerpartei. Soziale Gerechtigkeit. Dass ich nicht lache! Leeres Gewäsch! Die sind schlimmer als Westerwelle und Konsorten! Der sagt wenigstens offen, dass er die Interessen der ›Leistungsträger‹ durchsetzen will. Ich war auch mal ›Besserverdienender‹!« Lucius stieß einen höhnischen Lacher aus. »Und jetzt? Ein Stück Dreck, das sich dann auch noch von der Boulevardpresse vorführen und beschimpfen lassen muss! So sieht's doch aus! Aber ...«

»Könnten Sie«, unterbrach Friedrich die Zornestiraden seines Gegenübers jetzt doch, weil nicht zu erwarten war, dass Lucius in absehbarer Zeit freiwillig aufhören würde, seiner Wut und Enttäuschung freien Lauf zu lassen, »bitte zum Punkt kommen? Es geht um Ihr Verhältnis zu Mathilde Häußler.«

»Oh ja! Exakt! Frau Mathilde Häußler! Wie könnte ich die vergessen!« Lucius Bartlings Stimme troff vor Hohn. »Ohne dieses Miststück würde ich im Sommer in Wimbledon Erdbeeren naschen und am Champagner nippen statt Gummibärchen und Dosenbier vom Aldi!«

»Bitte?«

»Sie hat meinen Sohn zu Krüppel gemacht!«

Jetzt ließ Friedrich Lucius wieder Zeit.

»Er war sooo«, Lucius demonstrierte den Abstand mittels Daumen und Zeigefinger, »kurz davor, bei den ganz großen Turnieren mitzuspielen. Roland Garros – French Open. Flushing Meadows – US Open. Dafür hat er gelebt. Und ich auch. Was hatte ich denn sonst noch?«

»Das müssten Sie uns bitte ein wenig genauer erklären.«

Lucius nahm Hannas Bitte nicht wahr. »Mein Gott! Was hat der Junge trainiert!«, erzählte er stattdessen der Wand, auf die er starrte. »Wie ein Wahnsinniger. Jahrelang. Disco? Currywurst mit Pommes? Freundin? Keine Idee! Und dann kamen sie, die Challenger-Turniere. Hotel – Tenniscourt, Hotel – Tenniscourt, Hotel – Tenniscourt. Das war unser Leben. Vier Jahre lang. Eine einzige Ochsentour. Aber wir hätten es geschafft! Er und ich! Noch ein, zwei Jahre und er hätte gegen die ganz Großen auf dem Platz gestanden. Roger Federer. Raphael Nadal. Und ich in der Spielerloge! Ich hätte ihn gemanagt. Wir hätten uns die Turniere ausgesucht. Nicht zu viele, damit er nicht frühzeitig verheizt wird. Und dann Werbeverträge! Ein Haus in Paris, eine Wohnung in New York!« Lucius kostete seinen Traum aus, solange es irgend möglich war. Aber dann kehrte er in die Realität zurück. »Dieses blöde Weibstück! Nimmt ihm einfach die Vorfahrt! Patella-Trümmerfraktur, Kniescheibe kaputt. Vorletzte Woche war der abschließende Befund aus Köln da: Aus und vorbei! Endgültig.« Lucius kämpfte mit den Tränen. Als er sich wieder etwas gefasst hatte, fuhr er fort: «So, jetzt wissen Sie, in welcher Beziehung ich zu Mathilde Häußler stehe!«

»Sie hätten also durchaus einen Grund, sie umzubringen«, stellte Friedrich sachlich fest.

»Ja, das hätte ich! Hätte. Konjunktiv! Ich *habe* es aber nicht getan!

»Wie kommt der Kaugummi in die Mülltonne?« Friedrich ging nicht auf Lucius Bartlings Emotionalität ein.

»Ich war bei ihr. Eine Woche vor dem Mord ... Ja, ich gebe es zu. Ich wollte ein paar Euro aus ihr herausleiern. Deshalb habe ich ihr das Kölner Gutachten unter die Nase gehalten. Sie hat mich mit in die Küche genommen. Mir einen Tee gemacht. Ich wickelte meinen Kaugummi in das Papierchen und sie warf es in die Mülltonne. So einfach ist das.«

»Und? Haben Sie Geld von ihr bekommen?«

»Einen Hunderter. Den hat sie aus einer Keksdose gekramt. Sie hat jede Menge Kohle in einer Keksdose! Und ich weiß nicht, wie ich über die Runden kommen soll!« Lucius schluckte trocken. »Haben Sie eigentlich eine Ahnung, wie das ist, wenn man wie ein Bettler die Hand aufhalten muss? Wissen Sie das, verdammt noch mal?« Jetzt verlor Lucius den Kampf gegen die Tränen. Friedrich wartete, bis Lucius wieder zuhören konnte.

»Und am Tattag sind Sie nicht zufällig noch einmal ...«

»Nein! Ich hätte sie erwürgen können. Das stimmt. Aber ich habe es nicht getan! Wann geht das endlich rein in Ihr beschränktes Polizistenhirn?«

»Obwohl Sie zur Tatzeit in Reusten waren. Oder streiten Sie das auch ab?«, ließ Friedrich Lucius keine Ruhe.

»Was weiß ich! Ich liefere jeden Tag zwanzig bis dreißig Pizzas aus. Wie soll ich da noch wissen, ob ich an einem bestimmten Tag ...«

»Brauchen Sie gar nicht! Weil Ihr Chef so freundlich war, mich einen Blick in seinen Computer werfen zu lassen. Und was, glauben Sie, steht da unter dem 21. Oktober?«

»Also gut. Vielleicht war ich in Reusten an dem Tag. Keine Ahnung. Aber ich habe dieses Weib nicht um die Ecke gebracht! Das kann doch nicht so schwer zu verstehen sein!«

Das mit dem Kaugummi hat er zunächst einmal einigermaßen vernünftig erklärt. Dass er später noch einmal in der Wohnung von Frau Häußler war, kann ich ihm nicht nachweisen. Falls er Fingerabdrücke hinterlassen hat, kann er sagen, die habe er bei dem Besuch zurückgelassen, den er zugibt. Ich kann ihn nicht einbuchten, obwohl er ein astreines Motiv hat.

»Tja, Herr Bartling, dann will ich Ihren Gesundungsprozess nicht länger beeinträchtigen. Aber seien Sie sicher, dass ich Sie im Auge behalten werde! Und falls Sie mit dem Gedanken spielen sollten abzuhauen ...«

»Zum Abhauen braucht man Geld. Und ich habe keins. Ich stehe also jederzeit zu Ihrer Verfügung. Das kann ich ganz besonders gut: Jemandem zur Verfügung stehen! Vor allem dem Jobcenter. Jedesmal den Kratzfuß machen, weil ich eine Arbeit habe, von der kein Mensch leben kann! Es ist zum ...«

»Auf Wiedersehen, Herr Bartling«, unterbrach Hanna den neuerlichen Anlauf des akademisch gebildeten Pizzabotens, sich seinen Frust von der Seele zu reden. Friedrich folgte ihr auf die Wiese vor der Laube, ohne sich formell von Lucius Bartling verabschiedet zu haben. Sein kurzes Nicken mit dem Kopf musste reichen.

Hanna

»Ja, ja, mit Mathematikern ist kein heiteres Verhältnis zu gewinnen«, seufzte Hanna. »Goethe«, fügte sie erklärend hinzu.

»Philologen.«

Hanna sah ihren Exmann verdutzt an.

»Du hast die Philologen vergessen! Wenn du schon mit Zitaten um dich wirfst, dann wenigstens richtig!«, brummte Friedrich. »Es heißt: ›Mit *Philologen und* Mathematikern ist kein heiteres Verhältnis zu gewinnen‹!«

»Mein Gott, wer kann denn schon ahnen, dass du das Feuilleton des Schwäbischen Tagblatts von heute auch gelesen hast?«, stöhnte Hanna, lächelte aber zugleich durchaus anerkennend. Friedrich blickte auf seine Armbanduhr. Dann kramte er sein Handy heraus. Er ließ sich von Fouad Al Sayyid bestätigen, dass Christiane Frank inzwischen zu Hause eingetroffen war. »Ich fahre jetzt nach Derendingen. Ich nehme an, du willst ...«

»Klar! Schließlich habe ich ...« Hanna stockte, weil ihr Handy klingelte. »Ah, Konrad, du bist's ... Das freut mich zu hören ... Ja, gerne ... Kein Problem, ich bin in ...«

Aufgeräumt ist. Duschen. Schminken. Bad wieder in Ordnung bringen. Prosecco kaltstellen.

»... spätestens einer Stunde zu Hause ... Ja, ich freue mich auch ... Bis nachher, tschüss.« Hanna war überzeugt davon, dass Friedrichs Miene während des Telefonats zunehmend säuerlich geworden war. Umso überraschter war sie, als er lediglich in völlig neutralem Tonfall bemerkte: »Ich setze dich in Tübingen ab. Du kannst mich ja morgen anrufen, wenn du wissen willst, was bei Frau Frank herausgekommen ist.«

* * *

Konrad erschien auf die Minute genau. In seiner Hand hielt er einen Blumenstrauß, der ein Vermögen gekostet haben musste. Hanna bat ihn herein, und als jeweils eine Tasse

Cappuccino vor den beiden dampfte, trat ein Moment ein, in dem weder Hanna noch Konrad den Anfang machen wollte. Schließlich gab sich Konrad einen Ruck. »Hanna, was ich dir jetzt sagen möchte, fällt mir nicht leicht.« Konrad brach ab. Hanna schwieg. »Deshalb«, begann Konrad erneut, »wäre ich dir außerordentlich dankbar, wenn du mir einfach zuhören könntest, ohne mich zu unterbrechen.«

Meine Güte, macht der das feierlich!

»Ich habe nachgedacht. Über dich ... und mich ... und ... ich habe dir nicht ganz die Wahrheit gesagt am Samstag ... Das mit deinem Ex, das war nicht der einzige Grund ...«

Das hört sich nicht gut an.

»... der andere Grund war Ilse. Wir haben vor zweiunddreißig Jahren geheiratet. Ich lernte sie während des Studiums kennen. Und seither verbrachten wir fast jeden einzelnen Tag miteinander.«

Das hört sich definitiv nicht gut an!

»Was ich damit sagen will, ist, dass Ilse und ich ... dass Ilse die Frau meines Lebens war. Und deshalb hat es auch nach Ilse keine Frau mehr gegeben. Sicher, es hätte die eine oder andere Gelegenheit bestanden. Aber ich hatte immer das Gefühl ... Ich weiß, es klingt lächerlich, aber ich hatte das Gefühl, ich würde Ilse betrügen. So war das all die Jahre.« Konrad hielt inne und holte hörbar Luft. »Und dann bist du aufgetaucht. Und zum ersten Mal seit Ilses Tod – das musst du mir glauben! – konnte ich es mir wieder vorstellen ...«

Na bravo! Er kann es sich vorstellen! Wenn das nichts ist!

»Hanna, bitte, schau nicht so böse! Ich habe mich entschlossen. Ich möchte die Vergangenheit hinter mir lassen. Ich möchte ein neues Leben beginnen. Zusammen mit dir! Und wenn du das auch ...« Jetzt verließen Konrad endgültig die Kräfte.

Hanna Kirschbaum, jetzt musst du aktiv werden!

Hanna stand wortlos auf, ging zu dem Sessel, in dem Konrad saß und setzte sich auf die breite Lehne. Konrad legte zunächst ganz vorsichtig einen Arm um Hannas Schulter. Als sie keinerlei Anstalten machte, sich zu wehren, wurde er mutiger. Er zog sie an sich. Aber er war durch sein langes Alleinsein etwas ungeübt. Das führte dazu, dass Hanna sich nicht mehr aufrecht halten konnte und Sekundenbruchteile später quer über den beiden Lehnen, aber auch in Konrads Armen lag. Ihre Beine hingen in der Luft. Sie blickte in Konrads schmerzverzerrtes Gesicht. Seine Wirbelsäule hatte offensichtlich gegen die plötzliche Belastung durch das abrupte Vornüberbeugen protestiert. Er war in einer abgewinkelten Haltung eingerastet. Es blieb Hanna also nichts anderes übrig, als sich wieder vorsichtig von Konrad zu lösen, um so wieder Boden unter die Füße zu bekommen. Sie blieb betreten neben Konrad stehen, der einige Minuten brauchte, bis er zu einer aufrechten Haltung zurückfand. Sein Kopf hatte die Farbe einer reifen Tomate angenommen. Hanna war die Erste, aus der ein kurzes, zaghaftes Kichern brach. Konrad verzog ebenfalls die Mundwinkel und nur Sekunden später lachten beide aus vollem Hals. Es dauerte einige Minuten, bis beide sich wieder so weit beruhigt hatten, dass Hanna auf Konrad zugehen, ihn in den Arm nehmen und küssen konnte. Es zeigte sich, dass Konrad doch noch nicht alles verlernt hatte. Und so dauerte es keine fünf Minuten, bis Hanna im Badezimmer zwei Kerzen anzündete und Wasser einließ. Konrad krönte seinen achtlos auf den Boden geworfenen Kleiderstapel mit seiner Unterhose. Den kleinen Rest von Verlegenheit, der noch bei ihm vorhanden war, zerstreute Hanna, indem sie vollkommen unbefangen fragte: «Was möchtest du lieber? Tannennadel oder Karibische Früchte?«

Friedrich

»Frau Frank, es haben sich neue Erkenntnisse ergeben im Hinblick auf Ihr Alibi.«

Friedrich saß in der Küche der Zweizimmerwohnung in Derendingen. Ihm gegenüber hatte Christiane auf der Eckbank Platz genommen, während Christianes Halbbruder Gabriel sich an der Stirnseite des Tisches bemühte, seine Beine unterzubringen.

»Was sollen das für ... neue Erkenntnisse sein?« Christiane reagierte gewohnt patzig.

»Mein Kollege hat sich in der Nordstadt und in Bebenhausen die Füße plattgelaufen. Und er hat tatsächlich einen Mann mit Hund gefunden, der am Tag des Mordes im Schönbuch unterwegs war. Und der hat sich sogar erinnert, dass er einer Frau mit Stirnlampe begegnet ist.«

»Na bitte! Dann ist ja alles in bester Ordnung!«

»Gar nichts ist in Ordnung! Er hat die Frau erst gegen Viertel vor elf getroffen. Selbst wenn wir davon ausgehen, dass Sie diese Frau waren, hätten Sie vorher alle Zeit der Welt gehabt, zu Ihrer Stiefmutter zu fahren, wieder einmal Krach mit ihr zu bekommen und sie im Affekt mit der Marienstatue zu erschlagen!«

»So?« Christiane blieb erstaunlich ruhig. »Ich ...«

Weiter kam Christiane nicht, weil Gabriel aufsprang, um den Tisch lief, Friedrich am Kragen packte und ihn so weit zu sich herzog, dass die Nasen höchstens fünf Zentimeter voneinander entfernt waren. »Sie sind ja komplett übergeschnappt!«, brüllte Gabriel. »Chris hat niemanden umgebracht! Und schon gar nicht meine Mutter! Warum um alles in der Welt hätte sie das tun sollen?!«

Friedrichs Versuche, sich aus Gabriels Klammergriff zu befreien, scheiterten kläglich. Die letzte Auffrischung des bei der Polizei üblichen Selbstverteidigungskurses lag Jahre zurück, ohne dass Friedrich die dort gelernten Techniken jemals wieder geübt hätte.

»Lass ihn los«, forderte Christiane Gabriel ohne besonderes Engagement auf. Gabriel war unschlüssig, was er tun sollte. Schließlich ließ er Friedrich zurück auf den Küchenstuhl plumpsen, blieb aber jederzeit zugriffsbereit neben ihm stehen. »Also, was ist? Was für einen Grund soll Chris haben?«

»Den simpelsten, den es überhaupt gibt. Rache.« Friedrich rieb sich den Hals. »Ich brauche Ihnen ja wohl nicht zu erzählen, was Ihre Schwester mit Ihrem Vater gemacht hat! Und warum? Aus Rache! Weil er Ihre andere Schwester in den Selbstmord getrieben hat!«

»Er hatte es verdient!« Gabriel wandte sich von Friedrich ab. »Er ließ uns auf Holzscheite knien. Auf die spitze Seite. Stundenlang. Er spritzte mich im Keller mit kaltem Wasser ab. Egal, ob es Sommer war oder Winter. Er …«

»Und was für eine Rolle spielte Ihre Mutter dabei?«, unterbrach Friedrich Gabriel. »Hat sie zugesehen? War sie mit allem einverstanden? Oder hat sie *nur* zu niemandem etwas gesagt? Damit nichts an die Öffentlichkeit kommt?«

Christiane und Gabriel schwiegen betreten.

»Sehen Sie!«, forderte Friedrich die beiden auf. »Der Vater lebt seine Art von Katholizismus ohne Rücksicht auf Verluste aus. Und die Mutter – die Einzige, von der Sie Hilfe erwarten konnten – sieht zu und hilft, alles zu vertuschen, statt Ihnen beizustehen. Wenn das kein Grund zur Rache ist!«

Christiane kämpfte mit den Tränen. Gabriel spielte nervös mit seinen Fingern. Friedrich wusste nicht, was er sagen sollte. Gabriel nahm Christiane in den Arm und sagte zu ihr: «Zeig ihm die Briefe.«

Christiane reagierte nicht.

»Du sollst ihm die Briefe zeigen!«, wiederholte Gabriel eindringlich.

»Welche Briefe?« Friedrich war neugierig geworden.

»Die, die Chris von ihrer Mutter bekommen hat«, antwortete Gabriel. Christiane erhob sich, als ob stehen oder gehen mit unsäglichen Mühen verbunden wären, und verließ die Küche, um nach weniger als einer Minute wieder zu erscheinen. In ihrer linken Hand hielt sie ein Bündel Briefumschläge, die bereits geöffnet waren. Sie faltete die Blätter des ersten Briefes auseinander, las und steckte ihn wortlos wieder zurück in seinen Umschlag. Mit dem zweiten verfuhr sie in derselben Weise. Beim dritten fand sie, was sie gesucht hatte, und las vor. »›Christiane, ich weiß nicht, was ich täte, wenn ich dich nicht hätte! Dein letzter Brief hat mir viel Kraft gegeben. Zu wissen, dass du mir verziehen hast, bringt mir so viel Trost. Aber ich verbiete dir ...‹« Christiane faltete den Brief zusammen. »Der Rest geht Sie nichts an!«, wandte sie sich an Friedrich und holte einen weiteren Brief heraus. »›Du hast schwer gesündigt, mein Kind. Aber wer ohne Fehl und Tadel ist, der werfe den ersten Stein! Auch ich habe Fehler gemacht. Damals. Jeden Tag bete ich um die Kraft, dir vergeben zu können, wie du mir vergeben hast ...‹ Wollen Sie noch mehr hören?«

»Danke, es genügt«, antwortete Friedrich.

Himmel, Arsch und Zwirn! Das reicht nie und nimmer für einen dringenden Tatverdacht. Nicht bei dem wachsweichen Motiv. Ich kann sie nicht mitnehmen. Und was mach' ich jetzt? ... Gar nichts. Ich kann im Moment überhaupt nichts machen! Außer den Schwanz einziehen und gehen!

»Sie halten sich zu meiner Verfügung!«, war das Einzige, was Friedrich schließlich herausbrachte, bevor er aus der Küche stürmte.

Hanna

Ilse!

Hanna ballte die Faust.

Ilse! ... Das ist ja wohl das Allerletzte! ... Verdammte Scheiße! ... Er schläft mit mir, und was schreit er im entscheidenden Moment? »Ilse«! ... Wie kann eine Frau eigentlich einen derart bescheuerten Namen haben? Ilse! Wenn ich das schon höre! ... Wenn der glaubt, dass ich ihn auch nur noch ein einziges Mal anrufe ... Soll er doch verschimmeln mit seiner Ilse!

Hanna zog die Decke über den Kopf und schlug mit der rechten Faust mehrmals kräftig auf die Matratze ein.

* * *

Friedrich

Das Foyer der Gemeindehalle war bereits gut gefüllt.

Wo bleibt sie denn bloß?

Immer mehr Menschen strömten an Friedrich vorbei zur Einlasskontrolle. Er musterte zum wiederholten Mal die beiden Eintrittskarten für die Galaveranstaltung zum hundertjährigen Bestehen des Musikvereins Hirrlingen, die er in der Hand hielt. Das an der Wand hängende Plakat versprach einen »Beschwingten Strauß beliebter Melodien«.

Oh Gott!

Friedrich versuchte, in eine schlecht einsehbare Ecke zu flüchten, aber es war zu spät.

»Sieh mal an. Der Herr Hauptkommissar! Dass ich dich hier treffe, hätte ich nun wirklich nicht gedacht!«, feixte Friedrichs Kollege Walter Löffler. Friedrich war gerade dabei, sich eine passende Antwort zu überlegen, als er Heiderose Bernrieder die Eingangshalle betreten sah. Er ließ seinen Kollegen einfach stehen, eilte auf Heiderose zu und hielt seinen Arm so, dass sie sich einhaken und mit ihm die Halle betreten konnte. Beide waren so sehr mit sich selbst beschäftigt, dass sie Walters offenen Mund nicht bemerkten, als sie an ihm vorbeimarschierten.

Donnerstag, 29. Oktober

Friedrich

Als Friedrich sein Büro betrat, warf er seinem Kollegen anstelle einer Begrüßung nur ein »Keinen Ton über gestern Abend!« zu. Danach wechselte er zu einem etwas freundlicheren Ton: »Und, Walter? Was liegt an?«

»Jede Menge!« Mehr sagte Walter Löffler nicht.

»Komm schon! Das vorher war nicht so gemeint.«

Walter blieb beleidigt.

»Okay. Noch einmal von vorn.« Friedrich verließ sein Büro noch einmal und kam sofort wieder herein. »Guten Morgen, Walter!«, wünschte er bemüht gut gelaunt. »Hast du gut geschlafen?«

Walter verzog seinen Mund zu einem Grinsen.

»Also, was war?« Friedrich blickte Walter in die Augen.

»Sie haben diese Simone Straub aufgegriffen. In Kehl. Wollte sich offensichtlich nach Frankreich verdrücken. Jetzt sitzt sie nebenan.«

»Na bitte! Es geht doch! Sonst noch was?«

»Die Fotos mit diesen Puppen an alle Dienststellen zu verschicken, war eine gute Idee! Die Kollegen aus Stuttgart haben angerufen. Bei denen stand gestern ein Antiquitätenhändler aus Sillenbuch auf der Matte. Bräunlich heißt er. Dem seien ...«, Walter stöberte auf dem Schreibtisch, bis er einen Notizzettel fand, »Jumeau-Puppen angeboten worden. Der Typ, der die Dinger verhökern wollte, sah ziemlich abgerissen aus. Der Händler hatte erst vor kurzem Ärger mit uns. Stand im Verdacht zu hehlen. Deshalb ist er nach hinten gegangen, um uns anzurufen. Als er zurückkam, war der Typ verschwunden. Hier!« Walter überreichte Friedrich den Notizzettel. »Die Telefonnummer von dem Händler.«

»Gute Arbeit!« Friedrich ließ offen, ob er Walter oder die Stuttgarter Kollegen meinte, die erfreulich schnell reagiert hatten. »Dann wollen wir doch mal sehen ...« Friedrich griff zum Telefonhörer.

»Das kannst du dir sparen!« Walter winkte ab. »Er ist zurzeit zu Hause nicht zu erreichen. Das habe ich schon mehrfach versucht.«

»Handy?«

»Bestimmt. Aber ich habe seine Nummer nicht.«

Friedrich dachte angestrengt nach. »Du machst bitte Folgendes«, verkündete er dann. »Du rufst bei der Fidelitas ...«

»Was ist das denn?«

»Eine Versicherung. Du rufst dort an und fragst, ob die noch eine Personalakte von Lucius Bartling haben. Wenn ja, sollen sie ein Foto von ihm einscannen und uns mailen. Sobald du es hast, schickst du es weiter nach Stuttgart. Die sollen damit zu dem Händler fahren und fragen, ob das der Mann mit den Puppen ist.«

»Und du? Was machst du?«

»Ich werde mich ausgiebig mit Simone Straub unterhalten! Hat sie ihren Rechtsverdreher schon angerufen? Oder sonst irgendwen?«

»Nicht, dass ich wüsste. Sie ist ziemlich durch den Wind. Und extra aufgefordert habe ich sie natürlich auch nicht.«

»Sehr gut!« Friedrich sah, dass Walter sich über das Lob seines Vorgesetzten freute.

Also dann! Los!

Friedrich öffnete die Tür zum Vernehmungsraum und setzte sich Simone Straub gegenüber auf einen der beiden noch freien Stühle, die an einem schmucklosen, rechteckigen Holztisch standen. »Frau Straub«, begann er ohne ein Wort des Grußes, »ich will Ihnen nichts vormachen: Es sieht verdammt schlecht für Sie aus! Wir haben Ihre Fingerabdrücke im Haus der Ermordeten gefunden! Sie waren nicht nur vor dem Haus. Sie waren drin!«

Simone hatte den Kopf gesenkt und die Schultern zusammengezogen. Mit den Fingern der rechten Hand spielte sie unablässig an einem geflochtenen Lederarmband herum, das sie am anderen Handgelenk trug.

»Frau Straub, so kommen wir nicht weiter! Wenn Sie's nicht waren und ich Ihnen das glauben soll – und das fällt mir nach all den Lügengeschichten, die Sie uns schon aufgetischt haben, weiß Gott nicht leicht –, dann müssen Sie schon den Mund aufmachen!«

Simones einzige Reaktion war, dass sich das Tempo, mit dem sie am Armband spielte, deutlich erhöhte. Friedrich sah ihr etwas mehr als eine Minute zu. »Schön«, sagte er dann, »ganz wie Sie wollen! Ich kann Sie nicht zwingen. Aber ich kann Sie in eine kleine, dunkle Zelle bringen lassen! Da können Sie dann in aller Ruhe nachdenken!« Friedrich beugte sich vor, so dass die Köpfe der beiden höchstens noch zwanzig Zentimeter voneinander entfernt waren. »Tagelang. Wochenlang! Monatelang! Das, was wir gegen Sie in der Hand haben, reicht locker! Meine Güte! Sie haben – wenn überhaupt – nur eine einzige Chance: Reden Sie!«

Simone drehte ihren Kopf zur Seite, senkte ihn noch weiter nach unten und murmelte so leise, dass Friedrich sie kaum verstehen konnte: »Ich war's nicht.«

Friedrich konnte ein polterndes »Und wie kommen Ihre Fingerabdrücke dann dahin, wo wir sie gefunden haben?« gerade noch zurückhalten. Stattdessen bemühte er sich, Simone das Weitersprechen zu erleichtern. »Sehen Sie«, spielte er den gutmütigen Polizistenonkel, »ich würde Ihnen ja gerne glauben. Aber ...«

»Ja, verdammt noch mal!« Simone hielt ihren Blick immer noch auf die ihr gegenüberliegende Wand gerichtet. »Ich war drin bei der alten Schachtel.«

»Na sehen Sie. Jetzt sind wir doch schon ein ganzes Stück weiter.« Friedrich fühlte sich nicht besonders wohl, war aber entschlossen, seine neue Rolle weiterzuspielen. »Und warum sind Sie zu Frau Häußler gegangen?«

»Ich wollte, dass sie die ...«

»Könnten Sie bitte eine Idee lauter sprechen? Ich kann Sie kaum verstehen.«

»Ich wollte, dass sie die Kündigung rückgängig macht. Für sie sind es ein paar Euro. Im Monat! Aber für mich ...« Simone konnte nicht weitersprechen. Friedrich war sich sicher, dass sich ihre Kehle wie zugeschnürt anfühlte.

»Aber für Sie stand quasi alles auf dem Spiel«, versuchte er ihr zu helfen. »Die Lehrstelle. Die Adoption, die ...«

Simones Kopf schoss herum. »Woher wissen Sie das?« Sie nahm sofort ihre abwehrende Haltung wieder ein.

»Das ist doch nicht wichtig«, versuchte Friedrich zu beschwichtigen. »Wie hat Frau Häußler reagiert?«

»Ausgelacht hat sie mich! Ausgelacht und dann rausgeschmissen! So hat sie reagiert!«

»Und Sie sind einfach gegangen?«

»Was hätte ich denn tun sollen? Ich war stinksauer! Wie sie da saß auf ihrem fetten Hintern! Die hat doch alles, was sie braucht! Aber nein! Das reicht ihr natürlich nicht. Sie muss unbedingt den letzten Cent herausholen aus ihrer Scheiß-Bäckerei. Ich hätte sie erwür...« Simones Hand schnellte hoch und legte sich über ihren Mund. Friedrich blieb ein stummer Zuhörer. Erst nach einigen Sekunden sprach Simone weiter. »Ich habe es aber nicht getan! Als ich raus bin, war sie munter wie ein Fisch im Wasser!«

Es war unmöglich zu entscheiden, ob Friedrich Simone für eine Lügnerin hielt oder nicht, als er übergangslos fragte: »Was war mit dem Frühbeet?«

»Als ich raus wollte, bin ich an einer Steinplatte hängen geblieben. Das stimmt wirklich. Das müssen Sie mir glauben!«

Hmm. Das ist mir selbst auch passiert.

»Und dann?«

»Ich konnte das Gleichgewicht nicht halten und bin im Frühbeet gelandet. Dann bin auf meine ... auf Günthers Maschine und nichts wie weg!«

Es gibt genau zwei Möglichkeiten: Entweder an ihrer Geschichte ist was dran, oder sie ist die gerissenste Lügnerin, die seit langem auf diesem Stuhl gesessen hat.

»Mal angenommen, ich glaube Ihnen.« Friedrich drückte mit Daumen und Zeigefinger seine Unterlippe zusammen. »Mal angenommen, Mathilde Häußler hat noch gelebt, nachdem Sie das Haus verlassen hatten. Warum sind Sie dann abgehauen?«

»Keine Ahnung.« Simone blickte in ein Gesicht, das sich deutlich verfinsterte. »Ich wollte ... bloß noch weg von der ganzen Scheiße«, schob sie deshalb eine Erklärung nach. »Der Rechtsanwalt hat mich total verrückt gemacht! Was alles mit mir passiert, wenn das mit den Fingerabdrücken stimmt. Und weil ich wusste, *dass* es stimmt ...« Mit einem Mal hatte Simone den Gesichtsausdruck einer Fünfjährigen, die trotz Verbot ins Weihnachtszimmer späht, dabei erwischt wird und auf die Reaktion der Mutter wartet. Friedrich war sich zunächst unschlüssig, wie er mit der Situation umgehen sollte, entschied sich aber nach kurzem Überlegen. »Ich werde Sie hierbehalten«, verkündete er. »Dringender Tatverdacht und Fluchtgefahr. Aber Sie können jetzt telefonieren, wenn Sie wollen. Wollen Sie?«

»Lieber nicht.« Simone blieb offensichtlich fünf Jahre alt.

»Na los! Kommen Sie! Ich denke, Sie sollten sich Hilfe holen. Sie können sie gebrauchen! Und früher oder später wird Ihr Meister sowieso alles erfahren.« Friedrich stand auf, ging zur Tür und öffnete sie. »Was ist jetzt? Wenn Sie nicht telefonieren wollen, bitte ich einen Wachtmeister, Sie in die Zelle ...«

»Warten Sie! Wo kann ich anrufen?«

* * *

Simone Straubs Untersuchungshaft dauerte exakt siebenunddreißig Minuten. So lange brauchte Dr. Volz, bis er im Polizeipräsidium ankam und den mit dem Fall Häußler betrauten Staatsanwalt telefonisch davon überzeugt hatte, dass seine Mandantin die Fingerabdrücke in der Wohnung des Mordopfers ausreichend erklärt habe. Da die Polizei nämlich darüber hinaus außer »sozialpädagogischen Mutmaßungen« nichts vorzuweisen habe, was gegen seine Mandantin spräche, könne vom Fortbestehen eines dringenden Tatverdachts keine Rede mehr sein, so dass es auf die Frage der Fluchtgefahr gar nicht mehr ankomme. Friedrich tobte innerlich. Da hatte er endlich eine Verdächtige mit mehr als nachvollziehbarem Motiv *und* mit Gelegenheit, und dann kam so ein neunmalkluger Theoretiker daher und machte ihm alles wieder zunichte! Ganz abgesehen davon, dass er sich wieder einmal auf eine Strafpredigt seines Vorgesetzten gefasst machen konnte! Und das Schlimmste war, dass dieser Paragraphenreiter auch noch im Recht war! Es war zum Auswachsen! Aber dennoch blieb Friedrich nichts anderes übrig, als eine trotz des Auftritts ihres Anwaltes vollkommen verstört wirkende Simone vorerst wieder in die Freiheit zu entlassen.

* * *

Hanna

Nach einem neuerlichen Anruf bei der Event-Agentur Top-Act wurde Hannas Laune zumindest eine kleine Spur besser. Wenigstens das schien so zu funktionieren, wie sie es sich vorgestellt hatte. Trotzdem war sie noch weit von einer normalen Arbeitsstimmung entfernt. Deshalb erwog sie, einen längeren Spaziergang zu unternehmen.

Ach was! Ich werde das Fahrrad nehmen. Wer weiß, wie oft das in diesem Jahr noch möglich ist.

Hanna holte das Rad aus dem Keller und musste feststellen, dass sich bereits eine dünne Staubschicht über das ganze Fahrrad gelegt hatte. Sie holte einen Lappen, fuhr über Sattel und Lenkstange und nickte zufrieden. Losfahren konnte sie jedoch immer noch nicht, da beide Reifen zu wenig Luft enthielten. Hanna seufzte und pumpte. Endlich konnte sie aufbrechen. Zunächst radelte sie einfach vor sich hin. Sie war zu sehr mit Ilse und deren Auswirkungen auf Hannas Beziehung zu Konrad Kästner beschäftigt, als dass sie auf den Weg geachtet hätte. Erst als sie bereits das Ortsschild von Gäufelden-Tailfingen erreicht hatte, bemerkte sie, wie weit sie inzwischen schon gekommen war. Sie fand, sie habe sich eine Belohnung redlich verdient. Deshalb steuerte sie den Grünen Baum an, bestellte sich eine Mostbowle und ließ sich an einem der Tische im Freien neben der Boulebahn nieder. Schon nach dem ersten Glas sah die Welt etwas freundlicher aus. Und nach einem weiteren Glas war sie überzeugt davon, dass sie Konrad Ilse schon noch austreiben werde. Derart beschwingt und zu neuen Taten entschlossen bezahlte Hanna und schwang sich wieder in den Sattel. Die abschüssige Dorfstraße war zunächst kein Problem, aber bereits auf der Ebene machte sich der Alkohol deutlich bemerkbar. So brauchte sie nach Hause deutlich länger als für die Hinfahrt. Als sie Reusten endlich wieder erreicht hatte, stand ihr Entschluss fest: Sie würde sich erst einmal aufs Ohr legen. Schließlich wollte sie nicht angesäuselt, sondern ausgeruht und fit auf Uwe Brandtners Geburtstagsfeier auftauchen!

* * *

Friedrich

Obwohl die kleine Halle schon proppenvoll war, hatte Friedrich für Hanna den Platz neben sich frei gehalten. Als er sie endlich erblickte, stand er auf und winkte mit beiden Armen. Trotzdem sah Hanna ihn nicht sofort. Sie blickte sich suchend um. An den Gesichtern der Festbesucher war abzulesen, dass bislang an Bier, Wein und wahrscheinlich sogar Spirituosen nicht gespart worden war. Entsprechend hoch war der Lärmpegel. Als sie Friedrich schließlich bemerkte, steuerte sie auf seinen Tisch zu.

»Hanna! Endlich«, begrüßte sie der Sportwart des Vereins freudig. Auch wenn er Hannas – wie er es nannte – »frauenrechtliche Anwandlungen« regelmäßig mit einem genervten Stoßseufzer quittierte, änderte das nichts daran, dass er Friedrichs Exfrau im Übrigen gut leiden konnte. »Hierher!«, rief er ihr zu. »Los, Jungs, rückt noch ein wenig. Dann kann Hanna sich zu uns setzen!«

So gelang es Hanna, sogar noch einen Platz am Tisch des Vorstands zu ergattern, obwohl sie fast zwei Stunden zu spät aufgetaucht war. »Du kommst genau richtig!«, flüsterte der

Sportwart ihr ins Ohr, als sie endlich neben ihm Platz genommen hatte. »Jetzt geht's gleich los!«

Am Tisch des Vorstands begann ein aufgeregtes Tuscheln. Schließlich wussten die Männer um Friedrich herum, was jetzt passieren würde. Die Abordnung des Musikvereins spielte einen Tusch, und Friedrich erhob sich, um zu dem kleinen Rednerpult auf der Bühne zu gehen. Er klopfte kurz auf das Mikrophon, um sicherzustellen, dass es funktionierte.

»Lieber Uwe«, wandte er sich dann an den Jubilar, »du weißt, dass ich alles andere als ein großer Redner bin ...«

»Dann lass es bleiben!«, tönte eine Stimme aus dem Publikum und hatte die Lacher auf ihrer Seite. Friedrich tat so, als habe er nichts gehört. »Deshalb will ich es kurz machen. Wir alle hier in der Halle möchten dir von ganzem Herzen zu deinem 75. gratulieren! Ich brauche hier in dieser Runde wirklich nicht aufzuzählen, was du alles für unseren Verein getan und geleistet hast. Jeder weiß, dass du den FC Tübingen zu dem gemacht hast, was er ...«

»Fritz, mach hin, mein Bier wird warm!« Erneut erntete ein Zwischenrufer Gelächter. Friedrich fuhr jedoch unbeeindruckt fort. »... was er heute ist. Deshalb haben wir vom Vorstand lange nachgedacht, womit wir dir eine wirkliche Freude machen könnten. Hoffentlich gefällt's dir!« Friedrich gab dem Hausmeister ein Zeichen. Das Hallenlicht erlosch. Auf einem lediglich zweiteiligen Kasten, über den normalerweise die Turner mit kühnen Sätzen hinweghechteten und der mit der Vereinsfahne umwickelt war, wurde eine mehrstöckige Torte aus Pappmaché in die Halle geschoben. Die fünfundsiebzig Wunderkerzen verbreiteten eine weihnachtsähnliche Beleuchtung, und erst, als alle abgebrannt waren, verfolgte ein einzelner Spot die Torte, die vier Männer des Vorstands auf die Bühne hievten, während es in der übrigen Halle dunkel blieb. Friedrich ging zurück zu den Tischreihen, nahm Uwe Brandtner an der Hand, zog ihn sachte von seinem Stuhl und führte ihn die wenigen Stufen zur Bühne hinauf. »Lieber Uwe, die ist für dich!«

Uwe Brandtner stand neben seiner Torte und wusste nicht so recht, was er jetzt tun sollte.

»Du musst den Deckel abheben!«, raunte Friedrich ihm ins Ohr. Uwe tat wie geheißen, und am Rand der Torte wurden ein Paar Hände sichtbar, gefolgt vom Kopf und Oberkörper eines ebenfalls bereits weit über siebzigjährigen Mannes.

Allmächtiger! Was ist das denn?

Vom Vorstandstisch war ein deutlich vernehmbares Raunen zu hören.

»Verdammt noch mal, kann mir vielleicht endlich jemand helfen, aus diesem elend engen Ding hier herauszukommen?«, meldete der Mann in der Torte sich zu Wort. Uwe und Friedrich boten ihm die Arme und so gelang es mit vereinten Kräften, den älteren Herrn auf die Bühne zu hieven. Es entstand eine peinliche Stille. Uwe Brandtner war sichtlich verärgert.

»Ja, was ist denn jetzt los?« Der Mann ging auf Uwe zu und nahm seine Hände. »Bist du schon so senil, dass du nicht einmal mehr deinen Sturmpartner aus alten Zeiten wiedererkennst?«

Uwe Brandtner blieb regungslos stehen. Schließlich trat er einen Schritt zurück und betrachtete sein Gegenüber genauer. »Hebbe?«, murmelte er dann ungläubig. »Hebbe Stocker? Das glaube ich nicht ... Bist du's wirklich?«

»Leibhaftig!«, bestätigte Herbert Stocker gut gelaunt. Uwe Brandtners Verärgerung machte einem Strahlen Platz.

»Mein Gott, was haben wir beide für Tore geschossen. Das muss Mitte der Fünfziger gewesen sein!« Uwe schaffte es nicht, zu seiner gewohnten Stimmgewalt zu finden.

»Nur dass du den Elfer im entscheidenden Spiel um den Aufstieg gegen Derendingen versemmelt hast, das werde ich dir nie vergessen!« Herbert Stocker drohte scherzhaft mit dem Zeigefinger.

»Komm her, du alter ...« Uwe hatte Mühe, seine Rührung zu verbergen. Herbert dagegen ging die erforderlichen zwei Schritte auf ihn zu und nahm ihn fest in seine Arme. Die Umarmung dauerte fast eine Minute.

»Wo hast du eigentlich gesteckt, die ganze Zeit?«, erkundigte sich Uwe.

»In Köln. Meine Frau kommt da her.«

»Und wie ...?« Erneut versagte Uwe die Stimme.

»Irgend so eine Agentur hat mich angerufen. Ob ich Lust hätte, Bunny zu spielen«, berichtete Herbert Stocker mit einem Augenzwinkern. Jetzt war es Uwe, der Herbert an den Händen nahm. In seinen Augen war Feuchtigkeit zu erkennen. Er drehte sich zu Friedrich um. »Fritz, das habt ihr ... ich weiß gar nicht, was ich sagen soll ... Danke! Das ist das schönste Geschenk, das ... Vielen herzlichen Dank! Mein Gott, ich ...« Uwe brach ab.

»Nun ja ... Wir dachten eben, ein junges Häschen ... das bekommen viele zum Geburtstag ... aber für dich musste es etwas Besonderes sein ... Deshalb haben wir gedacht ...« Zum Glück bemerkte Uwe nicht, auf welch unsicherem Terrain Friedrich sich bewegte.

»Also, bevor wir hier alle vor Rührung zu weinen anfangen, schlage ich vor, dass wir nach unten gehen und ein Glas oder auch zwei zusammen trinken!«, schlug Herbert vor. Uwe und Friedrich waren einverstanden und die drei Männer verließen die Bühne. Friedrich wurde auf seinem Weg, kurz bevor er Hanna erreicht hatte, aufgehalten. »Kaum ist deine Schlappe mit der Mädchenmannschaft verjährt«, spielte der Sportwart darauf an, dass Hanna gegen den Willen des gesamten männlichen Vorstands durchgesetzt hatte, dass der Verein ein Mädchenteam bekam, »hat Hanna dich schon wieder reingelegt. Gratuliere!«

Hanna lächelte, sagte aber nichts. Friedrich beugte sich zu ihr hinunter und zwang sich zu einer erheblichen Reduktion der bei ihm sonst üblichen Lautstärke, als er ihr mit Nachdruck androhte: »Darüber reden wir noch miteinander!«

»Worüber?«, flötete Hanna. »Uwe hat sich doch offensichtlich gefreut über mein kleines ... Arrangement. Und die tolle Idee mit der Torte, Friedrich, die war schließlich ganz alleine von euch!«

Freitag, 30. Oktober

Hanna

Es war spät geworden bei Uwes Geburtstagsfeier. Deshalb kam Hanna nur sehr schwer aus dem Bett. Eigentlich hatte sie vorgehabt, an ihrer neuesten Veröffentlichung weiterzuschreiben. Aber daran war nicht zu denken, denn bereits unmittelbar nach dem Aufstehen hatte sie leichte Kopfschmerzen. Deshalb kramte sie ihren Heftchenroman hervor und machte es sich auf ihrem Sofa gemütlich.

»Du Dummerchen!« Hansjörg streichelte Komtess Katharina über das geschmeidige, im Mondlicht schimmernde Haar. »Eigentlich sollte ich dir ja böse sein. Schließlich hast du tatsächlich geglaubt, dass ...«

Katharina verschloss Hansjörgs Mund mit einem zärtlichen Kuss. »Ach Liebster!«, flüsterte sie, als sich ihre Lippen endlich trennen konnten. »Jetzt weiß ich ja, dass das Kind der Sohn deiner Schwester und ihres viel zu früh verstorbenen Mannes ist, für dessen Erziehung du jeden Monat von deinem kärglichen Lohn …«

»Schweig still!«, forderte jetzt Hansjörg energisch. »Das ist Bruder- und Christenpflicht. Und jetzt kein Wort mehr davon!«

Lange Zeit war nichts mehr zu hören außer dem gelegentlichen Krächzen eines einsamen Käuzchens. Und in einem geheimnisvollen Bund gemeinsamen Schweigens besiegelten Katharina und Hansjörg, dass sie sich von nun an nie, nie wieder trennen würden.

Hanna verdrehte die Augen und klappte das Heftchen erleichtert zu. Sie beschloss, dass sie für heute genug gearbeitet hatte und startete zu einem ausgiebigen Spaziergang. Schließlich wollte sie fit sein, wenn sie am Abend mit Friedrich dessen Geburtstag feierte.

* * *

Friedrich

Friedrich saß übernächtigt an seinem Schreibtisch und hatte keine Idee, welche weiteren Ermittlungsschritte noch unternommen werden könnten. Deshalb schrieb er nun Berichte, die seit Wochen überfällig waren. Das Einzige, was ihn aufrecht hielt, war die Aussicht auf Mariannes Kartoffelsalat. Hannas Idee, seinen Geburtstag im Vereinsheim zu feiern, hatte ihm sofort sehr gut gefallen. Er überlegte längere Zeit, ob er Heiderose anrufen sollte. Schließlich entschied er sich dafür. Es war *sein* Geburtstag. Da konnte er einladen, wen er wollte! Und überhaupt: Hanna war ja auch ständig mit diesem Konrad Kästner unterwegs!

* * *

Hanna

Hanna war blendender Laune, als sie mit ihrer Tochter zu Friedrichs Geburtstagsessen im Vereinslokal des FC Tübingen fuhr. Friederike, Hannas Enkeltochter, musste leider zu Hause bei ihrem Vater bleiben. Sie hatte sich ein Virus eingefangen, mit dem nicht zu spaßen war.

»Du wirst schon sehen, das klappt mit Friedrich und Marianne! Ganz bestimmt«, versicherte sie einer skeptischen Magdalena. »Vielleicht sollte ich beruflich umsatteln«, erwog Hanna übermütig. Sie malte mit der linken Hand ein Schild in die Luft. »Hanna Kirschbaum. Macht Partnerträume wahr!«

* * *

Die beiden Frauen saßen bereits an der festlich gedeckten Tafel, als sie Friedrichs Mercedes auf den Parkplatz rollen sahen. Er stieg aus, umrundete sein Auto halb und bot dann Heiderose Bernrieder den Arm, die ihm ein Küsschen auf die Wange hauchte. Hannas Gesichtsausdruck ähnelte schlagartig dem eines Karpfens.

»Mama, du kannst den Mund wieder zumachen!«, forderte Magdalena ihre Mutter amüsiert auf.

»Das ist doch ... nein, das glaube ich nicht!« Hanna trat näher ans Fenster, um besser sehen zu können. »Der kann doch nicht einfach irgendeine wildfremde Frau zu unserer Familienfeier mitbringen!«

»Warum denn nicht? Es ist *sein* Geburtstag! Außerdem gehört Marianne doch auch nicht zur Familie.«

»Das ist doch etwas vollkommen anderes!« Hanna zuckte zurück, als ihre Nase die Fensterscheibe berührte. »Da! Kuck dir das an! Sie halten Händchen! Ich fasse es nicht!«

»Aber das ist doch der Zweck der Übung! *Du* wolltest doch unbedingt, dass Papa eine andere Frau findet, damit er dir nicht ununterbrochen auf die Nerven geht!«

Hanna trat einen Schritt zurück, damit Heiderose und Friedrich nicht sehen konnten, wie sie sie anstarrte.

»Ja, natürlich«, wandte Hanna sich an ihre Tochter, ohne sich umzudrehen. »Aber doch nicht *so* eine! Diese Trachtenjacke! Allmächtiger! Und die Frisur! Oh nein, Friedrich Holzwarth, das kommt überhaupt nicht ...« Hanna verstummte, als Marianne in die Wirtsstube kam und fragte, ob sie den Aperitif jetzt servieren könne. Aus der Küchentür, die sie offen gelassen hatte, tönte eine Frauenstimme: »Schatz, soll ich die Nudeln jetzt reinwerfen?«

Marianne errötete leicht. Dann trat sie die Flucht nach vorne an. »Das ist Franziska. Meine Freundin ... Sie hilft mir beim Kochen ...« Hanna und Magdalena blickten Marianne stumm nach, die wieder in der Küche verschwand. Magdalena fasste sich als Erste. »Meine Liebe«, ahmte sie die Stimme einer ernsthaft besorgten Freundin nach, »einen Mann, der seine neue Freundin bereits mitbringt, mit einer Frau verkuppeln zu wollen, die offensichtlich mit einer anderen Frau liiert ist: Das schaffen die Wenigsten! Vielleicht solltest du dir das mit deiner beruflichen Neuorientierung als Partnervermittlerin noch einmal in aller Ruhe durch den Kopf gehen lassen!«

Samstag, 31. Oktober

Hanna

Hanna sah auf die Uhr an der Wand ihres Reustener Arbeitszimmers. Sie war mit einem Kollegen verabredet, mit dem sie eine mündliche Examensprüfung vorbereiten wollte. Dafür, dass sie sich ihre Arbeitszeiten ziemlich frei einteilen konnte, hatte sie den Preis regelmäßiger Wochenendarbeit zu bezahlen. Wenn sie sich beeilte, reichte es noch für einen Becher Kaffee in der Brechtbau-Cafeteria. Hanna hatte die Haustür bereits hinter sich geschlossen, als sie noch einmal kehrtmachte.

Das wird ein stressiger Tag heute! Wenn ich nach Hause komme, setze ich mich als Erstes gemütlich in meine Sauna!

Sie ging in den Keller, überschlug, wann sie zurückkommen würde, und stellte die Zeitschaltuhr entsprechend ein. Danach verließ sie ihr umgebautes Bauernhaus endgültig. Entgegen ihrer sonstigen Gewohnheit überholte sie zwischen Unterjesingen und Tübingen zwei Autos und legte den Weg vom Parkplatz zum Brechtbau im Laufschritt zurück. Dann sank sie mit einem Latte macchiato aus dem Automaten auf einen der Stühle. Auf die sonst übliche Butterbrezel hatte sie keinen Appetit. Ihr Verdauungstrakt war noch zu sehr damit beschäftigt, den gestrigen Abend zu bewältigen. Sie schaute sich um.

Samstag, kurz vor Mittag, und eine ordentlich gefüllte Cafeteria. Die Amerikanisierung der Studienverhältnisse schreitet voran!

Der Kaffee, der für ein Automatenprodukt erstaunlich aromatisch war, tat ihr gut. Sie trank den Becher leer und wollte sich noch einen zweiten holen. Diesmal jedoch standen bereits zwei Frauen vor dem Automaten. Eine trug Rastalocken und hatte anstelle einer Jacke eine Art Schaffell um den Oberkörper gewickelt. Eine viel zu weite Hose aus Armeebeständen rundete das Bild ab. Die andere dagegen hätte unmittelbar von einer Oskarverleihung kommen können: Zu einem tief ausgeschnittenen, schwarzen Kleid, dessen Saum erst unmittelbar vor dem Fußboden endete, trug sie rote Highheels, deren Farbe mit ihrem Nagellack und Lippenstift korrespondierten.

Höhere Tochter. Romanistin. Achtzig Prozent. Allenfalls noch Slawistin.

Hanna wurde ungeduldig, weil die Frau im Schaffell vor ihr sich nicht entscheiden konnte, welcher Art der Kaffeezubereitung sie den Vorzug geben sollte. Endlich entschied sie sich zu einem Cappuccino. Während das Gebräu langsam in den untergestellten Becher rann, beschwerte sich die Oskar-Frau: «Wie kann man nur Madame Bovary ...«

Na bitte!

»... als Wegbereiterin der Femme fatale bezeichnen? Flaubert hätte sich im Grab herumgedreht! Aber dem Typ, der das in seinem Referat verbraten hat, habe ich ordentlich die Meinung gegeigt!«

»Sei doch froh!«, entgegnete ihre Begleiterin. »Bei euch ist wenigstens etwas los. Bei uns in Mittelhochdeutsch liegen spätestens nach zehn Minuten allesamt in hypnotischem Tiefschlaf! Und der Einzige, der das nicht merkt, ist Lemke!«

Hanna hatte Mühe, sich ein Grinsen zu verkneifen. Sie wusste aus eigener Anschauung, dass ihr Mediävistikkollege Prof. Dr. Dr. Lemke ohne Probleme in der Lage war, eine gesamte Fakultätsversammlung innerhalb weniger Minuten zum Gähnen zu bringen. Nachdem die beiden Frauen mit jeweils einem dampfenden Pappbecher abgezogen waren, kam Hanna endlich zu ihrer zweiten Portion Kaffee. Ein Blick auf die Wanduhr sagte ihr, dass sie in genau sechs Minuten in ihrem Büro sitzen musste, denn ihr Kollege stand zu Recht in dem Ruf, immer genau auf die Minute zu Verabredungen zu erscheinen. Trotz der knappen Zeit setzte sie sich noch einmal hin. Ihre vom Vorabend schweren Beine ließen einen Kaffee im Stehen noch nicht zu. Am Nebentisch diskutierte eine Gruppe von Studentinnen lebhaft. Hanna hörte nicht richtig zu, sondern schnappte nur Gesprächsfetzen auf.

»... und dazu kommt auch noch diese mistige Zeitenfolge bei ...«

» ... ist doch ganz einfach! Du musst dir nur überlegen, was vorher, was gleichzeitig und was erst nachher passiert ist ...«

Plötzlich sprang Hanna wie elektrisiert auf.

Klar! Die Frau hat Recht! Genau das ist es!

Sie überlegte fieberhaft.

Das könnte die Lösung sein! Wir müssen nur in eine völlig andere Richtung denken!

Dass ihr Kollege in weniger als fünf Minuten erscheinen würde, war ihr auf einmal vollkommen gleichgültig. Sie stürmte aus der Cafeteria und trommelte ausdauernd mit den Fingern gegen die Wand, weil der Aufzug wieder einmal auf sich warten ließ.

Friedrich

Friedrich rasierte sich und verwarf den Gedanken an ein Frühstück. Stattdessen entschloss er sich, den Weg vom Hennentalweg zu seinem Büro zu Fuß zurückzulegen. So hatte er noch eine Schonfrist von zwanzig bis fünfundzwanzig Minuten, bis er die angefangenen Berichte zu Ende bringen musste. Schon nach den ersten Schritten kickte er einen Stein, der auf dem Weg lag, mit voller Kraft gegen eine Gartenmauer. Es war ihm klar, dass er überhaupt nicht in der Verfassung für langweiligen Papierkram war. Zu stark kochte der Zorn über Hanna in ihm auf. Schließlich hatte sie ihm gestern seinen Geburtstag gründlich vermasselt! Wie überheblich sie zu Heiderose gewesen war! Nie direkt. Oh nein. Das war nicht Hannas Stil. Aber immer wieder diese Spitzen! Und immer wieder geschickt ein Hinweis darauf eingestreut, wie gut sie sich mit Friedrich immer noch verstand. Schließlich war Heiderose Berner aufgestanden. »Jetzt reicht's! Ich habe es nicht nötig, mich hier von Ihnen wie ein Dorftrampel behandeln zu lassen! Und du«, hatte sie sich an Friedrich gewandt, »brauchst erst wieder bei mir anzurufen, wenn du dich aus den Fängen dieser ... Frau Professor befreit hast!«

Auch als Friedrich bereits vor der Tür seines Büros stand, war sein Zorn nur zu einem kleinen Teil verflogen. Aber zumindest hatte er einen wenigstens einigermaßen klaren Kopf, als Werner Löffler ihn bereits auf dem Gang abfing. »Volltreffer!«, verkündete Friedrichs Kollege. »Du hattest mal wieder das richtige Näschen. Respekt!«

Friedrich sank auf seinen Sessel. »Hast du dich im Kalender geirrt? Heute ist Samstag! Da solltest du eigentlich in deinem Garten sitzen und Däumchen drehen!«, begrüßte er Walter Löffler gallig.

»Wenn ich zu Hause geblieben wäre, hätte ich mit zum Einkaufen gehen müssen. Klamotten für meine Frau«, erklärte Friedrichs Kollege finster. »Da hab' ich mich lieber ins Büro verdrückt!«

»Das verstehe ich! Gut sogar!«, stimmte Friedrich zu. Er legte seine Tasche auf den Schreibtisch und ließ sich auf seinen Stuhl fallen. »So. Und? Was war das jetzt mit dem ›Volltreffer‹?«

* * *

Hanna

Nachdem Hanna ihrem Kollegen per Handy mitgeteilt hatte, sie sei leider erkrankt und der Termin müsse verschoben werden, flogen ihre Augen über die Zeilen eines Lexikons. Als sie gefunden hatte, was sie suchte, warf sie das Buch mehr beiseite, als dass sie es legte. Sie griff zum Telefonhörer, überlegte es sich dann aber doch anders und holte ihr Handy erneut aus ihrer Handtasche. Ungeduldig wartete sie, bis die Verbindung zustande kam.

»Herr Schwarz? Gott sei Dank erreiche ich Sie! Sie müssen mir bitte unbedingt eine Frage beantworten!« Keine zwei Minuten später drückte Hanna die Taste, mit der die Verbindung zu dem Altphilologen getrennt wurde, und begann umgehend eine andere Nummer zu wählen.

»Konrad, hallo, ich bin's ... Nein, es ist *nicht* wegen Mittwoch ... Allerdings! Das müssen wir! Dringend sogar! Aber jetzt brauche ich dich als Staatsanwalt. Ich bin da auf einer vielleicht verdammt heißen Spur ... Ja, und du musst mir helfen!«

Friedrich

»Das Bild von dem ehemaligen Versicherungsfritzen!« Walter Löffler blickte seinen Kollegen triumphierend an. Friedrich begriff nichts.

»Ich sollte doch bei einer Fidelitas nachfragen, ob die noch ein Bild von ihrem ehemaligen Mitarbeiter haben.«

»Und?« Allmählich wurde Friedrich klar, wovon Walter redete.

»Sie hatten! Und rate mal, was dann passiert ist!«

»Kann ich meinen Joker anrufen?«

»Der Antiquitätenhändler aus Sillenbuch erkannte den Mann auf dem Foto sofort wieder. Der Händler war sich hundertprozentig sicher, dass der Typ auf dem Foto ihm diese komischen Puppen zum Kauf angeboten hat!«

»Donnerwetter! Gute Arbeit, Kollege! Weißt du, was das heißt? Das heißt, dass Lucius Bartling auf jeden Fall unmittelbar vor dem Mord noch einmal bei Mathilde Häußler gewesen sein muss! An dem Mittwoch, bevor sie ermordet wurde, hat Frau Häußler nämlich noch die Puppenkleider gewaschen! Da waren die Puppen also noch da! Wir haben ihn! Walter, du bist ein Genie!«

Hanna

Unmittelbar, nachdem sie ihr Telefonat mit Konrad Kästner beendet hatte, drückte Hanna die Kurzwahltaste, die sie mit Friedrichs Apparat im Polizeipräsidium verband. Obwohl er ihr ein sehr unfreundliches »Du hast mir gerade noch gefehlt!« entgegengeschleudert hatte, war ihr Mitteilungsbedürfnis zu groß, als dass sie sich davon hätte aufhalten lassen. »Falls es dich interessiert«, sprudelte sie heraus, »ich weiß jetzt mit ziemlicher Sicherheit, wer Mathilde Häußler ermordet hat!«

»Na und? Das weiß ich inzwischen auch!«

Der mehr als rüde Tonfall Friedrichs machte Hanna jetzt doch wütend. »Wie schön! Dann treffen wir uns am besten dort. Ich jedenfalls fahre jetzt gleich los!«

»Das wirst du mit Sicherheit nicht tun! Ich kann frühestens ...«, Friedrich ließ wenige Sekunden verstreichen, »... in einer Stunde hier weg.«

»Aber ...«, versuchte Hanna zu widersprechen.

»Du kommst in einer Stunde, und keine Sekunde früher! Hast du das begriffen?« Friedrichs Tonfall war eindeutig. Im Gegensatz zu den sonst gelegentlichen Plänkeleien konnte keinerlei Zweifel daran aufkommen, wie ernst seine Anordnung genommen werden musste. »In Ordnung. In einer Stunde«, willigte Hanna ohne weiteres Murren ein und drückte auf die rote Taste, bevor Friedrich ihr weitere Vorschriften machen konnte.

Friedrich

»Los! Wir fahren sofort!«

»Sofort?«, wunderte sich Werner Löffler, der noch in der Tür stand. »Gerade eben hast du doch ...«

»Ich will sie auf keinen Fall dabeihaben, wenn wir uns Lucius Bartling greifen. Sonst macht dieses Weib wieder irgendwelchen Unfug! Wenn sie in einer Stunde kommt, ist alles längst über die Bühne gebracht. Und zwar, *ohne* dass sie ihre Finger im Spiel hat!«

Walter verstand zwar nicht, wovon Friedrich redete, wusste jedoch aus Erfahrung, dass jeder Widerspruch oder auch nur jedes Nachfragen sinnlos war, wenn sein Vorgesetzter seine – wie Walter es heimlich nannte – »Boss-Lautstärke« einsetzte.

Schon weit vor der Abzweigung nach Hirschau schaltete Friedrich das Martinshorn aus, und als sie die Hauptstraße verließen, folgte auch das Blaulicht. Wenig später standen Friedrich und Walter vor der Hütte. Ohne anzuklopfen, riss Friedrich schließlich die Tür auf. Ein schneller Rundblick ergab, das Lucius Bartling gerade dabei war sich anzuziehen.

Na bitte! Weit und breit keine Hanna Kirschbaum! Es geht doch!

»Herr Bartling, Sie haben Mathilde Häußler ermordet!«

Der Angesprochene ließ keinerlei Reaktion erkennen. Als ob nichts geschehen wäre, stieg er in seine Hosen, schloss Reißverschluss und Gürtel und blickte Friedrich erst danach an. »Nein, das habe ich nicht«, sagte er dann mit ruhiger Stimme. »Ich dachte, das hätten wir schon geklärt. Ich war ...«

»Gar nichts haben wir geklärt!«, brauste Friedrich auf. »Sagt Ihnen der Name Bräunlich etwas?«

Lucius zuckte zusammen, sagte aber nichts.

»Soll ich nachhelfen? Der Mann handelt mit Antiquitäten! Und er hat Jumeau-Puppen angeboten bekommen. Und jetzt raten Sie mal, von wem!«

Lucius Bartling blieb stumm.

»Von Ihnen!« Friedrichs Zeigefinger schoss auf den Pizzaboten zu. »Er hat Sie eindeutig identifiziert!«

Lucius erschrak, hatte sich aber schnell wieder im Griff.

»Und jetzt«, donnerte Friedrich, »kommen Sie mir bloß nicht mit der Geschichte, Sie hätten die Puppen schon eine Woche vor dem Mord geklaut! Wir wissen sicher, dass Frau Häußler sie noch am Tag ihrer Ermordung bei sich hatte!«

Lucius beherrschte sich jetzt nur noch mit erheblicher Mühe. »Verdammte Scheiße, ja!«, brach es dann aus ihm heraus. »Ich *war* an dem Mittwoch bei ihr. Die Fuhre nach Reusten. Aber das wissen Sie ja schon.«

Friedrich wartete ab.

»Als ich an ihrem Haus vorbeifuhr, da ... Ich weiß auch nicht warum, aber in dem Moment kam die ganze Scheiße auf einmal wieder hoch ... Und dann drehte ich um. Wenn sie mir schon mein Leben ruiniert hat, soll sie wenigstens zahlen! Ich wollte Geld von ihr! Wesentlich mehr als das, womit sie mich beim ersten Mal abgespeist hatte. Da bin ich rein zu ihr.«

»Und was ist dann passiert?«, fragte Friedrich, nachdem er mehr als eine Minute gewartet hatte, ob Lucius Bartling von sich aus weiterredete.

»Passiert? Gar nichts ist passiert. Überhaupt nichts!«

»Herr Bartling, ich bin ein geduldiger Mensch. Aber auch meine Geduld hat ihre Grenzen!«

»Im Gang habe ich ihren Namen gerufen. Als sie nicht reagierte, ging ich hoch ins Wohnzimmer. Und da lag sie. Mausetot! Meine erste Reaktion war ›Nichts wie weg!‹. Aber auf der Treppe bin ich wieder umgekehrt. Ihr konnte es ja jetzt egal sein, was mit ihrem Geld geschieht. Und ich hatte doch wirklich einen Anspruch darauf! Wo die Keksdose war, wusste ich ja. Und die Puppen hatte sie bei meinem ersten Besuch gerade aus ihrer Truhe geholt. Die bringen richtig Kohle. Meine Oma hatte auch eine davon. Und dann rannte ich, was das Zeug hielt! Nur raus!« Lucius legte eine kleine Pause ein, fuhr dann aber ungefragt fort: »Sie war schon tot, als ich ins Wohnzimmer kam! Ich habe sie nicht umgebracht!«

»Und das Chaos im ganzen Haus?«

»Was denn für ein Chaos? Die Wohnung war wie aus dem Ei gepellt! Genauso wie bei meinem ersten Besuch.«

»Und die aufgebrochene Tür? Das auf den Kopf gestellte Wohnzimmer? Das verwüstete Schlafzimmer?«

»Als ich bei ihr war, war alles aufgeräumt! Wie oft soll ich das denn noch sagen?«

»Sie wollen also allen Ernstes behaupten, dass Sie keine Schränke auf- und Schubladen herausgerissen haben?«

»Nein! Warum sollte ich das tun? Ich wusste doch genau, wo etwas zu holen war!«

»Wissen Sie was? Ich glaube Ihnen kein Wort! Sie kommen jetzt mit uns aufs Präsidium. Und dort werden wir ein ordentliches Verhör durchführen. Mit Protokoll und allem Drum und Dran! Gehen Sie freiwillig mit, oder müssen mein Kollege und ich polizeilichen Zwang ausüben?«

Hanna

Die eine Stunde war Hanna wie eine Ewigkeit vorgekommen. Aber sie unternahm nichts, bevor exakt sechzig Minuten verstrichen waren. Aber dann verließ sie ihr Auto.

Friedrich

Friedrich verließ das Verhörzimmer und ging in sein Büro. Er hatte Hannas Handynummer schon gewählt, überlegte es sich aber nach dem ersten Klingeln anders. Er wollte nicht mit ihr reden. Deshalb schrieb er eine SMS an sie. Es sei bereits alles gelaufen und sie könne sich den Weg zu Lucius Bartling getrost sparen.

Hanna

»Sie waren es! Sie haben Mathilde Häußler ermordet!« Hanna war sich ihrer Sache absolut sicher.

»Reden Sie keinen Unsinn! Das ist doch vollkommen absurd!«

»Das ist es keineswegs! Ich werde Ihnen gerne erklären, wie und warum ich auf Sie gekommen bin. Aber ich denke, wir warten besser, bis Herr Holzwarth kommt. Der ist nämlich auch schon hierher unterwegs. Er muss jeden Moment da sein.«

»Sie machen sich lächerlich.«

Als ihr Gegenüber sich umdrehte und ohne erkennbare Eile das Zimmer verließ, stand Hanna auf und ging ebenfalls zur Zimmertür.

»Keine Angst, ich laufe Ihnen schon nicht weg!«, tönte es spöttisch aus dem Nebenraum. Hanna setzte sich wieder und hörte durch die offene Tür Geräusche einer Kaffeemaschine. Wenig später standen zwei Tassen mit dampfendem Inhalt auf dem Tisch.

»Bitte, der ist für Sie!«

»Jetzt machen *Sie* sich lächerlich«, sagte Hanna bestimmt. »Sie glauben doch nicht im Ernst, dass ich in dieser Situation auch nur einen einzigen Schluck aus dieser Tasse trinke! Sie könnten da sonst was reingemischt haben.«

»Dann eben nicht.« Ein Schulterzucken folgte. »Ach Mist, ich habe die Milch vergessen.«

Wieder saß Hanna kurz allein im Zimmer. Sie war gerade dabei, ihr Handy aus ihrer Handtasche zu kramen, als der keinen Widerspruch duldende Befehl »Trinken Sie!« an ihr Ohr drang. Sie hob den Kopf und blickte direkt in den Lauf einer Pistole. Hanna wurde bleich.

»Sie schlafen eine Weile und dann wachen Sie wieder auf. Gesund und munter. Und ich habe genügend Zeit zur Flucht. Trinken Sie!«

»Und wenn nicht?«

»Muss ich Sie erschießen.«

»Sie bluffen!«, brachte Hanna nur mit äußerster Mühe heraus.

»Ich würde es in Ihrer Situation nicht unbedingt darauf ankommen lassen! *Eine* Frau habe ich bereits getötet. Also:

Trinken Sie!« Aber vorher geben Sie mir noch Ihre Handtasche!«

Hanna überreichte die Tasche, in der ihr Handy lag, nahm die Tasse und trank.

Friedrich

»Hast du deine Ex erreicht?«, wollte Walter von seinem Kollegen wissen. »Nein, noch nicht«, erwiderte Friedrich in einem Tonfall, der keinen Zweifel daran aufkommen ließ, dass er das Thema nicht vertiefen wollte

Hanna

Als sie ganz langsam zu sich kam, registrierte Hanna zunächst eine leichte Übelkeit. Sie lag auf der Seite und konnte nichts sehen. Sie spürte ein Stück kratzenden Stoffs, das straff um ihren Kopf gebunden war und ihre Augen vollständig bedeckte. Der Versuch, die Augenbinde zu entfernen, scheiterte bereits daran, dass sich ihre Arme nicht bewegen ließen. Sie versuchte, ihre Beine zu bewegen. Ebenfalls gefesselt! Panik stieg in ihr auf.

Hanna versuchte instinktiv, die Fesseln zu lockern, blieb aber erfolglos. Ohne zu überlegen, setzte Hanna zu einem möglichst lauten Schrei an. Daraus wurde jedoch nur ein leises Wimmern. Ihre Zunge stieß gegen ein Klebeband, das ihren Mund vollständig bedeckte, als sie sich über die trockenen Lippen lecken wollte. Hanna versuchte erneut, mit aller Kraft ihre Fesseln zu lockern. Es dauerte einige Zeit, bis sie erschöpft aufgab. Tränen quollen aus ihren Augen. Hanna lag mehrere Minuten regungslos auf ihrer weichen Unterlage.

Dann zog und zerrte sie wieder an der Fessel um ihre Handgelenke. Inzwischen schmerzte jede noch so kleine Bewegung ihrer Hände. Aber Hanna biss die Zähne zusammen. Endlich erreichte sie, dass die Bewegungsfreiheit der Hände zumindest ein klein wenig zunahm. Sie konnte erfühlen, dass ein dünnes Lederband um ihr Handgelenk gewickelt war.

Leder ist dehnbar!

Sie verdoppelte ihre Anstrengungen und schaffte es schließlich, die Arme einige Zentimeter auseinander zu bekommen. Hanna stöhnte vor Anstrengung, schöpfte aber Hoffnung und kämpfte die erneut aufsteigende Übelkeit nieder. Sie streckte ihre Finger aus. Plötzlich zuckte sie zusammen. Sie tastete die Umgebung der Hände ab, soweit ihre Fesseln dies zuließen. Und mit einem Mal wusste sie, wo sie sich befand.

Friedrich

»Hier ist die Mailbox von Hanna Kirschbaum. Bitte hinterlassen Sie Ihre Nachricht nach dem Signalton!« Bei seinem dritten Versuch konnte Friedrich den Text bereits mitsprechen.

Geht nicht ran. Au weia! Die ist so was von sauer! Da kann ich mich auf was gefasst machen.

Friedrich kehrte missmutig ins Verhörzimmer zurück, wo Lucius Bartling saß, der seinen Kopf in den Händen vergraben hatte.

Das Loch ist genau an der richtigen Stelle! Und es hat die richtige Größe! Es ist das Loch in meinem Sofa! Das von dem Stückchen glühender Kohle aus dem Kamin! Ich bin in meinem eigenen Wohnzimmer!

Hanna intensivierte ihre Anstrengungen, die Handfesseln noch mehr zu lockern, und tatsächlich gelang es ihr nach langen, schmerzhaften Versuchen, ihre rechte Hand vollständig zu befreien. Einige Sekunden später war auch ihre linke Hand wieder bewegungsfähig. Als Erstes riss sie sich die Augenbinde, dann das Klebeband vom Mund. Es war immer noch stockdunkel um sie herum. Die Knoten der Fußfesseln saßen zu fest. Hanna musste zur Zimmertür robben. Sie zog den Türgriff nach unten. Abgeschlossen. Hanna überlegte krampfhaft, ob sie im Wohnzimmer eine Schere oder ein Messer liegen haben könnte. Das Ergebnis war negativ. So blieb ihr nichts anderes übrig, als es mit ihren Händen zu versuchen. Es dauerte fast zwanzig Minuten und kostete Hanna drei Fingernägel. Aber dann hatte sie es geschafft.

Jippie!

Hanna stand auf, fiel aber sofort wieder zurück auf das Sofa. Der zweite Versuch war erfolgreicher. Sie tastete sich mühsam in vollkommener Dunkelheit zum Lichtschalter. Nichts! Das Telefon. Kein Tuten! Hanna ertastete und befühlte das Telefonkabel. Durchgeschnitten. Das Fenster. Der Griff war abmontiert. Die Terrassentür. Kein Griff! Hanna streifte mit der Hand eines der Bänder, mit denen die Jalousien bewegt werden konnten, und nahm es in die Hand. Durchgeschnitten. Hanna überlegte sich bereits, womit sie die Scheibe einschlagen könnte, als sie plötzlich innehielt.

Friederikes Handy!

Hanna dachte angestrengt nach.

Erinnere dich! Wo sollte das Ding liegen? Fensterbank! Fensterbank oder Fernseher!

Beim Abtasten der Fensterbank fielen wegen Hannas hektischer Bewegungen zwei Blumenstöcke zu Boden, ohne dass sie das Handy gefunden hätte. Sie torkelte zum Fernseher. Ihre Hände flogen über den Phonotisch. Nichts!

Hanna machte kehrt, um vorsichtig zum Sofa zurückzugehen. Aber schon auf halbem Weg drehte sie wieder um und steuerte trotz der Dunkelheit zielstrebig auf den Fernsehapparat zu. Sie griff in das Fach, in dem der CD-Player untergebracht war. Nur eine Sekunde später hielt sie Friederikes Mobiltelefon in der Hand. Hanna drückte auf eine der Tasten. Das Display leuchtete auf. Mit zitternden Fingern tippte sie sich bis zu Friederikes Kurzwahlverzeichnis durch und drückte auf die Taste »Opa«. Sie hörte das Freizeichen.

Geh ran, verdammt noch mal, jetzt geh doch endlich ran!

Friedrich

Nicht jetzt!

Friedrich war sich sicher, dass er ganz kurz davorstand, Lucius Bartling ein Geständnis zu entlocken. Deshalb ließ er das Handy in seiner Hosentasche einfach weiter vibrieren.

Hanna

Mailbox! Scheiße!

»Friedrich! Ich bin ...« Hanna hörte, wie die Zimmertür aufgeschlossen und geöffnet wurde.

»... entführt worden!«, sprudelte sie. »Ich bin ...«

Das Mobiltelefon wurde Hanna aus der Hand geschlagen. Sie stolperte und fiel. Sofort kniete jemand auf ihr und hielt sie am Boden fest. Ihr Mund wurde wieder mit Klebeband verschlossen. Hanna konnte nur noch aus den Augenwinkeln schemenhaft erkennen, wie sich etwas in Richtung Zimmertür bewegte und dann im Flur verschwand, bevor ihr das kratzende Tuch, das an ihrem Hinterkopf verknotet wurde, jede Sicht nahm.

Friedrich

Auch nach einem mehr als dreistündigen Verhör war Friedrich noch keinen Schritt weiter. Lucius Bartling leugnete die Tat eisern. Friedrich brauchte eine Pause. Er begab sich in die Kantine und holte sich an der Selbstbedienungstheke eine Flasche Cola, setzte sich an einen der Tische und wählte Hannas Handynummer. Wie bei den bisherigen Versuchen meldete sich aber nur die Mailbox. Friedrich wollte sein Handy schon verärgert wegstecken, entschloss sich dann aber, seine eigene Mailbox abzuhören.

»Friedrich! Ich bin ...«

Kurze Pause.

»... entführt worden! Ich bin ...«

Nichts mehr.

Friedrich warf beim Aufspringen seinen Stuhl um und stürmte in sein Büro.

Hanna spürte, wie sie auf eine Schulter gehoben wurde. Sie hatte zu viel Angst, um sich zu wehren. Dann ging es eine Treppe hinab. Sanft wurde sie auf einer harten Bank abgesetzt.

Die Sauna!

Hanna zog das Tuch von ihren Augen und riss sich den Klebestreifen vom Mund. Sie bewegte ihre Beine.

In die Wohnung hoch gehe ich unter keinen Umständen!

Hanna starrte auf den Holzeimer, der für Aufgüsse verwendet wurde, ohne ihn wirklich zu sehen.

Die Kellertür! Die müsste offen sein!

Hanna stand auf und drückte gegen die massive Holztür, die keinen Millimeter nachgab. Hanna spähte durch das kleine Sichtfenster. Unter den Türgriff an der Außenseite war ein stabiles Vierkantholz gerammt worden.

Na großartig! Das kann ja ewig dauern, bis mich hier jemand findet!

Hanna saß kaum wieder auf der Holzbank, als die Zeitschaltuhr, die sie am Morgen eingestellt hatte, die Saunaheizung mit einem leisen Klicken anspringen ließ.

»Die Zahlen kenn' ich!«

Friedrich hatte beim Abrufen der Mobilbox die Nummer des Handys angezeigt bekommen, von dem aus er angerufen worden war. Er tippte sich im Menü bis zur Überschrift »Telefonbuch« vor.

»Friederike! Sie hat mich mit dem Handy unserer Enkelin angerufen!« Friedrich wählte mit fliegenden Fingern, bekam aber lediglich das andauernde Freizeichen zu hören. Er gab auf und wählte die Nummer seiner Tochter. Hier hatte er mehr Glück. Magdalena nahm schon nach dem zweiten Klingeln ab und holte sofort Friederike an den Apparat.

»Ich hab' mein Handy bei Oma liegen lassen«, berichtete Friederike. »Sie wollte es mir wieder zurückbringen. Wahrscheinlich liegt es jetzt in ihrer Handtasche!«

Friedrich unterbrach die Verbindung, ohne sich zu verabschieden. »Wenn das Ding in ihrer Handtasche liegt, kann sie weiß Gott wo sein!« Er setzte sich auf seinen Stuhl, stand auf, ging im Zimmer auf und ab und setzte sich wieder.

»Wir müssen sie finden! Wir müssen einfach!« Walter Löffler rief noch einmal bei der Streifenpolizei an. Aber das Ergebnis blieb dasselbe: Niemand hatte etwas gesehen, niemandem war etwas Besonderes aufgefallen. Beide waren in dumpfes Brüten versunken, als ein Kollege von der Kriminaltechnik mit einem tragbaren Tonbandgerät das Büro betrat. »Wir haben die Mailboxnachricht jetzt auf Band.«

»Endlich!«, presste Friedrich hervor. »Lass hören!«

Der Kollege baute das Tonband umständlich auf. »Ich habe eine normale Version und eine, bei der die Hintergrundgeräusche verstärkt worden sind. Welche wollt ihr hören?«

»Beide. Los, jetzt mach endlich!«, brüllte Friedrich seinen Kollegen an.

Hanna

Hanna lief der Schweiß in Strömen über den Rücken, obwohl sie sich vollständig ausgezogen hatte.

Nicht bewegen. Ruhig atmen.

Nur Sekunden später sprang sie auf und hämmerte mit aller Kraft gegen die Saunatür.

Friedrich

Auch nach dem zehnten Anhören des Bandes waren die drei Polizisten keinen Schritt weiter.

»Ich geh' dann mal«, verkündete der Techniker.

»Du bleibst hier!«, donnerte Friedrich. »Noch mal! Ich will's noch mal hören! Aber lauter!«

Der Techniker seufzte, spulte das Band aber zurück und drückte die Play-Taste.

»Da!«, brüllte Friedrich. »Da war was! Zurück! Und noch lauter!«

Jetzt hörten es auch die beiden anderen. Da-dapp. Zwei unmittelbar aufeinanderfolgende, kurze, dumpfe Schläge.

»Was ist das?«, fragte Walter.

»Noch mal!«, bestimmte Friedrich. Der Techniker gehorchte. Friedrichs Miene blieb unbewegt. Er ging im Zimmer auf und ab. »*Noch* mal!«, befahl er barsch.

»Eine Uhr ist es nicht«, überlegte Walter laut.

»Es interessiert niemanden, was es *nicht* ist!«, brüllte Friedrich.

»Vielleicht hat Ihre Exfrau versehentlich etwas umgestoßen«, schlug der Techniker vor.

»Unsinn! Es sind zwei Geräusche unmittelbar nacheinander.« Friedrich begann, auf und ab zu gehen. »Es hört sich so an, als ob etwas herunterfällt. Aber was trifft so kurz nacheinander zweimal auf?«

»Etwas Elastisches. Ein Ball oder so was?«, fragte Walter.

»Oder etwas, das auf eine Ecke fällt und dann erst auf dem Boden aufschlägt. Ein Buch. Oder sonst etwas Viereckiges. Etwas, das erst vorne und dann hinten ...« Der Techniker verstummte.

Friedrich wanderte ununterbrochen zwischen Tür und Fenster hin und her. Keiner der beiden anderen traute sich, etwas zu sagen. »Erst vorne, dann hinten«, wiederholte Friedrich. Nach zwei weiteren Raumdurchquerungen murmelte er erneut: »Erst vorne, dann hinten.«

Walter und der Techniker blickten sich verständnislos an.

»Da-dapp ... Da-dapp ... Da-dapp ...« Friedrich marschierte. »Da-dapp! Natürlich! Das könnte ...«

»Was?«, kam es zeitgleich von den beiden anderen.

»Minou. Es könnte Minou sein. Wie sie auf das Blech vor dem Kamin springt. Damit hat sie mich ja wirklich oft genug erschreckt!«

Walter Löffler und der Techniker blickten sich ratlos an.

»Wir versuchen's!«, bestimmte Friedrich und stürmte los. Als seine Kollegen keine Anstalten machten, ihm zu folgen, fuhr er sie an: »Los! Bewegt euch, ihr Lahmärsche!«

Hanna

Ganz weit entfernt nahm Hanna ein zweimaliges Poltern wahr, das möglicherweise von der Haustüre her kam. Dann hörte sie nichts mehr, bis das Kellerlicht durch die Saunatür drang. Nur Sekunden später stand Friedrich vor ihr.

»Hanna!« Als er keine Antwort erhielt, bestellte er bei seiner Leitstelle telefonisch einen Krankenwagen. Dann wandte er sich wieder Hanna zu. »Hörst du mich?«, fragte er mit bebender Stimme. »Wer war das?«

Hanna öffnete mit Mühe die Augen. »Airportsprinter. Beeilt euch!«

* * *

Friedrich

Der Bus mit der klangvollen Bezeichnung »Airportsprinter« macht seinem Namen nur sehr begrenzt Ehre. Statt Tübingen auf dem schnellsten Weg mit dem Stuttgarter Flughafen zu verbinden, zuckelt er über Dettenhausen, Waldenbuch und Steinenbronn in Richtung Echterdingen. Deshalb erreichte Friedrich, der mit Blaulicht und Martinshorn die B 27 entlanghetzte, den Bus an der Haltestelle »Messe«. Die sofort nach dem Auffinden Hannas von ihm informierten örtlichen Kollegen hatten den Bus angehalten und gezwungen, an der Haltestelle stehenzubleiben. Niemand durfte aussteigen, was zu erheblichem Unmut unter den Reisenden fuhrte. Friedrich bestieg den Bus nicht, er enterte ihn. Sein Blick schweifte über die Passagiere. In der in Fahrtrichtung linken Sitzreihe, schräg hinter der Tür in der Mitte des Busses sah er Christiane Frank und Fouad Al Sayyid sitzen. Beide machten keinerlei Anstalten, sich zu wehren oder zu fliehen, als Friedrich seine Handschellen auspackte.

Sonntag, 1. November

Hanna

»Friedrich, du konntest es nicht wissen! Aus deiner Sicht war es absolut folgerichtig, den Pizzaboten für den Täter zu halten.«

Friedrich grummelte, stapfte aber tapfer neben Hanna her, die mit gemächlichen Schritten die Platanenallee in Angriff nahm, nachdem sie die Treppe in der Mitte der Neckarbrücke hinuntergestiegen waren. Zwar hatte er Christiane Frank und Fouad Al Sayyid am Samstag nach allen Regeln der Kunst zu verhören versucht. Aber beide hatten nicht ein einziges Wort zur Sache ausgesagt.

»Was hast du gewusst und ich nicht?«, erkundigte sich Friedrich nach ungefähr hundert Metern stummen Nebeneinanderhertappens. Hanna nahm das Gesprächsangebot gerne an. »Bei Licht besehen: Nichts. Nur hatte ich im Gegensatz zu dir das Glück, dass ein Bild, unser Sportwart und eine Studentin mich unwissentlich auf die richtige Spur gebracht haben.«

»Hanna, ich bin definitiv nicht in der richtigen Stimmung für Ratespielchen!«

»Gut. Fangen wir mit der Studentin an. Sie beschwerte sich darüber, dass einer meiner Kollegen es regelmäßig schafft, alle in hypnotischen Tiefschlaf zu versetzen«, erwiderte Hanna leicht verärgert über Friedrichs pampigen Tonfall.

»Hanna Kirschbaum, ich rate dir dringend, es nicht zu weit zu treiben!«

Hanna, die genau wusste, wann der Punkt erreicht war, an dem mit Friedrich nicht mehr zu spaßen war, wurde ernst. »Also, der Reihe nach. Wir haben uns doch zusammen das Schlafzimmer der Ermordeten angesehen. Erinnerst du dich?«

»Klar. Warum?«

»Da standen jede Menge Bilder herum. Auf allen war Mathildes Mann zu sehen. Und auf einem davon saß er im Sessel. Vor dem Fernsehapparat. Die Fernbedienung in der Hand.«

»Ist annähernd abzusehen, wann du endlich zum Punkt kommst?«

Hanna überging Friedrichs Verärgerung. »Der Mann hat geschlafen! Er sitzt vor dem Fernseher und schläft! Das *ist* der Punkt!«

Friedrich reagierte nicht, so dass Hanna fortfuhr: «Das ist der Moment, an dem Nepomuk Schwarz ins Spiel kommt. Er ...«

»Der Spinner mit dem Antikenfimmel? Was hat denn der damit zu ...«

»Der – wie du sagst – ›Spinner‹ hat vielleicht eine etwas blumige Ausdrucksweise. Das gebe ich zu. Aber er hat immerhin auch einen ganz wichtigen Hinweis zur Lösung des Falles geliefert! Er hat sinngemäß gesagt, dass Thanatos und Hypnos ...«

»Wer sind die Typen?«, bellte Friedrich.

»Thanatos ist in der griechischen Mythologie der Gott des Todes, während Hypnos derjenige des Schlafes ist. Du siehst: Klassische Bildung *kann* auch ihre Vorteile haben!«

»So man sie denn besitzt«, wandte Friedrich düster ein.

»Wie auch immer. Ich rief sofort bei Nepomuk Schwarz an. Und der hat mir bestätigt, dass Mathilde ihm erzählt hat, ihr Mann sei umgebracht worden, während er vor dem Fernseher schlief. Bis in die Küche sei sein Schnarchen zu hören gewesen.«

Friedrich blickte skeptisch.

»Das sei ihr einmal in einem unbedachten Moment so rausgerutscht. Auf seine Nachfrage habe sie aber sofort wieder zu mauern begonnen. Kurz und gut: Wir können mit Fug und Recht davon ausgehen …«

»Brillant!«, schnappte Friedrich. »Jetzt wissen wir immerhin mit einiger Sicherheit, dass ein Mann, der vor mehr als zwanzig Jahren erschossen wurde, geschlafen hat! Riesig! Ich bin begeistert!«

»Vollkommen zu Recht!« Hanna verlor ihren neutralen Tonfall. »Wenn du Herrn Kästner am Tag des Mordes genau zugehört hättest, anstatt einen deiner Hahnenkämpfe auszutragen, hättest du die entscheidende Relevanz des Schlafes erkannt!«

»Und die wäre?«

»Herr Kästner war damals so freundlich, uns über so genannte Mordmerkmale zu informieren. Unter anderem wies er darauf hin, dass ein Tötungsdelikt dann als Mord zu qualifizieren ist, wenn Heimtücke vorliegt. Du weißt doch, was Heimtücke ist?«

»Heimtückisch handelt, wer die Arg- und Wehrlosigkeit des Opfers ausnutzt«, spulte Friedrich den Satz ab, den er im Rahmen seines abgebrochenen Jurastudiums und dann bei seiner Ausbildung zum Polizisten eingetrichtert bekommen hatte.

»Perfekt!«, lobte Hanna. »Ich habe extra noch einmal bei der Staatsanwaltschaft angerufen. Die Juristen sind sich einig, dass jemand, der schläft, seine Arglosigkeit mit in den Schlaf nimmt«, erklärte sie.

Friedrich pfiff durch die Zähne. »Das bedeutet, dass alle beim Prozess gegen Christiane Frank vor zwanzig Jahren von vollkommen falschen Voraussetzungen ausgegangen sind. Sie hätte nicht wegen Totschlags in einem minder schweren Fall, sondern wegen Mordes angeklagt werden müssen!«

»Genau! Aber sowohl der Bruder als auch die Mutter haben von ihrem Aussageverweigerungsrecht Gebrauch gemacht. Deshalb konnte Christiane mit ihrer Version durchkommen.«

»Hanna! Das ist doch Unsinn!«, widersprach Friedrich. »Woher hätten die Mutter und der Bruder denn wissen sollen, dass sie nicht sagen dürfen, dass das Opfer geschlafen hat? Das sind doch keine Juristen!«

»*Sie* nicht«, erläuterte Hanna. »Aber der junge Mann, der Christiane damals nach Hause brachte. Der war Rechtsanwalt. Der wusste mit Sicherheit Bescheid. Wir können davon ausgehen, dass er die Situation und ihre rechtliche Bedeutung sofort erkannt und Mutter, Tochter und Sohn entsprechend geimpft hat, nachdem ihm Frau Häußler oder Christiane selbst vom schlafenden Opfer berichtet hatten!«

Einige Schritte gingen beide schweigend weiter.

»Es tut mir leid«, maulte Friedrich. Er drehte die Handflächen nach außen. »Ich sehe immer noch nicht ...«

»Bei mir ist der Groschen auch erst sehr spät gefallen, wenn dich das tröstet.« Hanna legte eine Hand auf Friedrichs rechten Unterarm. »Ich habe ewig darüber nachgegrübelt, was das alles für unseren Fall bedeutet. Und dann ist mir urplötzlich eingefallen, was unser Sportwart bei Uwes Geburtstagsfeier gesagt hatte.«

»Unser Sportwart?« Auf Friedrichs Gesicht zeichneten sich deutlich Zweifel an Hannas geistiger Gesundheit ab.

»Es wundert mich nicht, dass du dich nicht erinnerst!« Hanna schmunzelte. »Schließlich warst du es, den er gefrotzelt hat. Von wegen, ich hätte dich reingelegt und ähnlicher Unsinn. Überleg mal! Was hat er genau zu dir gesagt?«

Friedrich legte seine Stirn in Falten. Er war ganz offensichtlich sehr unzufrieden mit sich selbst. Plötzlich schlug er sich gegen den Kopf. »Ich Idiot! Es geht um Verjährung!«

»Genauso ist es! Totschlag verjährt nach zwanzig Jahren, Mord dagegen niemals!«

Friedrich nahm Hanna überhaupt nicht mehr wahr. Er war viel zu sehr damit beschäftigt, die losen Enden der neuen Fäden zu einer sinnvollen Verknüpfung zusammenzuführen.

»Das passt. Christiane haut ab.« Friedrich kam in Fahrt. »Sie kommt nach etwas mehr als zwanzig Jahren zurück. Und kein Mensch kann ihr mehr irgendetwas anhaben!«

»Solange niemand ausplaudert, was damals wirklich passiert ist«, schränkte Hanna ein.

»Dann musste Mathilde Häußler sterben, weil die Gefahr bestand, dass sie redet?« Friedrichs Euphorie sank in sich zusammen. »Aber warum hätte sie das tun sollen? Nach all den Jahren?«

»Gegenfrage!« Hanna erhob den linken Zeigefinger, ließ ihn aber sofort wieder sinken, als sie Friedrichs Gesicht sah. »Wie hat halb Reusten erfahren, dass Mathilde einen Liebhaber hat, der zudem noch verheiratet ist?«

»Die Tochter von diesem Schwarz hat einen anonymen Brief geschrieben.«

»Das wissen *wir*. Weil er es uns erzählt hat. Aber Mathilde konnte keine Ahnung haben, dass es Penelope Schwarz war, die das Schreiben an den Vorsitzenden des Kirchengemeinderats geschickt hat!«, erklärte Hanna.

»Natürlich! Du hast recht!« Friedrich nahm die Finger zur Hilfe. »Erstens: Christiane ertappt ihre Mutter beim telefonischen Liebesgeflüster. Das hat sie mir selbst berichtet. Zweitens: Es gibt ständig Krach zwischen Mutter und Tochter wegen des unliebsamen Schwiegersohns ...«

»... und wegen des Geldes, das Christiane so dringend benötigt«, ergänzte Hanna.

»Richtig! Und drittens: Genau in dem Augenblick, in dem endgültig klar ist, dass Mathilde keinen Cent herausrückt, taucht der Brief auf!«

»Was liegt also näher, als anzunehmen, dass Mathilde zu dem Schluss kommt, ihre Stieftochter wolle sich rächen und sie sei die Urheberin des belastenden Briefes«, schloss Hanna den Gedankengang ab.

Sie blickte zu Friedrich und sah, dass er vollauf damit beschäftigt war, weitere Schlussfolgerungen zu ziehen. Sie ließ ihm Zeit, so dass kein Wort mehr gesprochen wurde, bis die beiden das westliche Ende der Platanenallee erreicht, den Neckararm in Richtung Fußgängertunnel überquert und den Anstieg durch die Neckarhalde zum Evangelischen Stift begonnen hatten. Erst, als die beiden am Stiftsgarten vorbeikamen, meldete sich Friedrich wieder zu Wort.

»Christiane hat alles andere als eine schöne Kindheit. Sie ist das Opfer eines fundamentalistischen Katholizismus. Das Ergebnis war, dass sie ihren eigenen Vater ermordete, nachdem sich ihre Schwester selbst getötet hatte. Christiane musste Hals über Kopf fliehen. Aber dann, als sie zurückkommt, ist alles, wovon sie zwanzig Jahre lang im Exil geträumt hat, greifbar nahe.«

»Ein Mann, den sie liebt«, nahm Hanna den Faden auf. »Die beiden wollen heiraten. Eine bürgerliche Existenz ohne Angst. Sie muss sich vor nichts und niemandem mehr verstecken. Ein geregeltes Leben in einer größeren Stadt, in der sie ganz von vorne anfangen kann.«

»Zwei Tage vor dem Mord an Mathilde«, überlegte Friedrich laut, »kommt es zu einer sehr lautstarken Auseinandersetzung zwischen ihr und Christiane ...«

»... wie meine Nachbarin Gerlinde Berner uns freundlicherweise mitgeteilt hat.«

Friedrich ging nicht auf Hannas Bemerkung ein. »Mathilde bleibt bei ihrem strikten Nein zu einer finanziellen Hilfe.« Er machte eine kurze Pause und fuhr dann fort: »Lass mich spekulieren! Am Tag des Mordes kommt Christiane aus Ulm zurück. Alles könnte gut werden. Die Brauerei hat grünes Licht gegeben. Christiane entschließt sich, zu ihrer Stiefmutter zu fahren und einen allerletzten Versuch zu starten, sie doch noch zu einem Kredit zu überreden ...«

Hanna hielt es nicht aus, wortlos neben Friedrich herzugehen. »Aber vermutlich«, griff sie ein, »kommt Christiane gar nicht zu Wort. Mathilde beschuldigt ihre Tochter wegen des Briefes. Sie beschimpft Christiane. Die bestreitet, irgendetwas mit dem Brief zu tun zu haben. Mathilde will nichts hören. Sie ist außer sich. Sie droht, zur Polizei zu gehen. Sie will aussagen, was vor zwanzig Jahren passiert ist.«

»Christiane weiß, dass ihr eine lebenslange Haftstrafe droht«, übernahm Friedrich den dozierenden Tonfall, den er sonst regelmäßig bei Hanna kritisierte. »Sie wäre mindestens fünfundsechzig Jahre alt, wenn sie vorzeitig entlassen würde. Wenn überhaupt. Ihr gesamtes Leben wäre endgültig verpfuscht.«

»Wahrscheinlich«, mutmaßte Hanna, »versucht sie zunächst, Mathilde mit allen möglichen Mitteln davon abzuhalten, zur Polizei zu gehen.«

»Aber Mathilde bleibt stur. Zu groß ist ihre Verbitterung darüber, dass sie vor der gesamten Kirchengemeinde bloßgestellt wurde. Dass sich alle die Mäuler zerreißen werden über ihre Scheinheiligkeit, da sie sich ja jahrelang als *die* Hüterin von Moral und Sitte in Reusten und Umgebung aufgespielt hat.«

»Der Streit eskaliert, Christiane bekommt die Marienstatue zu fassen ...«

»... und schlägt zu. Sie trimmt die Wohnung auf ›Einbruch‹, und erst danach geht sie zum Joggen, um sich abzureagieren«, vollendete Friedrich.

Wieder trat eine längere Pause ein, während die beiden sich in Richtung Holzmarkt bewegten. Auf Höhe der Tafel, die den »Letzten Sockenladen vor dem Marktplatz« ankündigte, war es Hanna, die das Schweigen brach.

»Wenn wir von diesem Tathergang ausgehen, dann haben uns sowohl Simone Straub als auch Lucius Bartling die Wahrheit gesagt.«

»Stimmt«, bestätigte Friedrich. »Als Simone das Haus verließ, war Mathilde Häußler tatsächlich noch munter wie ein Fisch im Wasser.«

»Danach kam Christiane und brachte ihre Stiefmutter um.« Hanna durchlief ein Schauder. »Und erst, als Frau Häußler schon tot war, erschien Lucius Bartling auf der Bildfläche und nahm das Geld und die Puppen mit.«

»Moment!«, hakte Friedrich ein. »Da stimmt etwas nicht! Herr Bartling hat dir doch erzählt, dass die Wohnung noch ganz normal ausgesehen hat. Ich meine, es gab noch nicht das Chaos, das wir später vorfanden.«

»Das stimmt«, gab Hanna unumwunden zu. »Was hältst du von dem folgenden Szenario: Unmittelbar nach dem Mord verlässt Christiane panisch die Wohnung. Sie ist nicht mehr in der Lage, einen einzigen klaren Gedanken zu fassen. Aber als sie dann auf dem Weg zum Wald ist, beruhigt sie sich wenigstens so weit, dass sie den Plan entwickeln kann, das Ganze wie einen Einbruch aussehen zu lassen. Also fährt sie noch einmal zurück, bricht gewaltsam durch die Hintertür ein und verwüstet Wohn- und Schlafzimmer?«

»Und genau zwischen den beiden Auftritten bei ihrer Stiefmutter beklaute Lucius Bartling sein bereits totes Opfer! So könnte es gewesen sein!« Friedrich schüttelte traurig den Kopf.

Hanna hakte sich bei ihm unter. »Im Grunde ist Christiane ein absolut armes Schwein. Missbraucht, zwar nicht sexuell, aber dafür nicht weniger schlimm. Belastet mit dem Mord am eigenen Vater und zwanzigjährigem Exil. Meine Güte! Und trotzdem kämpft sie unverdrossen und stark wie eine Löwin um ein kleines Stück vom Glück.«

Montag, 2. November

Friedrich

Friedrich sank in Hannas Wohnzimmersessel. Selten hatte sie ihren Exmann so erschöpft erlebt. Sie bot ihm ein Glas Rotwein an, unternahm aber keine weiteren Versuche, als er ablehnte. Weil sie wusste, dass er früher oder später von selbst zu reden begänne, fragte sie nicht. Nach fast fünfzehn Minuten war Friedrich so weit.

»Am Anfang war sie genauso patzig und selbstbewusst wie immer«, berichtete er von seinem neuerlichen Versuch, Christiane zum Reden zu bringen. »Bis der Staatsanwalt kam. Eigentlich ein netter, älterer Herr. Aber knallhart. Er bat mich kurz vor die Tür, und ich habe ihm unsere Theorien auseinandergesetzt. Er dachte kurz nach und ging dann mit mir zusammen zurück ins Verhörzimmer. Setzte sich ganz lässig auf die Tischkante und fragte wie beiläufig: ›Ist Ihnen eigentlich klar, dass Sie Ihre Stiefmutter völlig umsonst getötet haben?‹«

»Wie? Das verstehe ich nicht«, erklärte Hanna.

»Er holte ein Gesetzbuch aus meinem Zimmer und hielt Christiane und mir einen Paragraphen unter die Nase.« Friedrich zückte sein Notizbuch. »Ich hab's mir extra aufgeschrieben.« Er blätterte, bis er die richtige Seite gefunden hatte. »§ 78 c I S. 1 Nr. 10 StGB«, las er dann ab.

»Was steht da drin?«, fragte Hanna.

»Sinngemäß, dass die Verjährung immer dann unterbrochen wird, wenn ein Richter anordnet, dass wieder einmal nach der flüchtigen Person gefahndet wird. Und die letzte der regelmäßigen richterlichen Anordnungen datierte von 2008.«

»Langsam! Ich verstehe kein Wort!«

»Christiane ist geflohen.« Friedrich hatte Mühe, die juristischen Zusammenhänge, die der Staatsanwalt dargelegt hatte, zu rekapitulieren. »Damit war der Prozess gegen sie aber juristisch gesehen noch nicht beendet, sondern nur vorläufig eingestellt. Und jedes Mal, wenn irgendetwas unternommen wird, um den Aufenthaltsort eines Flüchtigen zu ermitteln, wird die Verjährung eben unterbrochen.«

»Und wie lange dauert so eine Unterbrechung dann?«

»Unterbrechung ist eigentlich nicht der richtige Ausdruck. Im Gesetz steht, dass jedes Mal nach einer ›Unterbrechung‹ die ganzen zwanzig Jahre wieder von vorne anfangen!«

»Das bedeutet ...«, setzte Hanna an, aber Friedrich kam ihr zuvor.

»... dass Christianes Tat selbst dann nicht verjährt gewesen wäre, wenn ihr weiterhin alle die Totschlagsvariante geglaubt hätten!«, vollendete er den von Hanna begonnenen Satz. »Sie wäre demnach so oder so ins Gefängnis gewandert. Der Staatsanwalt hatte Recht: Mathilde Häußler zu erschlagen war objektiv betrachtet vollkommen sinnlos!«

»Wie hat sie reagiert?«

»Sie ist zusammengebrochen. Der Arzt meinte, sie sei frühestens morgen wieder vernehmungsfähig.«

Dienstag, 3. November

»Ich schwärmte einem der beiden Wachtmeister, die mich damals aus der U-Haft zum Gerichtssaal gebracht hatten, vor, was er für einen geilen Hintern hat. Seine Muskeln würden mich rasend machen. Solchen Unsinn eben. Und dass ich ihn unbedingt will. Jetzt sofort. Auf dem Klo. Er blinzelte seinem Kumpel zu, und wir verschwanden auf der Toilette. Als er seine Hose auf Kniehöhe hatte, trat ich zu. Mittig. Und dann ab durchs Fenster!« Christiane Frank schnaubte verächtlich. Sie hatte sich nach dem Zusammenbruch am Tag zuvor wieder einigermaßen erholt und saß Friedrich auf dem unbequemen Holzstuhl des Vernehmungszimmers im Polizeipräsidium gegenüber. Anders als bei allen bisherigen Gesprächen, die sie mit Friedrich geführt hatte, verzichtete sie auf schnippische, kurz angebundene Antworten. Im Gegenteil: Friedrich hatte den Eindruck, dass Christiane nach der langen Zeit der Anspannung froh war, endlich reden zu können. So dauerte es nicht allzu lange, bis sie das bestätigt hatte, was von Hanna hinsichtlich Tathergang und Motivation entwickelt worden war.

»Wie ging's weiter?« Friedrichs knappe Frage sollte den Redefluss möglichst wenig unterbrechen. »Ich meine, nach Ihrer Flucht aus dem Gerichtsgebäude?«

»Ich schlug mich nach Frankreich durch. Bis in die Nähe von Marseille. War gar nicht so einfach, ohne Geld und mit meinem bisschen Schulfranzösisch. Dort kam ich dann bei einem Bauern unter, der mich für Kost und Logis schuften ließ bis zum Umfallen. Dafür hat er aber auch keine Fragen gestellt.« Christiane stockte, erzählte aber dann unaufgefordert weiter. »Nach knapp drei Jahren lernte ich bei einem Dorffest einen Mann kennen, der ein höheres Tier in der Departementverwaltung von Martinique auf Heimaturlaub war. Er wollte mich unbedingt mit in die Karibik nehmen.«

»Und Sie sind mitgegangen«, stellte Friedrich fest.

»Ja. Am Anfang kümmerte er sich auch um mich. Fragen Sie mich nicht, wie er das gemacht hat, aber eine Woche später besaß ich einen deutschen Reisepass auf den Namen Dagmar Hensinger. Aber nach und nach verlor er das Interesse an mir. Und eines Tages kam er mit einer neuen Freundin an. Er brachte mich noch als Kellnerin in einem Hotel unter, und das war's dann. Dort arbeitete ich vier Jahre, bis sie mich schließlich in einem Krankenhaus als Pflegehelferin genommen haben.«

»Immerhin. Dann konnten Sie wenigstens einigermaßen sorgenfrei ...«

»Sorgenfrei?«, fuhr Christiane auf. »Bei jedem Klingeln an der Tür, jedes Mal, wenn ein Polizeiauto um die Ecke kommt, denkst du: ›Jetzt haben sie dich! Jetzt ist es aus!‹ Es war die Hölle!« Christiane verstummte.

Friedrich konnte ihr ansehen, dass sie im Moment mit ihren Gedanken auf Martinique war und auf ihre Entdeckung wartete. Er ließ sie in Ruhe.

Nach einigen Sekunden drückte Christiane ihre Schultern durch und saß kerzengerade auf ihrem Stuhl. »Lass das! Es ist vorbei!«, befahl sie sich selbst.

»Und irgendwann haben Sie über das Thema Verjährung nachgedacht?« Wieder hielt Friedrich seine Frage möglichst knapp.

»Irgendwann? Tag und Nacht! Jede einzelne Sekunde! Ich nahm meinen ganzen Mut zusammen und rief unter falschem Namen in Deutschland an. Bei der Staatsanwaltschaft in Hamburg. Denen erzählte ich, dass ich einen Krimi schreibe und deshalb wissen müsse, nach welcher Zeit Totschlag verjährt. Ich hatte einen sehr freundlichen und hilfsbereiten Herrn am Apparat. Der las mir sogar die entsprechenden Paragraphen aus dem Gesetz vor.« Christianes Miene verfinsterte sich deutlich. »Nur den Scheiß-Paragraphen von gestern, den hat er mir natürlich nicht vorgelesen, der Idiot!«

Friedrich überlegte, ob er den Hamburger Staatsanwalt in Schutz nehmen sollte, entschied sich aber dagegen. Es trat eine längere Pause ein.

»Was hatten Sie eigentlich mit meiner Exfrau ... mit der Frau vor, die Sie in die Sauna gesperrt haben?« Friedrich wechselte das Thema.

»Wir ... Fouad und ich wollten sie nicht umbringen! Wirklich nicht! Nur ... ruhig stellen. Möglichst lange, bis wir im Flugzeug sitzen. Bitte, glauben Sie mir!«, flehte Christiane. »Als Ihre Kollegin zu mir kam, saß Fouad in der Küche und hat uns zugehört. Er holte seine Pistole ...«

»Wo hatte er die her?«

»Er war eine Zeitlang bei den Sportschützen. Deshalb hatte er eine Waffe und ich hielt sie ihr unter die Nase. Wir dachten, dass man sie in ihrer eigenen Wohnung zuletzt suchen würde. Deshalb brachten wir sie in ihrem Auto nach Reusten. Die Adresse stand ja im Personalausweis.« Christiane machte eine kleine Pause.

»Zum Glück war es schon dunkel, als wir ankamen. Wir haben sie zwischen uns genommen. Und so getan, als ob sie einen über den Durst getrunken hätte und wir sie nach Hause bringen würden. Aber das wäre gar nicht nötig gewesen. Es hat uns niemand gesehen.«

Wieder machte Christiane eine Pause.

»Fouad fesselte sie und legte sie aufs Sofa im Wohnzimmer«, begann sie wieder. »Dann suchten wir im ganzen Haus nach Bargeld. Plötzlich hörten wir, wie im Wohnzimmer irgendetwas zu Boden fiel. Fouad ist sofort hin. Die Frau hatte sich befreit. Deshalb trug er sie in die Sauna und klemmte ein Holzstück unter den Türgriff, damit sie nicht rauskonnte. Aber den Ofen haben wir nicht angeschaltet! Das schwöre ich!«

»Das stimmt. Das war Hanna selbst. Sie hat es mir erzählt«, bestätigte Friedrich. »Und dann nichts wie weg zum Flughafen, nehme ich an?«

Christiane nickte.

»Warum um alles in der Welt haben Sie den Bus genommen? Hannas Auto stand doch vor der Tür!«, wunderte sich Friedrich.

»Fouad wollte zuerst das Auto nehmen. Aber ich habe ihn überzeugt, dass der Bus besser wäre, weil wir nicht wussten, ob nach dem Auto bereits gefahndet wird. Deshalb.« Christiane verstummte.

Friedrich erwog, das Gespräch an dieser Stelle zu beenden, entschied sich aber dagegen, weil er den Eindruck hatte, dass Christiane noch nicht alles losgeworden war, was sie loswerden wollte. Er behielt Recht. Unaufgefordert begann Christiane zu sprechen.

»Das mit meiner Mutter ... das tut mir aufrichtig leid! Das müssen Sie mir glauben! Dafür komme ich zu Recht ins Gefängnis.« Christianes Mund und Augenlider zogen sich zusammen. »Aber meinen Vater würde ich heute wieder erschießen! Genauso wie damals!«

Obwohl Christiane nicht weiterredete, war Friedrich sich sicher, dass noch mehr aus ihr herauswollte.

»Sie können sich das nicht vorstellen, wie das war!«, begann Christiane. »Bei Gabriel war es besser. Wenn er ... gesündigt hatte, ging's in die Waschküche. Kalt abgespritzt und fertig. Aber bei mir: Der reine Psychoterror! Von ›Das gefällt dem Lieben Gott aber gar nicht, was du getan hast‹, bis zu ›Du bist Schuld daran, wenn keiner von uns in den Himmel kommt!‹, die ganze Palette! Und als ich endlich alt genug war, um das Haus möglichst oft zu verlassen, hat er mit Maria Magdalena genauso weitergemacht!«

»Maria Magdalena ist, wenn ich mich richtig erinnere, Ihre Schwester?«

Christiane saß regungslos auf ihrem Stuhl. »Nein!«, stieß sie schließlich hervor. »Maria Magdalena war nicht meine Schwester!«

»Nicht? Ich dachte ...«

»Sie war meine Tochter!« Plötzlich begann Christianes Körper unkontrolliert zu zucken. Dann schluchzte sie hemmungslos. Obwohl Friedrich schon eine Menge Verhöre hinter sich hatte und allgemein als harter Knochen galt, musste er schlucken.

»Ich war sechzehn«, brachte Christiane hervor, als sie wieder einigermaßen reden konnte. »Hatte von nichts eine Ahnung. Und dann lernte ich Georg kennen. Ein Arschloch, wie es im Buche steht! Das weiß ich heute. Aber damals: Er gab mir ... das Gefühl, dass ich ... nicht nur ... schlecht bin.«

Friedrich beschränkte sich aufs Warten.

»Was glauben Sie, was los war, als mein Vater erfuhr, dass ich schwanger war? An Abtreibung war natürlich überhaupt nicht zu denken. Stattdessen wurden meine Stiefmutter und ich zu einer Verwandten ins Rheinland geschickt, bis das Kind da war. Sie haben es mir sofort weggenommen. Noch im Krankenhaus! Und es als ihr eigenes ausgegeben. Und ich durfte als große Schwester zusehen, wie mein Kind genauso misshandelt wurde wie ich selbst.« Christianes Schluchzen hatte völlig aufgehört. »Ja! Ich weiß, was Sie jetzt denken! Das, was alle denken! Eine starke Frau hätte sich gewehrt. Hätte ihr Kind irgendwann unter den Arm genommen und wäre abgehauen. Oder hätte zumindest das Jugendamt verständigt. Oder was weiß ich. Aber ich! Was war ich denn? Ich war irgendwie selbst noch ein Kind. Ein kleines, wertloses Mädchen. Trotz meiner schließlich fast dreißig Jahre!«

Christiane begann erneut zu weinen. Erst leise, dann immer lauter und hemmungsloser. »Im Badezimmer ...«, stieß sie zwischendurch keuchend hervor » ... das Blut ... überall Blut ... das zerbrochene Fläschchen Nagellackentferner ... die Glasscherbe ...« Christiane bekam kaum mehr Luft. »Dass er mich ... aber meine Kleine ... meine kleine Maria Magdalena ... Sie war so ... zerbrechlich ... Ich habe sie ... nicht beschützt ... Ich habe es zugelassen ... Ich ...«

Christiane griff nach dem Wasserglas, das auf dem Tisch stand. Statt sich jedoch Mineralwasser einzuschenken, schlug sie das Glas mit aller Wucht gegen die Tischkante, hob eine größere Scherbe vom Boden auf und schnitt sich, bevor Friedrich eingreifen konnte, mit einem einzigen Ruck die Pulsader auf. Friedrich brauchte zwei Sekunden, bis er seine Krawatte gelöst und weitere zwei Sekunden, bis er sie um Christianes Arm geschlungen hatte. Er zog kräftig zu und der Blutstrom wurde spärlicher und spärlicher. »Walter!«, schrie er. Als keine Reaktion erfolgte, rannte Friedrich zur Bürotür und öffnete sie. »Verdammt noch mal, Walter!«

Walter Löffler kam den Gang entlanggespurtet. »Was ist denn los?«

»Sie muss sofort ins Krankenhaus!« Friedrich deutete auf Christiane, die willenlos auf dem Stuhl lag. Walter hing schon am Telefon und nur wenig später standen zwei Sanitäter neben Friedrich.

»Sie sorgen dafür, dass diese Frau so pfleglich wie nur irgend möglich behandelt wird!«, blökte Friedrich einen der beiden an.

Als der Krankenwagen abfuhr, ging Friedrich zur Toilette, um sich das viele Blut an seinen Händen und im Gesicht abzuwaschen. Während er in den Spiegel blickte, fragte er sich zum ersten Mal seit vielen, vielen Jahren wieder, ob er wirklich den richtigen Beruf gewählt hatte.

* * *